灶王传奇

李浩 著

北京出版集团
北京十月文艺出版社

目　录

楔 子

说来话儿长。

从哪里说起呢？从我知道的历史，记忆和经历，今天，昨天，还是一个故事的高潮，让我感觉震颤的部分？从我成为灶王[1]的那一刻，蔚州[2]城隍[3]在一纸任命上写下我的名字，“告诉你说，这是一个特别的恩赐，有多少人盯着这个位置……它责任重大，你可不能有半点儿

1　灶王，又称为灶君、司命公、灶王爷等，为民间小神，其神位位于灶台一侧，主要负责人们的饮食，并负责民间善恶记录，向上天主神汇报以定此家人未来的奖惩。在民间传说中，他有“好罐”和“坏罐”两个存放记录的罐子，所在这家人所做的好事儿记录下来放在好罐里，所做的坏事儿放置于坏罐里。每年腊月二十三，灶王将携带好罐和坏罐里对他所在的这家人的记录“上天述职”，正月返回，继续新一年的善恶记录。在本小说中，灶王和其中的一切神灵形象都依据文本需要做了部分的调整。

2　蔚州（今河北蔚县），为古冀州地，汉时为代郡、桑干县。唐时称蔚州、兴唐县。五代晋称灵仙县。明朝设州，属大同。

3　城隍，为中国道教中各城池的守护神，对应人世间官僚体制下的“阳官”，负责当地大大小小的阴间事务，职能相当于行政主官。城隍信仰自南北朝时兴起，北宋欧阳修所写的《祭城隍神》中曾言道：“吏竭其力，神祐以灵，各供厥职，无愧斯民。”本书中，城隍的职权略有相应的扩大，兼为负责天界、人间和阴间的沟通事宜。

的懈怠。迭主阴阳，虽善善恶恶，均在修为；然是是非非，必恭记录[1]……告诉你说，别以为自己被称为‘灶王’，就把自己当成王爷，以为可以端什么王爷的架子。这，不过是活着的人送出的高帽，试图让你替他们多多地美言几句——你要知道，灶王，就是一项负责记录家庭发生、呈报给城隍和地府的公务差事，属于仙人中的差役，没什么法力。当然你可不能因此轻视你的工作，它意义重大，非常非常的重要，要知道对人间的赏罚和民情的了解，都是依据你们的提供！灶神职重，秉下民倚伏之权，这话你应当早就听过……”或者，我从我的前生开始说起，那时我是一个穷困的书生，希望自己能记下圣贤书里的每一个字，希望得到一个功名，为此……或者，从我最最潦倒的时刻或最最得意的时刻开始说起？

我得掂量，反复地掂量，要知道我是那种特别认真的人，为了这份认真，蔚州城隍曾经特别地表扬过我，也曾经特别地斥责过我，还曾用他的斑竹扇子敲过我的脑袋——他说要在我的“认真”上好好地多开几窍。可我不知道怎么才能开出窍来，怎么才算开出窍来。他说过，作为一个合格的“灶王”就要把看见的、听见的一切一切都真实地记下来，不能多也不能少，上天要的就是真实，只有真实、真实、真实再真实，才能保证灶王工作的有效，真实是作为合格灶王的第一原则；他还说过，你看到的未必是真的，你想想，要带着感情去做工作，如果做这事儿的是你的父母、亲戚和朋友，你会怎么看待它？你

1　其和下一句“灶神职重，秉下民倚伏之权”均为《东厨司令灯仪》中的句子。

会不会用这种方式——你想想，想通了再告诉我……对于自己的职责本来我还是清楚的，可经他一说，我就糊涂得多了。

“要我说，就从蔚城火灾开始写，你还救了龙王[1]……”得知我要写一部关于灶王、关于自我经历的书，黑脸的铁匠灶王拿出他的主意，“好好写写我们受的苦，受的罪。这个灶王，我可是当够了，说是列在仙班，可是是最小的，还不如铁钉大的仙人，一锤就能锤到地下去——神仙？别给自己脸上贴金啦，我们其实不过是些仙奴，和我在人世间、在军队里做炊事兵时基本没什么两样。那些仙官老爷正眼都不瞧我们一眼，指使我们做这做那的时候却从不吝啬。那些仙官老爷，都是些忘恩负义的主儿。你一定要把龙王写进去……”“不不不，不能那样。要我建议，我就建议你从参加天宫百叟宴，见到至高无上的玉皇大帝[2]和王母娘娘[3]的那段开始写起……反正那一段一定要写进去，要让读到这部书的人知道，我们灶王，也有机会见到至高无上的玉皇，品尝到天宫里的仙果，让他们不敢轻视我们……”白脸的饼店灶王不同意铁匠灶王的主意，当然这时他已经不在饼店而是进入了布店，可我还是习惯那样叫他——“我就愿意读那些让我扬眉吐气的书，

---

1 传说中统领各水域水族的神灵，掌管兴云降雨，旱涝平衡，在民间神中位置较为显赫。

2 即天帝，为中国神话传说中万神世界的最高统治者，掌管天、地、人、神、魔、鬼、怪、妖各界，全称为“太上开天执符御历含真体道金阙至尊昊天玉皇大帝”。居于天庭之上，民间一般认为他是“天上的皇帝”。

3 又称为“上圣白玉龟台九灵太真无极圣母”，为女仙之首，为万物生育的主宰之神，居于瑶池。在民间传说中，她与玉皇大帝为夫妻，是仙界的“皇后娘娘”。

不爱看苦不拉叽的书。书嘛，就得把自己写得好一点儿，灶王灶王，大小也是个王……”

“哎，你还记得正统[1]……那年，英宗[2]御驾经过怀安御道时的情景吗？我当灶王当了三百多年了，从来没见到过那种阵仗，那种豪华……看那些相互碰撞的旗子！看那些毫无顾忌地一边行走一边拉屎的马！光听马匹打出的响鼻儿就足够啦，就跟打雷似的，不管你站得多远也都能听得见……车队走了三天三夜，车队过去之后，尘土落下来又用了三天三夜。曲家堡、瓦家堡[3]的人可就惨啦！他们为了不让除不尽的马绊草缠住马腿，竟然想出了在御道上撒石灰的歪主意……三天三夜啊！就是晚上出来，你也能认出谁是曲家堡、瓦家堡的人，他们的脸上一直挂满了白石灰，洗多少遍都洗不干净——我觉得，你可以从那个时候开始写。”绕开铁匠灶王和饼店灶王的争吵，额上贴着膏药的大车店灶王把我拉到一边，把嘴凑近我的耳朵：“你要只写我们天天做的这些事儿，好事儿记到好罐里，坏事儿放进坏罐里，实在没什么意思，那样的书肯定没法儿看，反正我不看。你得写一些有意思的、有故事的事儿，也别都是真的，真的也没意思，你可以往里面添点油或加点醋，可以传奇那么一点点……”

1　正统为明朝第六位皇帝明英宗朱祁镇的年号，起止时间为1436年至1449年，该年号共历十四年。

2　英宗为皇帝朱祁镇死后的庙号。在这里称他为英宗是有意的，暗指灶王们在谈论这本将要写成的书时，时间已过了许久许久。

3　曲家堡、瓦家堡均为明朝蔚州村堡地名。

千头万绪，说来话儿长，有那么多那么多的故事要讲，面对这些并不那么清白的纸，我仿佛看到的是一团充满了喧哗和骚动的乱麻，每一处都有一个线头儿，而它们之间又总是相互纠缠——我总得找一个开始，当然那些灶王的建议我也不能完全地忽略，他们是我的第一读者。如果他们看到我完全没有采纳他们的意见，可以想象黑脸的铁匠灶王的脸色会更黑，白脸的饼店灶王的脸色会更白，而额上贴着膏药的大车店灶王，则会……他怕风，风一吹他的脑仁儿就会疼，因此额上的膏药根本离不开——大车店灶王会哼哼哼哼地抽着鼻子，皱起眉头，缩着自己的身子，撞开我的房门朝外面走出去，而不管飘着白毛和雪花儿的风一下子就扑进我的房间，几乎可以把我的房间扑倒……他就是这样一副臭脾气，在他脾气发作起来的时候就连城隍庙里的高经承[1]，就连城隍大人也不得不让他三分。城隍、高经承向我们暗示，若不是大车店灶王的一个舅舅在太监王振[2]私庙当土地，一百个他也早早以“不能胜任灶王的职务”为由开除，送到地府[3]重新投

1　经承为城隍庙差役，职阶高于一般差役，但低于城隍。在这部小说中，高经承相当于城隍的副职和管家——我有意取消了位于经承之上的主簿一职，让它在蔚州城隍庙中空缺。

2　王振，蔚州（今河北蔚县）人。明朝初年宦官。他善察人意，受明宣宗喜爱，被授为东宫局郎，服侍太子朱祁镇（明英宗），被称为王伴伴。宣德十年（1435），英宗即位，升王振为司礼监掌印太监。之后王振地位日渐显赫，被英宗称为先生，公卿大臣称之为翁父。正统十四年（1449），瓦剌大举入侵，王振力劝英宗亲征。途中又邀英宗幸其蔚州宅第，以致耽误行程，行至土木堡（今河北怀来东）时被瓦剌兵追至，围困于土木堡，几乎全军覆没，英宗被俘，王振也被杀死。天顺元年（1457）英宗复辟后，下诏为王振正名，并在京师智化寺北院建旌忠祠。

3　即阴曹地府，为三界之一，是人类和其他生灵死后要到达的所在。

胎——可大车店灶王从未和我们提起他的舅舅，也没有否认有这么一个舅舅。

我总得找一个开始……好吧，我想好啦，我接受铁匠灶王的建议，从蔚城的火灾开始写起——

一　大火烧毁了豆腐房

夜深，人静，风不静。坝上的秋天一直来得要早，才进八月不久，西南堡[1]的夜晚就已经寒气袭人，而那天晚上的风来得更为奇怪，几乎是一种呼号，就像冬天时那样。呼号的大风拍打着房门，它甚至把灶台上晾着的新磨好的豆腐的气息也给吹散了。

灶台上。我点亮蜡烛，铺开纸张——

谭豆腐（当地人都这样称呼他们，为了方便，我也就跟着约定俗成）夫妇二人从二更起来，烧水，磨豆腐，一直做到五更。这个记录要放进记录好事的好罐里面。

孩子哭闹，他不想和母亲一起推磨，并把手上磨出的泡亮给父亲看。谭豆腐给了六岁的小冠一记耳光。我犹豫了一下，将这个记录放进了好罐里面。

战事的议论，丈夫认定大明已经得胜，皇帝御驾亲征，那么浩浩

1 地名。位于蔚州西南部，故称西南堡，距离蔚州城三五里路程。

荡荡的队伍怎么会有不胜的道理？而妻子则忧心忡忡，她得到的消息恰恰相反，瓦剌[1]的军队几次伏击，可怜的大明军队节节败退，据说距离西南堡已经不足四十里——“完全是胡说！你也信东婶的话，东叔就是一个嘴里面能跑出马车的人，梁屠户的话更不能听了，他一向信口雌黄……我不信，反正我不信！瓦剌人，瓦剌人在哪儿？你把他们叫到我跟前来让我看看我就信你的！”我把它放进了坏罐，没有半点儿犹豫。

太阳升到东门楼檐顶的时候，谭乡约敲门，他领着两个很不像样子的兵士来到豆腐房，端走了做好的四帘豆腐，丢下了三文钱——尽管发生了争吵和推搡，我还是把它放进了好罐里。谭豆腐没有做错什么，我不能把别人的过错记到他的头上。

只好再磨豆腐——豆子，豆子，豆子，谭豆腐去买豆子，气哼哼地提着空布袋回来：西南堡里已经没有了豆子，而黑堡也没有了。这一次，他相信了大明军队的溃败：“这些溃兵，和土匪有什么两样？三文钱，三文钱能买个屁！还不如明抢呢！”这一段，我也将它塞进好罐里，但接下来的我则必须塞进坏罐：谭豆腐说，这样的大明军，还不如早早地被瓦剌收拾了，实在可恶。

小冠饿了，父母都还在忙碌。他偷偷地抓了一小把豆腐渣——母

1　为中国北方少数民族，与起源于大兴安岭的蒙古族合称为广义蒙古族。旧时居于西域，后逐步称雄北域，元皇室后嗣脱脱不花为可汗，也先为太师的时代势力达至最胜，与接邻的明王朝发生多次战事，著名的明朝土木堡之围即由也先所导演。

亲看见，狠狠地训斥了他一顿。我把这个记录放在了好罐里面。

下午时分，新的两帘豆腐磨好，谭豆腐推着小车去卖。好罐。

谭豆腐家的将剩余的豆子从布袋里倒出来，拣出好豆子，将掺杂在里面的豆壳、豆秆和小土块拣出去。好罐。

给儿子小冠补衣服。好罐。

许秀才家的前来串门，还回借去的三个粗瓷碗，谈论刚刚军士们的作为。谈论赵昌家女儿的溺水死亡和那个隐去的男人。谈论谭五爷，年轻时候和现在，根本吃不上饭，谁去看他他都冲着人家喊饿，可他的儿子儿媳却总说他什么事都不干却能吃下两个人的饭，如何如何……肯定有人撒谎。谭石头的老婆最近总戴着一个银手镯，从哪来的？谭石头哪来的钱？你知道他和谁混在一起了吗？……背后议论是非，坏罐。

我把自己记下的一天一一归类，展平，放进蓝色的好罐和灰色的坏罐里，然后吹灭蜡烛——当然，谭豆腐一家人根本看不见我点亮蜡烛和吹灭蜡烛的动作，这些事儿，我是在灶台后面的那个空间里做的。吹灭蜡烛，我绕开灶台上的香炉，绕开灶台上的泔水盆和筷子笼，绕开还沾染着豆腐味儿和淡淡霉味儿的箅子，跳下灶台，跳到风箱上，然后再跳到地上。每天临睡之前，我都会绕到谭豆腐的卧房门外听一下他们的鼾声，看看他们熄了油灯没有，放好尿盆没有，水缸的盖子盖好没有……我毫无法力，即使他们油灯未熄、挂满尿硝的尿盆未给儿子放好、六岁的小冠踢掉了被子、水缸的木盖未曾盖好，我也不能为他们做任何的补救，但我还是愿意走下来看看。

毕竟，我是这一家人的一家之主[1]。七年里，我真的把我当成谭豆腐的家人了，尤其是对那个虎头虎脑、一身嘎劲儿的小冠——尽管这从未影响到我做事，我不会真的按照他们的希望只记好事儿。在这点上，我承认自己有些刻板——可作为灶王，不就得这样么？

谭豆腐的鼾声比平时响亮。毕竟，这一天他做了原来两天才会做出的豆腐，而且憋了一肚子火。我听见他还在响亮地磨牙，这并不是平日里的习惯，那天，有所不同。那天有所不同，窗子外面风声呜咽地呼号，几乎像冬天里才有的那样，我觉得有那么多那么多的冷从风声里面透过来，屋子里的黑暗也较以往更加浑浊——躺在炕上，我忽然想起中午时分饼店灶王说的一句话，他说明军遭到了埋伏，那个惨啊，战事有可能也波及我们这里——“如果蔚州被瓦剌占领了，灶王、城隍的日子都不会好过。他们的神不会善待我们的。”

想着，想着，我进入梦乡。

我做了一个奇怪的梦，梦中，我还是个书生，所发愁的事是一日三餐。有人跟我说，没粮了，说这话的人看不清面孔，不知道是我的妻子还是母亲……我怀着羞愧和忐忑出去借米，走的却是夜路，走着走着听见一片喧哗，我觉得闻到了一股焦煳的味道，仿佛是什么东西被烧焦了——我回头，发现自己的布袋子里面已经装满了米，但它不

1　在民间传说中，灶王往往被尊为一家之主，北方民间的灶王对联分别为“上天言好事”“下界保平安（有的写作吉祥）”，横批则是“一家之主”。

知道被什么点燃了……“救火！”我大喊着，从梦里挣扎着醒来——

一股沉重的烟味儿直直地钻入我的鼻孔。成为了灶王，虽然没什么法力，但嗅觉的灵敏却是保留的，甚至比我原在人世间的时候更为灵敏：毕竟，灶王一直蹲在灶台的一边，天天闻着油味儿、烟味儿、米味儿、葱味儿、豆子的味儿、豆腐的味儿、草叶的味儿、刷锅水的味儿、随便什么东西发出的霉味儿和红薯放坏了的苦味儿，即使不睁开眼睛，即使还有一段距离，我也能分辨得出来。“着火了？是什么着火了？”我从炕上坐起来，另一股沉重的烟味儿再一次钻到我的鼻孔里，让我几乎要翻一个跟头。“快，失火啦！”我跳下灶台，发现火焰已经烧到了屋檐。“快快快，失火啦，你们赶紧起来！”

我是灶王，没什么法力，但人世间的火焰并不能真正地烧到我，我只是能感受到它的炽热、呛人的气味和轻微的灼痛——“快点，快跑！”我冲着谭豆腐他们睡着的里屋喊，但浓烟和翻滚着的火焰把我隔开了。“快……”我喊得声嘶力竭，在声嘶力竭的瞬间我才突然意识到，我的喊声人世间的人们根本听不见。

我只得看着火焰烧到了屋顶，烧到了房梁，烧到了……我眼睁睁地看着，使劲地搓着自己的手。

街上变得明亮。燃烧的，并不只是豆腐房，而是一片、一大片的房屋都在火焰的烧灼中——街上也变得熙攘，呼喊着、惨叫着的是跑出来的村民们，而挥动尖刀、冲到人群中砍下人头的应是瓦剌人，因为他们骑在马上，因为他们的行动太快，也因为黑暗和火焰的交替让我根本看不清楚。灶王们也一一地走到了街上，我看到瘦瘦的田家灶王已哭成了泪人：“我我我，我就，我就，眼睁睁地看着……”

牛头和马面[1]，以及地府里的黑色仆役也已来到街上。一个地府的黑皂吏[2]提着布袋，在经过田家灶王身边的时候停下来俯下身子：“别这样，都是命数。”田家灶王突然拉住地府仆役的衣襟：“求求你，他们是好人啊，他们不该遭这样的劫啊，他们可是什么也不知道，就，就……”田家灶王的老婆灶王奶奶也跟着咿咿嘤嘤地哭，她也伸出手去试图拉住黑皂吏的衣襟。

黑皂吏不肯再搭话，而是甩开田家灶王的手，径直去追赶一个刚刚脱离了躯体的魂魄——“唉，你别……”脸上挂着泪痕的饼店灶王拉住了田家灶王，“算了算了，他也管不了什么的。你能要他怎么样？”

“我……”田家灶王还在哭，“我就眼睁睁地看着……本来，田家的老二都已经跑出来了，可……我都没有找到他的头！他才十六岁……”

他哭得我心酸。可谁又不是眼睁睁地看着呢？

豆腐房的火焰还在燃烧，我听到了里面的呼喊，只有两声便淹没在噼噼啪啪的声响之中……谭豆腐的魂魄晃晃摇摇地从火焰和浓烟中钻出来，他的脸色那样苍白难看，就像城隍庙的大殿里涂了油漆

1　民间传说中地府的勾魂使者，为鬼卒，长着一副牛头的简称为牛头，长着一张马脸的则简称为马面。据说牛头的形象来源自佛教，又称为阿傍。

2　衙门里的差役，因多着皂色衣服而得名皂吏。地府的阴间差役则称为黑皂吏。

的木雕童子那样，在经过我身侧的时候依然是那样木然，似乎并没有把我认出来……我擦擦脸上的泪水，想和他打一个招呼，然而一个地府的黑皂吏冲到我的前面，抖开他的布袋，谭豆腐的魂魄就不见了。“你……”我知道自己多说也没什么用。

整个西南堡，都陷入火海、哭喊和黑色的马蹄声中。

豆腐房的外墙倒向了里面。谭豆腐妻子的魂魄也跟着浮了出来，确切地说，率先浮出的是她的腰和屁股，她的脸还埋在火堆里。她在急急地翻找着什么，那样大的火焰让她什么也看不见。

“谭刘氏，你……”

谭豆腐妻子还在翻找，灼热的热气吹动着她的身子，她不得不用自己的双手紧紧地抓住燃烧的木桩，直到略有些瘸的黑衣仆役把她收进口袋里。“救救我儿子！小冠！”我猜测她是对我说的，虽然始终她都没有看我一眼。

“走吧，走吧，看着伤心。”黑脸的铁匠灶王拍拍我的肩膀，他的手上竟然提着铁锤。“小冠——小冠还在里面……”我指指火焰和它甩来甩去的烟尘，提到小冠的时候我的心仿佛被针扎到了一样。“别管啦。我们根本做不了什么。你没听见城隍庙的钟声么？”

我说我听见了，可是，小冠还在里面。你不知道，我多心疼这个孩子，在人世间的时候我也有这样一个儿子，也是在六岁的时候……“走吧。听我的。”铁匠灶王阴着脸，“你留在这里也没什么用，我们灶王，就是些没用的东西！”他突然地抓紧了我的手，“走，我们听城隍老爷怎么说……”

城隍庙，建在了西南堡的围子墙西边，我们走过去要经过西南堡的几乎整条东西街。那个惨啊！让人不忍心直视——我们这些灶王也不忍直视，毕竟，每个灶王都生活在灶台上的神龛背后，与这家人耳鬓厮磨，天天都在一起……“田家老二本来都跑出来了，你知道他那么懂事儿，总是替别人着想，可他一跑出来，一跑出来就……”田家灶王还在嗡嗡嘤嘤地哭，我们一边安慰着他，一边流泪，我们安慰他其实也就是安慰自己。

“啧，”一个来自地府的黑衣仆役在经过田家灶王身侧的时候略停了一下，“真是，没出息，有什么可哭的，真把自己当一家之主啊？”

“你说什么？你再说一遍！”铁匠灶王挥动着自己手里的锤子，他的脸色和动作看上去真的可怕，“我们灶王的事儿，什么时候轮到地府仆役来指手画脚了？什么人、什么东西都能斥责我们啦？”我知道他有一肚子的火，一路上，凡是能看见的、略有突出的东西，铁匠灶王都挥动自己手上的铁锤狠狠地砸下去，也不管他的锤子其实砸不到人世间的那些东西。我和田家灶王奶奶一起拉住他，生怕他做出什么出格的事来——他的锤子虽然砸不坏人世间的任何东西，但锤到地府黑皂吏的身上，还是很疼的，那样，事儿就大了。

“就是就是，你算什么东西！城隍管的事儿，现在轮到地府的人来插手啦？你们的手也伸得太长了吧。”灶王们也七嘴八舌，黑皂吏看都没看我们一眼，而是径直飞向了高处。“啧，你算个什么东西！”

灶王们冲着树影上的黑影大喊。

城隍庙外。同样是熙熙攘攘，哭声骂声呼喊声连天——我们没想到那里已经聚集了那么多的人，而远处还有不少的人正在一簇簇地赶过来。“不是我们堡的，”饼店灶王凑近了我们低声说道，“你看，蔚州那边。”

蔚州那边，也是火光亮着，哭声骂声呼喊声马蹄声遥遥地在风中传过来。“这是怎么啦?”田家灶王还沉浸在自己的悲痛中，“不是说，我们的大军一直在胜利，一路追击到大同，已经把也先抓住了，可，可怎么……”没有人能回答他的话，我们之前听到的和我们口中说出的也大抵是这个样子，昨天，有灶王说大明的军队遭遇伏击已经撤退，我们还不那么相信，但，谁能想到……

“他们是豆腐军么?他们是草料军么?他们是纸糊的人么?五十万大军啊，就是猪，也得抓上十天半个月吧，怎么……”田家灶王愤愤不平，“你们知道，我就那么看着，看着……”“谁不是!”白脸的饼店灶王接住话茬，“我也是看着啊，我要是能叫醒他们，他们也不至于……要不是来的那些大兵抢走了刚刚烙好的饼，他们也不至于又吭哧吭哧再做，也不至于睡得那么死……”

灶王们七嘴八舌，义愤填膺，飞出的唾沫星子就足以把人给淹死——当然，我们再多的唾沫星子也淹不死人，他们是被火烧死的，被马踩死的，被刀砍死的。没有死掉的人正朝着城隍庙的方向集中，他们拖着长长的哭声，拖着残肢和血迹……别提多惨啦！灶王们七嘴八舌，灶王奶奶们抽泣不止，只有铁匠灶王一言不发，他挥动自己的锤子，从兜里掏出一枚枚生锈的铁钉，一下一下，把它们砸进城隍庙台阶旁的柏树根里。当，当当，当。

“哎，哎哎，”刚刚从大殿里面走出来的高经承用下巴上的胡须点着铁匠灶王，“干吗呢你？有气，有气也不能朝树撒啊，它招你惹你啦？把钉子都给我一根根拔出来，不然，我把你破坏庙产的事儿报给城隍老爷，把它塞到你的坏罐里去！”

“我问你，”铁匠灶王梗起脖子，“高经承，你是给城隍当差还是给地府当差？我们是归地府管还是归城隍？”

“屁话！你什么意思？”

灶王们围过来，我们动用各自的舌头把刚刚发生的事向高经承复述了一遍，当然每一条舌头都不那么老实，或多或少添加了不同的油和醋。“我告诉你们可别骗我！我说灶王们啊，你们就别添乱了，你知道咱城隍老爷在里面……啧啧，这一天，忙得他啊，真的是连饭都没吃上一口！”

“不行，我们不能答应！”灶王们看着地府的黑皂吏从城隍庙的台阶上进进出出，“城隍老爷和高经承您可以那么说我们，但他们黑皂吏就不行，就是牛头马面也不行！”

“行啦行啦，已经够乱的啦，我的灶王老爷们！多大个事儿！我们会把这件事写个照会[1]，给地府那边传过去，也真是他妈的……都是

1　官署之间、衙门之间有关事务的行文。

相互照应的兄弟，你也离不开我我也离不开你，我们不跟他们一般见识！我们灶王多知书达理……”

“不行！”田家灶王的老婆把脸从手帕里拿出来，“高经承，我知道您……您可得为我们家老爷做主，给灶王们做主！他们怎么能这么瞧不起我们？当我们是不是仙人？就是我们不拿仙家俸禄，跟着自己的住家一起吃喝，也不能不把我们当人，不把我们当仙人不是？高经承，您替我们想想……”

“就是就是！”灶王们的七嘴八舌又开始发作，我们都提高了自己的声音，让它更像是示威和争吵——这一夜，我们经历的太多了，每个灶王都吸进了一肚子的火焰。“要是他们……他们不道歉，不处理的话，我们就不再当这个受气的灶王！”“就是就是！”

“好啦好啦，”高经承皱了皱眉，“灶王奶奶那么说，我能理解，可你们不能这样。我是会把情况向城隍反映的，城隍老爷也一定不会无动于衷，但结果怎样我可不敢向大家保证——不过我相信他们会收敛的。受气的灶王——灶王老爷们，你们跟我这里说这个有什么用？要我真的报上去，说你你你你们不想当灶王啦？不能，不能啊！灶王老爷们你们也自己想想，这一役，我们有多少家已经家破人亡，没有了灶王的位置？蔚州城、南寨和黑瓦堡，你们看看，哪里不是火光冲天？不想当灶王，没问题，我想城隍老爷和地府的判官老爷都特别爱听这句话，现在可真是僧多粥少的时候！你们，可得想好喽……”

听了高经承的这番话，我们的舌头仿佛都被冻住了，无论是七嘴，还是八舌，都再移动不得，说不出一句完整的话来。高经承和一个下巴上长着一绺红胡子的马面打了个招呼，然后转向我们："现在，瓦剌人走了，大明的军士们没死的也大约走啦。等天亮了，大家都回去查点一下，有多少家还有人口，有多少家已经家破人亡不再需要灶王啦……一定要做好清点，一定要尽职尽责，尤其是不再需要灶王的人家，你们可要把自己的好罐坏罐护好喽，仔细检查一下有没有未记的和漏记的……重新安置的时候，你的记录就不单单是对这家人的考察，也是对你的考察喽——你们，都听明白了吧？"

"明白啦明白啦。"我们垂头丧气地点着头，不知是谁又发出了哭泣之声。高经承再次皱了皱眉："我说你们吧，最好是，离得略略远一点儿，这样被城隍老爷看见了……他的烦心事儿已经够多啦！唉，不被你们累死也得被你们烦死！"

"好好好，高经承您说的是。"灶王们冲着高经承点头，然后朝着台阶的下面退去。铁匠灶王还是一言不发。他用着力气，试着把刚刚锤进柏树根的钉子拔出来。"走。"我对他说。"干什么去？我不去。"他说。"还有小冠呢。也许，他还活着。我没看见他的魂儿。"我说。"我不去。我们家里，一个人也没了。"铁匠灶王脸色更黑，他几乎是咬牙，切齿，可是钉下的钉子还是没能拔出来。

我只好独自一人悻悻地往回走，虽然我并不愿意这样——太惨啦，实在是太惨啦，每走一步我的心都跟着重重地颤一下。到处是断壁残垣，到处是焦煳的气息和焦煳的痕迹，到处是不知从哪里来的水渍、泥渍、血渍和说不清是什么的污渍，到处是……第一次，我感觉自己熟悉的西南堡是这样空旷、陌生、可怕，每走一步我都怕踩上什么让人难受的东西……这时，我开始怨恨起铁匠灶王来了，平时他和我的关系最好，一旦我遇到什么不顺心的事儿，只要告诉他他说会给我宽心，卖把子力气，因此上我也就原谅着他的臭脚、喝水时的啧啧声、有些粗鲁的用词和把脚支在桌子上来回晃动的动作，可是，今日，他竟然让我一个人独自返回到这里……天已经淡亮，火光渐歇，风声也在不知不觉中小了下去，我甚至猜想昨天晚上之所以有那么大的风，完全是瓦剌的神灵或瓦剌地府里的鬼怪们制造的，既是对堡子里人们的提醒又是遮盖，遮盖的成分可能更多一些。路上，我看到几只老鼠在撕咬一段黑乎乎的东西，它们完全是一副目中无人的状态——于是，我走过去，冲着它们大声喊叫——“干什么呢！你们这些死老鼠！西南堡，难道能容你们为所欲为?!”它们吱吱叫着，继续它们的撕咬和争夺：这些老鼠既听不见我的声音也看不到我。在它们那里，我也是不存在的。

一时间，我悲愤交集，我的悲愤就像是一团湿进了水去的棉花团堵在胸口。我这灶王，真是个无用的东西。

火光已经很少，只有烟还从一些地方不断地冒出来，间或有一些噼噼啪啪的响。我终于走到了豆腐房那里——“小冠……”“小冠。你还在这里吗?”我跳过塌倒的房子和焦黑的灰，在跳过去的时候竟然有些灰被我的跳跃震荡了起来——不，不是我造成的，而是一个瘦小的黑影，他飞快地转向另一处黑暗中。“小冠，是你吗？你在吗？”我听见我的心在跳。成为灶王之后，我还是第一次，听见自己的心跳。

“你是谁……”暗处，有个声音在怯怯地问。我听得出来，是小冠，是小冠的声音，但和在人世间的那个声音已有不同。

“小冠……我是你们家的灶王。”无用的泪水又涌了出来，我来不及擦拭，“你出来吧。你看看我，我知道你姓谭，你父亲是谭豆腐，你母亲是……她在临走的时候还在四处找你……”

小冠怯怯地从黑影中走出来，他的脸上是一块一块焦煳的黑，只有两只眼睛在怯怯张望。“你，你真的是？”他哭出声来，“我爹呢？我娘呢？”

我告诉他，他的父亲母亲已经被地府的黑皂吏带走了，装在不同的布袋里，不过可以放心，黑皂吏不会为难他们，他们将在地府里待上一段时间然后重新投胎，那时候，他和他们就不再是父子母子关系了——“我要我爹。我要我娘。”小冠又哭泣起来，作为魂魄，他竟然还能流出属于人世间的泪水。我抱住他，他的身上也还有力气和温度[1]——“小冠，你和我说说，你现在……”他和我说，他睡着了，并不知道发生了什么，而等他醒过来的时候周围已经是一片浓烟，他呼喊自己的父亲母亲也没有人应声。后来，他从浓烟中钻出来，就听

1　在传说中，新死的魂魄会在一段时间内保留人的基本特征，随着时间推移才会慢慢地消失，佛教称其为“中阴身”，即作为人和作为魂魄之间的过渡阶段。在这篇小说中，魂魄的中阴程度较之以往的传说略有强化。

到了外面的混乱，看到了一个穿着白衣、长着牛头的人和一群黑衣人在街道上晃来晃去。他非常害怕，就在墙的后面躲藏起来，然后躲在烟和火中，躲在塌掉的房梁后面……他也看到了那些呼呼叫着骑马的人，他们和白衣的牛头一样可怕。“你就一直躲着，没被发现?”小冠点点头，依然是一副惊魂未定的表情。

“你找到小冠了啊。”铁匠灶王朝断壁上又锤进了一枚钉子，他的衣兜里似乎有永远也掏不完的钉子。“你怎么来了?”我自然还记得刚才的怨愤，“你怎么不去你的铁匠铺?”“都没了。”他又恶狠狠地钉下另一枚钉子，一松手，这枚钉子就掉在了地上，“大老爷们知道，可他们就是不通知咱们。”

“就是告知了我们，又会怎样?”我攥紧小冠的手，他的手心还有人世间的温度，“我们也做不了什么，什么也做不了，还不是和现在一样。”

“是做不了，但至少我可以躲起来吧，我躲得远远的，不看不行嘛!”黑脸的铁匠灶王几乎是吼叫，他朝着空中挥动了一下自己的铁锤，“我的心里、肺里都是铁，是铁做的，可我也还是……受不了!”

“你吓到小冠了。”我拍拍小冠的头，“别这么大声。”

我在灰烬中找出我的好罐、坏罐，用嘴吹吹上面的灰——在成为灶王的时候城隍说过，我们影响不到人世，人世间的发生也影响不到我们，可我的罐子上面还是落了一层淡淡的灰，也不知道为什么会这样。我找到自己的书和笔墨，找到自己换洗的衣物，把它们包在一个包裹里面，然后和铁匠灶王一起去他的铁匠铺。路上，我们遇到了田家灶王和灶王奶奶，饼店灶王，他们也已经打好了自己的包袱——“哎，你怎么还带着小冠？”饼店灶王追上来，他拍拍小冠的头，“他没跟黑皂吏们走？这怎么行啊，难道，你要永远带着他吗？”凑到我的耳边，饼店灶王抹掉眉毛上沾着的面粉，“你怎么向城隍交代？这不合规矩……再说，如果三天，三天不到地府报到，地府就会将他除名，他就会成为孤魂野鬼，到那时候……”我告诉他说，我已经想过了，等我把这边的事儿处理完就去城隍庙，我要先求高经承，然后再去求城隍老爷，不会让小冠耽误时间的。他怕生面孔，我就求求城隍让我把他送到奈何桥[1]……“啧，城隍是你家开的，还是地府是你家开的？高经承会听你的？”饼店灶王一脸的不屑，“我劝你，别总想美事儿，到时候不给你记个过、不把你的灶王职位撸掉，你就烧高香吧。一下子余出了那么多灶王，城隍爷正愁没处安置呢，你倒好……对了，我怎么感觉小冠的头还是暖的？”

“当然是暖的。”铁匠灶王听到了我们的谈话，“他是个男孩子，现在体内保存些阳气很是正常，而且，现在他属于中阴身，不能算是完全地死亡……”“哦，我明白了。”饼店灶王点点头，他的手伸向小冠的脖子，轻轻捏了捏，“是热的，暖的。我在书中也读到过中阴身之说，但没有真正地接触过。长见识啦。你说你这样的粗灶王，肚子里

1　架在阳间边域和地府边域的“界桥”。离开人世的魂魄经黄泉路至此，将经过忘川河，而河上的桥则称为奈何桥。

也有点货。”

“什么叫粗灶王？”铁匠灶王冲着饼店灶王提起铁锤，“这叫什么话！”又一枚钉子被钉进燃烧过的木头，钉子掉落在地上。他弯下腰去，将钉子重新捡回，放进自己的兜里——“我就该除了打铁、烧炭，其他的什么都不知道？”“你知道你知道，你什么都知道。”饼店灶王摇摇头，“我知道你气儿不顺。一下子发生这么多事儿……我们还是早早到城隍庙那里报到吧，蔚州好几个堡子都遭了劫，真是够我们的城隍老爷忙活的。”

“谁愿意管他。”铁匠灶王长出了口气，他从兜里又摸出两枚钉子。

白脸的饼店灶王说得没错儿，等我们返回城隍庙的时候，台阶下面已经站满了交头接耳、叽叽喳喳的灶王，那种混乱是我成为灶王之后从未看到的。“都别挤都别挤，别乱插，你们都给我按次序站好，什么事啊！每个堡子，乡约灶王和地保灶王都给我组织好，你说你们大小也算个神仙，也是在仙簿上有一号的，这么乱哄哄的像不像话？”高经承站在台阶的最上端，揣着手，冲着台阶下面的灶王们喊，“我可说好喽，你们要是非这么乱哄哄，没秩序，我们今天也就没办法把各家各户的情况弄清楚，弄不清楚，后面要是耽误了谁的什么事儿，我的爷你也别来找我，我也伺候不着！”

又一阵忙乱，所有的灶王都按照高经承的要求排好了队。“这就是了。各位灶王，你说我这么个芝麻大的小胥吏，嘴皮子都磨薄了，鞋底子都跑透了，为的是什么？还不是为了大伙儿，让大伙儿舒心安心，能有个好去处不是？大伙儿就体谅体谅我吧，非常时期，谁能想到我们摊上这么摊子事儿？好啦，各位，把自家的情况都登记到这里，你们的好罐坏罐也都放在这里……一个个来，千万别乱了！哎哎哎，你又干什么啊？回去！"

我将早已填好的表格递给差役，看上去他的年龄不大，大约是新来的，可一直都沉着脸，纸张放得不够整齐也会遭到他的斥责。好罐，坏罐。"写上你自己的名字，这么点儿事都拎不清？刚才讲的时候你没带耳朵？""不不不，我已经写了，在这里，也是按规矩写的——""你不能朝上写一点？这么靠下，谁能看得见？要是误事可怪不得别人！"年轻差役斜着看了我两眼，"下一个！"

高经承在人群中来回走动，高高的个子和高高的帽子让他异常的突出。我拉着小冠的手，想挤到他的身侧去——就在我们靠近高经承身侧的时候，城隍庙前两只硕大的石狮忽然发出嘶吼——"干什么？你要干什么？"高经承冷冷地问。我告诉他，小冠是谭豆腐家的儿子，六岁，在昨天的大火中已经丧生；他太小，害怕生人，因此错过了跟着地府黑皂吏去地府投胎的最佳时候，这不，在您让我们回去把好罐坏罐准备好做好统计的时候我找到了他，就把他带到了这里。"在他活着的时候，经常来庙里玩儿，您还说挺喜欢这小子的，虎头虎脑，喜兴……""别别别，那是那时候。我说豆腐灶王，你把他带到这里是想直接把他送过去还是……你是真不懂规矩还是假不懂规矩？若不是装在地府仆役的布袋里，或者牛头马面的铁皮壶里，哪家新死的魂魄能进得去城隍这道门?”“我知道……只是，这孩子怕，地府的黑皂吏一出现他就会躲起来，再说我们也不知道黑皂吏们会在什么时候出来，总让他等着也不是个事儿，等三天期限一过……”“豆腐灶王，别怪我不给你面子，平日里咱们怎么也算有些交情，可这事儿我还真办不了，规矩在那立着呢，我要是随随便便就带魂魄过去，随随便便就给他安个名目让他投胎，你说还有王法不？我只是一个不入流的小差役，你可别为难我啦……”

“那，您说，我该怎么办?”

“你就让他远远地看着，等黑皂吏出来就快点奔上去，让他把这个小家伙带过去不就得了。”

“可是，高经承，您也知道前面有个先例：曹木匠家的奶奶去世，老人行动慢没跟上上一个仆役，而下一个仆役说什么不收，说他的押牒[1]里面就没这个人，怎么说都没用，最后曹木匠家的奶奶就做了孤魂，现在还在小南河那里打转儿，天天哭哭啼啼的。这样的情况也不是一次了，您说……”

“那我可管不着。”高经承再次拉下面孔，“你要是觉得我们该管，你就写张呈子呈给土地，让他通过那条通道向上呈报……走吧走吧，你们的事儿真是够多的！你的小冠呢？这孩子！”

我回头，发现小冠的魂魄的确已经消失，不知道跑到哪里去了。

1　关于转送押运等事宜的文书。

二　我们救下了龙王

傍晚时分，灶王们都已散去，其实在下午的时候我们就已经散了，只是有几个灶王还不甘心，我知道他们的心思。“还读书人呢，”铁匠灶王有些愤愤，“自私，怯懦，虚伪。书都读到狗肚子里去啦？说的比唱的都好，可遇到了事儿，就一心想着自己！我怎么和他们……这个破灶王，不做也罢！再去轮回也罢！”

“这话，也就跟我们俩说，”饼店灶王去踢一块石子，石子不动，烧掉了一半儿的草叶也不动，“你会得罪其他灶王——有些事儿，你自己清楚就得啦，别说，别说出来。他们的那点儿心思谁不知道？谁又不会？只是做与不做，舍不舍得自己的脸面罢了。”饼店灶王又去踢另一块石子，石子不动，烧掉了一大半儿的草叶也不动，“你们说，我们要是重新分配——我们能怎样分配呢？”

“谁知道！爱咋样咋样！”铁匠灶王又掏出一枚钉子，但他没有找到可以锤进去的地方，于是，又把这枚钉子放回兜里，“我干了三十三年的灶王，先后四家，无论做什么事也都算尽力，没功劳也有苦劳，能指责我的也就是这个臭脾气——他们这些作威作福的大老爷，还能因为我的臭脾气把我除名，把我打到轮回中去？”

“那可说不定。你还记得前几年的那个种菜的田家，田家灶王不？不是种土豆的田家！我没看到他犯什么错，不就是得罪了城隍老爷……走的时候，哭得那张脸，就跟猴子屁股一般，他还跟我们一个个道别来着……”

我不想再和他们谈论这个话题，它只会增加人的不快，于是，我找个借口独自一人走回到豆腐房。它已经面目全非。我在那些残破和烧毁的痕迹中几乎找不到过去的半点儿影子，它和昨天完全不同，昨天还有叽叽喳喳的说话声，而现在，只有一只湿漉漉的老鼠在灰烬和残破的土坯间逡巡，我不知道它是从哪里钻出来的，也不知道它怎样弄得一身的水。“老鼠啊老鼠，现在这里都归你啦。没有谁再驱赶你，你是不是很高兴？”我俯下身子，当然我的话它不可能听得见。

“灶王……爷，”小冠从一处裂开的墙那里露出满是泥渍的半张脸，“灶王爷，是我。”

老鼠吱的一声，钻入灰烬和杂乱中去，跑得无影无踪。

“小冠！你跑哪儿去啦？刚才，让我一通好找！”

“我去护城河啦！你看你看，我抓到了什么？！”他跳出来，摊开手。在他的手里，有一条遍体通红的小鲤鱼，一口一口地吞着空气。我看到，它有几片鳞片似乎像是被火烤过一样，边缘处翘着，仿佛还有丝丝的血渗出来。“它怎么啦？你怎么抓到它的？”

“它在泥里，我走过去的时候捡的。河里没水，都是泥！”

“哦，城门失火，殃及池鱼。小冠，它也挺可怜的，你要是把它丢在这里，早晚都会喂了老鼠……我们还是把它放回水里去吧！”

“可是，河里没水，都是泥！”

我想了一下，“南李碾村村外有一条小河，距离我们这里更近，昨日的大火应当对它没有影响，我们不如就把这条鱼送到那里去吧，是生是死，是不是能如鱼得水都看它的造化了”。

“好啊好啊，灶王爷爷，我们快点儿去吧！你看这小鱼儿，”小冠再次把红鱼举高，给我看，“它都不动了。”

我们紧赶慢赶，试图让脚下生出风来——小冠跑得气喘吁吁，不够快，但我也帮不到他，不能把他手里的鱼接到我的手上。“小冠，快点，”我说。“小冠，慢点慢点，你别——”我又说。终于，我们跑到了河边，从一个芦苇丛的缝隙里钻下去。我们看见了水流。

“小冠……”小冠把红鱼放进了水中。它不动，一动不动。

小冠用树枝碰了碰红鱼的背，碰了碰红鱼的鳃。

红鱼猛地张开嘴，大大地吞了一口水，然后又将它喷出来。红鱼猛地甩了一下它的尾巴，跳出水面，然后又钻进了水流之中。不知是不是我的错觉，我感觉它在向远处游去的时候似乎越变越大，成为一条大鲤鱼，一条硕大到让人目瞪口呆的大鲤鱼。

“大，大鱼！”小冠指着水流，看来应该不是我的错觉，小冠也看到了这条红鱼的变大。它为什么会在水流中那么快地变成大鱼？我想不清楚，索性就不再想了。成为灶王之前，我见过一些没有道理、不能理解的事儿，成为灶王之后这样的事儿更多，管它呢。“大鱼……”小冠还在朝水中张望，这孩子，一点儿也不为自己的事儿操心，还有两天的时间他就会从地府的名册中除名，从此成为四处游荡、没有任何躯体可以收留的孤魂——这样的孤魂，就像离开了树干的树叶一样，会在阳光、月光的晾晒之下一点点地干萎下去。我盯着小冠：这孩子，从一出生我就看着，一天天地看着他，心理上我已经把他当成我的孩子、我的子孙，我这个一家之主总得为自己的子孙做点什么吧！我说：“小冠，明天早上，我们一起去城隍庙那里盯着，只要有办事的黑皂吏出来我们就冲过去缠住他，让他把你收进他的布袋里——这些天正在打仗呢，他们闲不着，也许终会有一个黑皂吏发发善心把你带进去。”

“我能见到我娘不？”他没盯着我看，他的眼神有些迷离。

“不能。”我只得摇头，“你娘也要托生到新的人家，她会变成一个婴儿的，就像田家四婶生下的那个孩子。她也不会再认得你。”

“那，我能见到我爹不？”小冠的眼睛里有泪水晃动，“我要我爹。我要我娘。”

我看着他把手里的小石子丢进河中。“孩子，我们走吧。”我对小冠说，“明天，我们早早地到城隍庙门口去，你别怕，有我呢。”小冠点点头，他的眼神里还是透出一丝丝的怯意来。

回去的时候一路无话，我们也遇到了几个灶王，彼此点点头。田家灶王奶奶对小冠的出现颇感兴趣，看来，她已经从田家一家人死亡的悲痛中解脱出来了，她招呼小冠，小冠也颇有礼貌地回她——我们返回到谭家豆腐房那里，小冠驱赶走两只依旧湿漉漉的老鼠，然后在一个相对干净些的地方坐下来。他偎着我，不再说话。那个时刻我也觉得无话可说——和一个只有六岁的孩子的魂魄，我能说什么呢？

我们睡了一觉，簌簌簌簌的老鼠们和簌簌簌簌的刺猬们都不曾影响到我和小冠，尽管只有六岁的小冠有点胆小。突然间，我听到了马蹄声。它在我们的位置停了下来。我把脖子伸过断墙，看到一个灰色的人影跳下了马，“请问，你是……是这里的灶王？”

我说是的是的，这里原是一家豆腐房，我是谭家豆腐房的灶王。那你是？我该怎么称呼你呢？

“你先不用管我是谁。我向你打听一下，你知不知道，是谁在傍晚的时候抓了一条红鱼，后来又把它放进河里啦？”

“知道知道，”我搂紧了小冠的身子，他身上的热量似乎较之以前已经减少了很多，“是他。这位……仙人，他没做错什么吧，他只是一个中阴身的孩子……”

——那，你是在哪儿抓到这条鱼的？

——护，护城河那里。

——你把它放进了哪条河里？

——碾村。那边。它变大了。

那个灰衣人笑了起来："对，对对。我要找的就是你们。走吧，跟我走吧。"灰衣人站起来，他显得又瘦又高，"我是河神[1]。知道吧，你们救下的，是蔚州河界的龙王。"

龙王？

路上，我和小冠骑在颠簸着的马背上，我转过身子问跟着马一路奔跑的河神："你说，我们救下的，真的是龙王？"

——你觉得我像是在骗你吗？我骗你做什么？

——不，不是那个意思，我只是觉得……他怎么会被困在淤泥里？要知道他可是能够呼风唤雨的大神仙……

——这事儿，我知道也不能回答你。你们还是自己去问他吧。我只是按龙王的要求，接你们过去。别的我也不能问也不能管。不过，看上去龙王很是感激你们呢！他从未这样……

我们一路颠簸着，在马上我感觉不到马的速度有多快，它的一步究竟跨出了多远——周围的景色纷纷后退，从它们后退的速度来看，这匹马应当是在疾驶，然而从马的动作和它的长毛的飘动来看，则是一副悠闲散步的样子……身侧的河神也同样悠闲，并不需要紧紧地追赶。也不知道过了多长时间，我们来到了一座城的外面，城墙高大庄严，飘动的旗帜在辉映中闪着金光——"我们是到了吗？这里是龙宫[2]？"

1　河道湖泊中负责水族管理的神灵。为河道湖泊龙王的手下。

2　龙王所居住的宫殿，又称水晶宫，其基本格制参照皇宫王宫的样貌，然后加入水族的某些特点。

“不是。”灰衣的河神笑了笑，我发现，他的额头上长有一绺白色的头发，只有一缕。他领着我们在一处宅子的外面下马，然后推门进入——它是一处后院。守在门内的仆从在他背后飞快地将门关好。进入这个宅院，我们发现它远比外面看上去阔大得多，悠深得多，我们经过蜿蜒曲折的几进回廊到达了一座凉亭，凉亭坐落在一个人工堆砌的小山上，下面的小路通向水池。河神领着我和小冠走到台阶的最后一级，然后分开了池水——“走，龙宫还在下边呢。若不是我领着你们，你们无论如何也找不到这里的。”

他说得没错。我们一路跟着，走在水下：那种感觉真的是奇异无比，水草和小鱼小虾在我们身侧漂荡游弋，只要伸出手去就可以摸到它们，就连我这个灶王也能摸到——我摸到小鱼儿的时候小鱼会猛地蹿出去，而摸到小虾的时候小虾则会突然一蹦，然后又若无其事地专心寻找起自己的食物来。在水下，我和小冠的呼吸都不费力，和在地面上时并无差别——我估计，灰衣河神一定施了怎样的法术，毕竟，我们是龙王的客人——想想吧，我和小冠，一个纸片一样的灶王和一个中阴身的魂魄，竟然在护城河河水干涸的时候救下了龙王！就像是在梦中一样，走在水下我也不敢完全地相信……我落在了后面。我落在后面，是因为自己的鞋带松了：作为灶王，只有一身不太像样子的朝服，那是在腊月二十三才穿的，平时我们都只能穿平常的衣服，而我时常穿的就是这种旧长衫和有鞋带的布鞋。我的鞋带松了，我落在了后面，在系鞋带的间隙我悄悄地将一个有虎斑纹的贝壳放进了衣兜。我追赶他们，三步并作两步，即将追上他们的时候我又悄悄地回头看了一眼：那个有虎斑纹的贝壳竟然还在原地。

经过一道门，四名虾兵朝我们敬礼，河神径直走过去，看都没看他们一眼。

经过第二道门，三只鲇鱼模样的士兵再次朝我们敬礼，河神朝他们点点头，然后朝我们摆手：走。

经过第三道门，一个穿着蓝色长衫、面色白皙的人在台阶下迎接我们，河神掏出一张纸片递到他的手上，然后站在一边。面色白皙、长有两条鱼须的那个人笑着朝我们走过来："贵客贵客，龙王让我在这里等候尊贵的客人。这边请……不好意思，请二位在这里填一下表，实在不好意思，我知道您二位是龙王的客人，但这里的规矩也不好破不是，一直都这样，就是城隍、判官[1]和神仙们到来也是如此……好嘞好嘞，我也觉得麻烦，可是规矩就得守啊，我可不敢随便地为谁行那样的方便……这边请，这边请。"

经过第四道门，两个穿着蟹甲的大汉拦住我们，他们仔细地看过河神手里的纸片，然后在纸片上分别盖上两个贝壳印章："好吧。你们可以进去啦。河神，你告诉他们，别乱摸，别乱看，别乱闯。"

我们走过一道水草的长廊，珊瑚的长廊，鲨鱼鱼骨的长廊，又绕

1　阴间官名，负责根据来至地府魂魄的阳间行为进行奖惩审判，多少具有法官的性质。传说中，较为知名的判官有赏善司判官魏征、罚恶司判官钟馗、察检司判官陆之道、阴律司判官崔珏等。

过一座由七彩的贝壳组成的假山，终于来到了龙宫门外。它高大、巍峨、金碧辉煌，就像我在旧绣本中看到的图画那样。“你们，先在这里等着。记住，就在这里，千万别乱摸，别乱看，别乱闯。我们的龙王，极其讨厌不守规则的人，就是他的客人、恩人也不行。你们一定要记住。”

我和小冠，被安置在一座雕满了鲫鱼、鲤鱼、鲢鱼、青鱼、石斑鱼、娃娃鱼、鲇鱼、鲋鱼和各种水草的影壁后面站着，我们当然不敢乱摸、乱看，更不敢乱闯，甚至都不敢乱说——何止是不敢乱说话，说话我们都不敢，生怕说错了什么、声音大了或者小了而得罪到龙王。我看见小冠试着伸长他的脖子，但马上又急急地缩回来，生怕哪个动作不合规矩而遭到龙王或者谁谁谁的嫌弃……有两条大鱼从我们身侧游过，在我们面前吐了两个泡泡。有一群带有蓝色花纹的小鱼整齐地拥过来，又整齐地拥回去，消失得无影无踪——

可河神还是没有出来。他不出现，我和小冠也不敢动。我感觉，自己的脚都有些麻了。有四个武士从我们面前经过，他们擎着闪烁着寒光的长枪。我知道，他们应当早就看到了我和小冠的存在，可是他们却完全无动于衷，仿佛我们两个并不存在一样。“小……”我想说，小冠，你累不累，要不要歇息一下，但张开嘴后就有些后悔，于是，便将要说的话重新咽了回去。小冠看看我，他眼神里那种怯怯的神情我当然能看得到。

也不知道又过了多长时间。我悄悄地挪动了一下自己的脚，把重心放在左脚上——这已经是第三次挪动了，而小冠，则闭着眼睛，一下一下地用力点头，似乎有一盘炕就马上会睡着。“小……”我又把后面的大半句话咽回嘴里：叫醒他又干什么？反正，龙王老爷、河神老爷一时半会儿也出不来，还不如让他打个盹儿。又不知道过了多长时间。我听见宫门打开的声音，听到一阵踢踢踏踏的脚步声，听见一阵熙攘：胖胖的、面色红润的龙王走在前面，他的身后跟着同样踢踢踏踏的一大群人，他们分别戴着鱼的帽子、虾的帽子、龟的帽子和贝壳的帽子，有人还给龙王打着看上去异常笨重的伞。灰衣河神从侧面紧走几步，赶到龙王的面前俯身向他介绍：龙王，他们就是您提到的那个灶王和那个小鬼儿。叫什么？小冠，对，小冠。

遥远地，龙王张着他的大嘴朝我们伸出手来，他的步子似乎有些踉跄：“感谢你们啊，感谢你们啊，是你们救了我的命啊！要知道，我一进到水里知道自己没有生命危险了，就想着怎么样报答我的恩人，我蔚州龙王可从来都是知恩图报、从不敢忘记别人滴水之恩的人！”他抓住我的手软软地握了一下，然后转向小冠，同样软软地握了一下，“所以，我一定要让河神把你们请过来！你看，听说你们到了，我的鞋子都没来得及穿好！”他伸出一只脚，那只脚上穿着厚厚的鞋子但未能系好鞋带；而后又伸出另一只脚，那只脚上只穿了一只白袜子。龙王展示完他的两只脚，便把面孔转向后面的官员，略略压低了一点声音：“记着，可要把这给我记下来。”说完这句话龙王马上转过脸，微笑着，把自己的手搭在小冠的头上，“小……小什么？哦，小冠，你知道你救下的是我么？哈哈哈哈，要不是遇到你，我这个龙王啊，很可能就变成了一块鱼干！我的小恩人，请受我大礼一拜！”

他的声音响亮，我觉得周围的水流都跟着嗡嗡作响。然而，在行大礼的时候不知道是他太肥胖的缘故，还是衣服有些瘦的缘故，还是他没有穿好鞋子不方便的缘故，总之弯腰的动作非常缓慢别扭，好像是……河神悄悄地捅了我一下：“把龙王扶住！”说着的时候他已经飞快地转向龙王身体的另一侧。我也跟着他伸出手去。

“哎哟龙王啊，你的伤还没好，要是再扭了腰可怎么办，你不让我们这些没用的给急死啊！”河神冲着已经六神无主的小冠微笑起来，“小冠啊，我们尊敬的、伟大的龙王都给你行过大礼啦！这是多大的荣耀，你至少是积了三辈子的福德，不，至少是八辈子！”

“把它也给我记下来，”龙王抓了一下自己的脸，他的脸上有一块一块正在结痂的疤，“我龙王可是知恩报恩，给救命的……帮助过自己的恩人行了大礼。即使这个帮助过自己的恩人只是一个孩子，是一个，嗯，中阴身的魂儿。”

“走吧！”他伸出一只手抓住小冠的手，伸出另一只手抓住我的手，这一次，他明显用了更多的力气，“二位恩人，跟我一起上殿，我要在大殿上用最高的礼仪、最隆重的接待方式来宴请你们！——你们，给我记下来，千万别省略‘最高’两个字。二位恩人，这样的破例我还是第一次，就是下次你们再来，我也不会这样招待你们啦！哈哈哈哈。”

我从来没有见过那么辉煌的大殿，就是蔚州城隍的大殿也远远不如。夜明珠散发的柔和光亮竟将大殿照得如同白昼。我和小冠，小心翼翼地踩在由虾须和贝壳粉混合铺就的、闪着淡淡蓝光的地板上，每走一步，心似乎都会轻轻地颤上一下。仙乐响起，漂亮的、拖着长长的尾裙的仙子们翩翩起舞。我和小冠被安排在距离龙王最近的那排桌子后面，小冠的面前，甚至也摆上了一个海螺酒杯，以示龙王对我们一视同仁。

宴会开始之前。一位微胖的、有着长长的脖子的官员站到大殿前面，抖开一张金色的纸，龙王和所有的龙宫官员、侍卫甚至仙子们都一脸严肃地站了起来。河神略略向我的方向倾斜，悄声告诉我，他是龙宫祭酒[1]，是龙宫里学问最大的人，也是在重要节日、宴会或者重要婚庆丧葬中负责祭祀的人。“看得出来吧，龙王对您和这个小冠的迎接是何等的重视。说实话我在龙王身边已经有几十年了，如此重视，还真是第一回。”

那个有着长长脖子的官员念了很长的一段文字，他的声音有些古怪，加上河神一直在我耳边说话叮嘱我做这做那，所以没听得特别清楚，但感激、赞美、祈愿和“玉皇”“王母”“太上仙君[2]”这类的词我还是听得出来。每遇到这样的词，我们就学着龙王和诸位官员的样子行

---

1 祭酒，官职名，由公认才高、博学的官员担任，主要负责祭祀、教育考核等，象征意味较重。

2 即太上老君的尊称，其为道教“三清”尊神之一的道德天尊，传说写下《道德经》的老子即为他诸多化身之一。

礼，偷眼望去，小冠竟也做得有模有样。不知过了多长时间，龙宫祭酒才把他的抑扬顿挫全部念完，我听见身侧一片长长的出气声，然后是噼噼啪啪挪动桌子椅子的声音。一位身形有些单薄的年轻侍从向我递上来一份绣有龙纹图案的精美菜谱：

鲍须三鲜

蟹黄鱼肚

荷花银丝鲍

水晶鸽蛋

桃仁油鸡

蟹肉蛋卷包虾仁

酱爆鸭片

鲜蘑扁豆

竹荪墨鱼蛋花汤

…………

“龙王为你们选的，可都是人间至味儿，你们也知道龙宫可不比人世间，有些在人世间很容易找到的原材料对我们来说则是极为困难，然而鱼虾贝类这些属于河流和大海的则又比人世间的鲜美多了……你看，这鲍须三鲜，是取东海紫鲍鲍脯上的两支细筋，高丽乌参背部最为乌黑光滑的一段儿，加上油发鱼肚，然后用长白山的红腹锦鸡熬成的浓汤来烧……”灰衣河神口里几乎有一条悬着的河，他还伸出手来制止住小冠已经伸出的筷子，“让龙王先。他不动的时候我们最好不要动，他停下来的时候我们最好也停下来……小冠啊，你觉得这样是不是更得体一些？你还是个孩子，可慢慢地，还是会成为大人的，有些理还是早知道的好，是不是？当然，你要是实在太饿了也可以吃那么一点儿，龙王感念你是他的……帮助到他的人，肯定也不会真的怪你的。”

龙王举起酒杯：“我说的话你们一定要记下来，它很重要，当然重要啊。我为什么要在这个时候举办这样一场宴会？”他伸出另一只手，轻轻地抓了一下脸上的痂，“我是要对，对我、对水族提供过帮助的恩人表示感谢。凡是肯在关键时刻伸出援手来帮助我们水族的人，无论是谁，无论是年轻的、年老的，无论是灶王还是还是……小鬼魂，我们都一视同仁，给予重重的褒奖——记下来，哎，我不说你们就不清楚，它必须要记下来，你们太容易丢三落四了。接着记：对我们有恩的两位，朋友，你们有什么要求只要不让我们违反天条违反龙宫的行事规则，尽管提！我会在不违反制度、规则和天条的前提下为你们提供所有能做到的帮助……好啦，干杯！这句不用记！”

“好吧，可以动筷子了。慢点慢点，龙王把筷子放下了，我们就不便……你们可不知道龙宫的规矩有多大！我们的王爷，可不允许别的什么人随随便便，就是龙王太子，他的儿子都不行！我们就更甭提啦！规矩大有规矩大的好处……行了行了，动筷子，别显得那么……”

菜上到第八道，我和小冠也就动了十几下筷子，桃仁油鸡、酱爆鸭片我们俩都没来得及伸出筷子就被面无表情的仆从给撤下了桌。“好吧，你们……继续吃，我还有一大堆的公务要处理，这一天，唉，每日的事都一定要每日毕，把这句话也给我记下来。”

音乐停止了，漂亮妩媚的仙子们也退了下去，一群蓝衣的仆从极为有序地把我们桌前的饭菜、酒杯水杯和鲜果也都一一撤下，另一群蓝衣仆从则使用一块方正的白布抹过桌子，两个官员模样的人将一大堆文书和别的什么整齐地摆在龙王的桌前。灰衣河神悄悄安排身侧的记事官员记下：龙王在重要的宴会结束之前就开始工作，而之前，他刚刚才从一场具有生命危险的灾难当中摆脱出来，身上的伤还没有痊愈。

“为了表达龙王对二位的感激和报答，他让我为二位准备了一点儿小礼物，当然，我说小礼物不过是谦辞，礼物不小，够你们挥霍三年五年的……”

“您是说，让我们……走？”

“倒也不是那个意思……怎么说呢，龙王见到了你们，也特意安排了酒宴，还为二位准备了礼物——你看看，你看看，他多忙多累，我们这些做臣子的都不好拿什么事儿来烦他——要是你非要再待会儿也行，待一天两天也行，我安排手下的仆役陪着你们……”

“河神大人，龙王肯见我们还安排我们来至龙宫赴宴，我自是感激不尽，心里也会常念龙王爷的好，他实在是一个重情重义、爱民尽责的好神仙。可是，有件事儿我实在是，实在是没办法解决，您也知道我们灶王是整个仙班当中最最渺小的小差人，我们说什么事儿到了上边一点儿用都没有，没有谁肯听我们反映。但龙王不同，龙王一定能……”

“我说这位灶王，你是不是有点儿，有点儿过分？”灰衣河神沉下了脸，“你还真的想提要求啊？想着连升三级，在蔚州做个城隍候补，还是要把我这个河神给替换掉？你觉得龙王能答应你么？”

灰衣河神的话就像是在烧热的油锅里洒进了水花，我心里立时便波涛翻滚起来。“我求的，不是我的事儿。我不为自己求。”我回头，小冠也正盯着我看，他眼神里那种怯怯的表情又出来了。“尊敬的、伟大的龙王，爷，”我站起来冲着龙王的方向，声音似乎有些颤抖，“您说，您刚才说，您会在不违反龙宫制度、规则和天条的前提下为我们提供所有您能做到的帮助……您是随口一说还是……”

龙王伸出手，又抓了抓他脸上有烧灼痕迹的疤：“我的朋友，我怎么会随便说说呢？难道，你没听见，我都让他们记下来了吗？”

“是，是的。”我的嗓子好像有点干涩，不得不用力地咽下一口唾沫，“我是灶王，城隍大人交给我的职责就是真实地记录，将它们分别放进好罐和坏罐里，我也觉得，尊敬的、伟大的龙王不可能……”

“这段儿别记。”龙王的脸上显现了一丝的愠怒，他挥挥手，告诉侍从们宴会已经结束，无关的官员们也可以退下了，“你说，你还有什么话要和我说的?”

看到龙王脸上划过的愠怒，我的心却骤然地平静下来。“龙王爷，虽然我只是一个小小的灶王，一个甚至根本领不到上天俸禄的灶王，却都知道您在神仙当中无比尊崇，法力无边。在来的路上我就百思不得其解：您怎么会是那条毫无力量的红鱼？您掌管水流河道也掌管行云布雨，为什么会落到那步田地?”

“他奶奶的！”龙王用力地拍了一下桌子，“说起来我就有气——这里别记，都不要记！”他又伸出手去，抓了一下脸上的痂，边缘处渗出了血，“我是西海龙王敖闰[1]的侄子，我们这一支……算了不提它了，反正，我就被分到蔚州做蔚州龙王，还得听那些无能的、愚蠢的……算了算了也不提它了。蔚州靠北，夏天短冬天长，我们的日子就不好过，那些无能的、愚蠢的……他们总给我使绊儿，年年降我的降水份额，把我卡得死死的。这个份额就是天条，没有谁敢去动它，我再有怨气也只能——我让他们写了不少的申诉状，可递上去总是石沉大海：要真是石沉大海也就好啦，落到我的地盘上我还能把它找出来递回去——别提它啦！真他奶奶的一肚子气。按照往年例规，我这些日子得在护城河留值，可没人告诉我会有瓦剌进攻，他们会连烧七个堡子……我有调水过来、补充护城河水量的法力，但调一滴水也是违

1 东海广德王敖广、南海广利王敖钦、西海广顺王敖闰、北海广泽王敖顺合称为四海龙王，为海洋大神，管理九州四海的风雨气候。其与天界的关系也较为特殊，基本属于自治状态，有一定的独立性。

反天条，那些眼睛都盯着我呢！——别记，我说的这些谁也别记，谁记了我就把谁丢进鱼锅去！我能怎么办？你说，我能怎么办？你们觉得，我这个龙王高高在上、呼风唤雨，可谁知道我其实是如临深渊、如履薄冰，被那些严苛的规则捆绑得动不得，连自己的命都差一点不得不交出去……”龙王打了个哈欠，“我会永远感激你们二位的。这句可以记。”

“好啦好啦，”灰衣河神的脸上满是笑容，“若不是你们帮助了我们，龙王也不可能把自己繁忙的工作先放一边这么专心地回答你的问题，他可是真心实意地回答的啊！有些话，你清楚就行啦，可不得传到外面去。现在，来，看看龙王精心为你们准备的礼物吧。”

“龙王爷，河神大人。”我装作没看到河神伸过来的手，“刚才，我和小冠特别获得了龙王爷您的允许，允许我们提点要求，若不是您这样开口，我一个小小的灶王实在不敢那么厚脸皮，可您说了，我若不提也就是没有真正地将尊敬的、伟大的龙王爷您放在眼里放在心里。那小仙斗胆，向龙王爷提一个小小的请求……”

“说！”龙王爷沉着脸，挂出一副很不耐烦的样子给我看。

我知道自己没有退路。于是，我拉着小冠的手，绕过桌子在龙王的脚下跪了下去。我请求龙王帮助通融，让小冠能够顺利到达地府，顺利投胎。

“城隍、地府，都不归我们龙宫管，我们各有职责……我也不便于多插手，把自己的手伸得那么长……

“你要是提河流雨水的事儿，我大约能做，可是，这事儿……人家也未必买我的面子。让我想想……

“你怎么不去找城隍，你不是归属他们管辖……我觉得吧，你别绕这个弯子，绕也绕不过去，怕反而引起他们的反感……”

“好吧好吧！”龙王被我缠得没了办法，他告诉河神，拿一张他的黄金拜帖给我，然后在左下角加盖了玳瑁印玺——“没这么办的，要不是看在这个小鬼魂救了我命的分上……能不能起作用我不知道，只能是试试。你带着它去地府，找赏善司的魏判官——能不能卖我这个人情我不保证。他还在人世间的时候，三儿子溺水，他母亲哭得死去活来，我用一颗祛水还阳丹救回了他的三儿子……告诉你吧，一向，我都是极为遵守法则、从不越矩的，宁可自己吃亏难受也从来都不，这是我的第一次违反——这个不用记！别记！”

三　求见魏判官

我把龙王的黄金拜帖拿出来，交到高经承的手上。他正着看了两遍，反着看了两遍，然后又让太阳光照着看了两遍。“真的假的?”随后，高经承用手掂了掂拜帖，用一种我不熟悉的眼神上下打量着我，“不会，是你捡来的吧?”

被这样打量心里当然有些不快，可我不能发作，谁都知道高经承是蔚州城隍身边的红人儿，他才是我们灶王们的“一家之主”，说好说坏全凭高经承薄薄的一张嘴。“怎么会……我要是捡来的，也不敢拿给您看不是，那不是自取其辱吗?”我让脸上挂出三分的笑意，把经过了修剪的前前后后和他说了一遍，当然龙王的不耐烦只字未提。“也是该着你们走运，走狗屎运！还不是狗屎运，比狗屎运可大多啦！你说，那么多灶王，那么多新死的魂魄，有的还是从蔚州府那边过来的，他们怎么就没想到朝护城河里看看，看看那条被泥糊住的小红鱼儿!”高经承拍拍我的肩膀，表情里尽是感慨，“干在淤泥里的龙王，被一个中阴身的魂魄给救了……不可思议，实在有些不可思议。我觉得吧，是龙王命不该绝，你们不救他也不会死掉的，他不过是借你们的手……”他又掂了掂那个黄金拜帖，“我一个小衙役，从没见过这东西，别说龙王的，就是京都的城隍、东岳司命上真卿[1]的拜帖我都没见过，这还是有公务往来的……我去请示咱们城隍，让他看一下——你放心，我会把你的话原原本本地说给他听，需要替你美言的时候也会搭上两句，起不起作用我可不敢保证。你们家，磨豆腐家的那小子叫……叫小冠，好好，小冠，没看出来，这小子还真有点福气。说不定啊，他算捡着喽！”

很快，高经承从城隍庙里出来，他朝我招手。我走上台阶，背后一片窃窃私语。“城隍老爷说要见你。记住，别多说，把你们的诉求说清楚就行——我让你写的呈报你写好了吧？快去！”高经承在后面拍了一下我的肩膀，这动作显得有些亲昵。

绕过大堂，一位和善的年轻仆役引导着我走向后院，倒坐的持国天王[2]微闭着双目，我甚至能听到他轻微的鼾声。绕过小院里绘有百鹤的影壁，我被引入二堂，蔚州城隍正在认真批阅，他的身侧还有一大

1　即三茅真君之大茅真君茅盈，为汉景帝时代人物，为道教茅山派创始者之一，于天汉四年（公元前97年）得道升天。据《太元真人东岳上卿司命真君传》中记载，大茅真君茅盈治宫在赤城玉洞之府，有金童玉女各四十人，出入太微，受事太极，总括东岳泰山，司命司禄……为泰山神东岳大帝较为器重的神仙之一。

2　即东方持国尊天王，梵名“提多罗吒”，为大乘佛教中护世四大尊天王之一，据《陀罗尼集经》卷十一中记载：尊身着绕天衣，尊左手伸臂下垂持慧刀，尊右手屈臂向前，掌中托宝慧珠。

堆的文书。我屏住呼吸，努力保持着安静，静静地看着他把一段公文看完，在一旁用朱笔勾画，并写下一大堆的文字，然后抬起头来——“哟，你是？谭豆腐家的灶王？是是是，还是我点的你呢，当时我看到你的秋闱[1]试卷，就觉得这个人可用，不用可惜……哎，我这城隍，官职不大，可同样事务繁多，大城隍们要做的事务我一项也不能少不是？不敢懈怠，不敢懈怠。”城隍招呼门外立着的小童给我倒茶：“你找我？……是是是，看我这脑子，你也知道现在这个情况，一下子出了那么多的事儿，没黑没白的，我自己的脑子都忙乱啦！”

他拿着龙王的拜帖，将它翻至反面：“说实话吧，蔚州龙王可是给我出了一个大难题，不合规矩，实在是不合规矩……你尽可以指责有些规矩太过僵化太过死板太过停滞不前，对于那些具体的人具体的事儿造成着伤害谁都无能为力，甚至有些规矩规定还会相互矛盾，让人疲惫不堪却一步也难以推进——但没有规矩更是不行，没有规矩不成方圆，没有规矩更会让我们无所适从，混乱不堪……”城隍大人几乎是在自言自语，他盯着自己的桌面和堆积的公文一路说下去，似乎完全遗忘了我的存在：“哦，我……我说到哪儿啦？”

“城隍大人，您说到只有严格遵循天条规章不折不扣执行才能保障神仙、人世间和地府的良序运转，这才是天道，任何一点儿轻微

1　科举考试中乡试的别称，因多在八月举行而得名。中试者称为举人，第一名称为解元，第二名称为亚元，三四五名称为经魁。凡中试者均可参加次年在京城举行的会试。

的松动都可能在不自知的情况下有损于天道，让我们面对更多的灾和难……”

“对对对，我这脑子。”城隍老爷摇摇头，“你说，我说的在理不？对了，你来找我……”

我将事情的前后和我们的诉求又向城隍诉说了一遍——我略略强化了龙王爷对小冠的感恩，这也不完全是无中生有。为了证明我所言说的真实，我从兜里掏出我在水底捡到的虎斑螺，一并放在了城隍大人的桌上。我捡到它，悄悄放进衣兜，回头看时那枚虎斑螺还在原处，我以为我并没有将它带回来——可就在早上，我竟然从自己的衣兜里发现了它。

“你们，你们，给我出的难题可真是不小。首先，中阴身的鬼魂……这个小冠不能自己进来，这不合规矩，如果我的城隍庙任由大鬼魂小鬼魂进进出出还成何体统？谁还会把我这个城隍放在眼里，我们还怎么掌管……不不不，不是那个意思，一个破例就会有第二个第三个，我可不能让人觉得这里有缝可钻，一个个都想着钻这条缝。什么事儿，就怕有示范，我管不住一就管不了二。就算，就算我们有办法把他带进来，在我城隍的这个范围内我还可以略略地松动，那通向地府呢？那可不是一道关卡，要是有谁太过刻板，就是不肯通融，这个小冠就会卡在那里，进进不得退退不得，而且还会伤到我们城隍庙的尊严。这倒还好，要是他们因这事写一折子，报上去弹劾我，我也只能听着，只能接受……酒馆灶王，哦哦哦豆腐豆腐店灶王，你是不知道，我在这个位置上一直都是兢兢业业如履薄冰，就这样还总有谁横竖挑你的不是。我给你看，左边的这个书橱里放着的，可全都是关于仙界官员的处罚条例，有一小点儿失误就可能会遭到惩处，哪条惩处都可能让你多年的积累一朝尽毁——谁也不敢办哪。”

看上去，头发早已花白的城隍也是一筹莫展，他也只剩下叹气的份儿。“这样，”他冲着屋外的小童喊，“你把高经承和刘师爷一起叫过来。快点儿。”

很快，高经承和刘师爷就到来了，高经承拍拍我的肩膀：“豆腐灶王，你先，你先回避一下，在院子里走走。等我们商量好了叫你。”他冲我眨了一下眼睛：“耐心，耐心点。”

我绕到影壁的后面，盯着上面的百鹤看，看着看着它们就真的飞了起来，穿越着云层，从屋檐、山脊上缓缓飞过。不知道又过了多长时间，高经承在背面喊我：“来吧，你过来！”

我走进房间的时候城隍大人还在发愁。高经承拍拍我肩膀：“小冠由我来带入城隍庙。这事儿你甭管啦，我负责，但你千万不要跟别人提，就是你的好哥们儿铁匠灶王、饼店灶王也不行。这个你得保证。他不可能一个人进地府，我们也想了，你也跟过去，能替他说句话，到奈何桥那就往回返——如果你们造化好能走到那里的话。我把你们送到西套院的通道那里，院子里养着天獒我不去你们过不去。你也得谢谢师爷，要不是他替你反复求情，城隍老爷是绝不肯网开一面的，这么多年了，你见他什么时候做过不讲规矩、无视律法的事儿？你心里得有个数!”

我向城隍致谢，向师爷致谢，也向高经承致谢——“好啦好啦，你也不用谢我，你就拿着龙王的拜帖怕也未必地府的人会买账，有一个地方卡住也就前功尽弃。这样吧，你也拿上我的拜帖，城隍的文牒——希望它们有用。”

“还不快谢谢城隍老爷！他这可是为你，担多大责，这，这完全是授人以柄啊！你的面子可真大哟!”

跟着高经承，一路都未受什么阻拦，我们进入城隍庙的西套院，硕大的天獒以一种恶狠狠的眼神盯着我，高经承丢给它们两块羊肉，它们便低下头去。经过四周雕有骸骨图案的赤藤长廊，我们走到一道石门前，高经承掏出钥匙将石门上的锁打开，然后从背后卸下布袋，让小冠从里面自己走出来。“你是不是惊讶，我怎么也有黑皂吏的布袋?”高经承没有转身，而是俯下身子摸了摸小冠的头，“龙有龙道，蛇有蛇道，鼠有鼠道，我们这些当衙役的，自然也得有我们的道。大事难事我做不了，那得大老爷们定夺协商，有些小事小情，倒是我们做起来更方便。”他捏了一下小冠的鼻子:“到那边，可别忘了你有个高叔叔，等你投胎发达了可得念着高叔叔的好，我也不要别的，过年过节给我送两个鸡爪吃就好。”说罢，高经承才转向了我:“我知道你是个书呆子，但人直率认真，我喜欢。你到那边，刚进去的时候和黑皂吏们提我高经承，很可能比提龙王好使，也比提咱们城隍爷好使——毕竟，平时我们打交道多，相互熟悉也多有照应。再往里面，见了大官儿就没用了，千万别提我，你会碰到一鼻子灰——走吧走吧，办完了事儿早点往回赶——灶王们要在这两天重新分配，可别误了大事儿。”

我和小冠千恩万谢——此时的高经承让我改变了看法，甚至为自己之前对他的猜忌感觉羞愧。告别高经承，我拉着小冠的手走进房间。房间里很黑，就像是一个被风吹走了星星和月亮的冬天里的暗夜，过了很久我和小冠才多少适应了这种黑暗，朝着里面，深一脚浅一脚地走去。

风有些凉，四周仿佛还有滴水的声音，但是里面太暗，我们根本看不清前面的路，也听不清溅落着的水声来自何处，只好慢慢地摸索着前进。我和小冠走了很久，他的手紧紧地攥着我的手，生怕我会把他松开——他手上的热度越来越少，越来越少，这是我能感觉到的。走着，我们听到了喘息声。有蝙蝠或者什么从身侧飞过的声音——小冠的脚下一滑，他发出一声低低的尖叫，随后飞快地止住：我又听到了喘息声。击打火镰的敲击声。一粒豆大的青光出现在我们眼前。

“你们是谁？是怎么进来的？”

小冠偎向我，我甚至能感受到他身体的颤抖。我想起高经承跟我说过的话，于是，我向着声音发出的方向回答：我们是谁；为什么来这儿；是谁让我们来的；我们要找谁，做什么。

豆大的光慢慢变亮，它变成油灯，蜡烛，然后像是火把。有了火把的亮，我们看清我们进来的地方仿佛是一个巨大的溶洞，一个双腿结满了钟乳的黑皂吏坐在钟乳柱搭成的简陋凉亭里，他的身边，跳跃着几十只钟乳石蟾蜍。它们一跳起来，这个黑皂吏就用手里的石杖把它们重新按回到黑灰色、黏黏的水池里。“我才不管什么魏判官、宁城隍、蔚州龙王，我不认识他们，他们也找不到我。倒是高经承，嗯，你们过去吧，从那个台阶上去，可别让石蟾蜍们咬到。”

“您是……地府的看守？”

“你见过这样的看守么？我是地府的一枚废钉子，被钉在这里拔不出来了。他们早就忘了我的存在，不过，他们记得又有什么用？”黑皂吏又把一只跳起的蟾蜍狠狠按住：“我犯了点儿小错。地府小吏将我的错误呈报给矮爷黑无常[1]等候发落，结果将我的名册一并给呈报上去，不知道是矮爷还是哪位判官，出于怎样的原因，竟将我的名字从名册上勾了去。小吏后来发现了过失，我的罪过很小并不至于除名，于是再去讨要我的名册——可是无论矮爷、判官，还是阎王，没有谁肯承担把我名字勾掉的责任，也没有谁肯把我的名字再补回来……于是，我就流落到这里来了。我不是看守，你要找的看守还在前面：走吧，走吧，注意别让蟾蜍咬到！马上，你们就能见到什么是凶神恶煞啦。悲悲惨惨凄凄冷冷，好一个暗无天日也——”

关门外，我们并没有受到怎样的刁难，两位负责看守的地府兵士让我们详尽地按规定登了记，简单地看了看城隍的拜帖和龙王的拜

1 与白无常并为地府勾摄魂魄的阴间使者，着黑衣，其携带的工具为勾魂索。因其个矮，故有时也被称为矮爷。

帖，就打开了城门。走着，我们走到一片闪着银光的草地旁，走近一看，那些在风中生长着的银白色的草都是小小的刀片。“站住！你们是谁，是干什么的，怎么来到了这里?”四匹同样闪着银光的马奔到我们面前，它们竟然不惧刀片的锋利。我告诉他们我是谁，我从哪里来到哪里去，为什么来和为什么去。两个黑衣兵士从马上跳下来，让我们详尽地按规定登了记，简单地看了看城隍的拜帖和龙王的拜帖，然后朝我们挥挥手：“走吧，你们走那个更亮的田埂。”

过了第三道门。前面的路变得明亮，不只是路，周围的一切都变得明亮起来，我和小冠踩上去发现它是软的，就像是刚刚凝结住的岩浆。不知又走了多久，我们走到一条河的岸边，水光潋滟，仿佛无际无涯。

整条河都被淡淡的荧光布满了。它们显得极为黏稠，似乎无法流动。“我，我在书上读到过……”我对小冠说，“我在书上读到过但从没有到过这里——我的前生是一名书生，秀才，一心想博一个功名。在我死去的时候，是城隍的衙役把我接走的，直接带到了城隍庙，所以我没有进到地府，这也是第一次……应当有一条船，对对对，有一条船。船上有一个老船夫……”

“老船夫是不是还要唱：此去迢迢水路远，对影不见泪婆娑。有情无情终一世，凄声恨语已两隔。抛尽贪嗔无携带，纵似貔貅枉搜罗……”河面上突然出现了一条小船，一个微胖的、穿着白衣的中年男人从船舱里钻出来。“上船吧。”他朝着我打量了两眼，“你好像不是……”我告诉他，我是灶王不是新死的魂魄，之所以来到这里，是如此如此这般——“行啦行啦你不用和我解释，我只负责把你们运送到大船那里去，他们会仔细问你的。”

行驶途中我问船夫，您也知道书上说的老船夫和他的歌，那，书上的是对是错？是不是您替代了他？您和老船夫是怎样的关系？有没有关系？“书上说的就是书上说的，写书的人根本没到过地府也没进过酆都城[1]，你说能一样么？”我想了想，又问，可你知道书上有老船夫，有他所唱的歌，这又如何解释？“我读过书啊，在地府里，人世间的许多书都能读到，毕竟，我们多是曾在人世间走过一遭的人。好啦，到啦，现在你们上大船，我还要去那边。”

我和小冠登记好名字来到大船上，船上已经坐下了不少的人，有的木讷呆滞，一副木头一样的表情；有的则时不时抽泣一下，仿佛那些悲痛还没有完全化去；有的则蜷缩着身体，眼睛却始终在飞快转动；有的则侧卧在角落里，就像睡熟了那样，闭着眼睛，只有在有谁经过的时候才睁一下。“刚来的？”一个商人打扮的中年男人向我讯问，他的脖颈处有一条蚯蚓一般的疤痕。“是。”我点点头，然后指指他的脖子，“怎么啦，这是？”“被刀砍的。我本来去大同贩几匹布，这条路我原来经常走，可结果遇上了打仗……我求他们啊，我上有老下有小，我愿意把我身上的钱啊物啊都给他们，可，可……”我冲着他摆摆手，示意他小点声，中年男人叹口气，“好好好，我知道。你看看周围这

1　也作丰都城，阴司地府，人在死亡之后的去处，大约是地府的京城。

些人，有几个是老的病的？没有，反正这条船上一个没有。兵荒马乱的，我们的命就像草芥，连草芥都不如！你，你是怎么……”

我不想直接回答他的问题，说我是个灶王，是送一个魂魄过来的，但也不想欺骗他，于是，我只得顾左右而言他，说我在西南堡遇到的新奇事和那天晚上的发生，可他却有他的固执："你说，你说说，你又是怎么，怎么死的？是牛头抓住的你，还是马面？"我告诉他我记不清了，直到现在还是昏昏沉沉，他则接着要问："怎么啦怎么啦？你，你提前喝下了忘川的水还是提前喝下了孟婆汤[1]？你已经见过孟婆子啦？"

我不想再和他纠缠，找个有些牵强的借口便拉着小冠朝船的头部走去——"你，你是不是小冠？"一个妇人突然从船舱的座位上伸出手，拉住了小冠，"孩子，你是不是谭豆腐家的，小冠？我是你四婶啊，住在堡子南……"小冠看了看我，然后点点头："四婶。""我以为见不着你了，再也见不着你了……"四婶拉着小冠的手呜呜呜地哭起来。

我也想起，她是住在西南堡村南，家里以种黍子为生，平素较少和谭豆腐一家往来——但这时，能在这条运向酆都城的船上遇到，自然是百感交集。"你，你怎么啦，你是怎么啦，你怎么现在才……"四婶的眼中透露出呆呆的、不解的光，她的手捏过小冠的手、脖子、鼻

1　孟婆汤，是遗忘之前经历的代名词，据传在通向阴曹地府的黄泉路上，有一条忘川河，而在奈何桥一侧，有一望乡台，有一位叫孟婆的老妇坐在望乡台上叫卖她的孟婆汤。喝下这碗孟婆汤，死去的魂魄将遗忘自己在人世的全部经历。

子和耳朵，“不对啊不对啊，你应当早就死啦，我家的向菩和你死在了同一天……你在这，你在这里，那我们家的向菩呢？我们家的向菩怎么没在，没和你一起……”

小冠被吓得哭了起来，我把小冠拉到背后：“他四婶，你别吓着孩子，别这样。他不知道，他才六岁，这么大的事儿，你说他能知道什么。”“那你知道？你知道？你又是谁？小冠是你的什么人？谭豆腐呢？谭刘氏，他的娘呢？”

“他们也……你也清楚前日西南堡发生了什么，他们被大火活活地给烧死了。”“你是谁？小冠，小冠那天活下来了？我怎么听人说谭豆腐一家……”

周围的人也都聚拢过来，他们支着自己的耳朵。我只得实话实说了。我告诉黍子四婶我认识你，你是黍子四婶，当地人都这么称呼，你婆家姓谭，娘家姓曲，是由河南开封搬来的。你生过三个儿子一个女儿，大儿子六岁死于溺水；二儿子丰在二十二岁那年在跟着暖泉的人去狼虎坪一带贩马，因急症死在了路上；女儿嫁在榆林堡，生有两个女孩；最小的儿子，向菩，六岁，腿有点瘸，是不是？我知道你家的情况，我也认识你，因为我是小冠家的灶王，我在西南堡已经住了七年。

她不再说话，而是低着头嘤嘤地哭，四周那些伸长的脖子也就悄悄地缩了回去，他们有了另外的喧杂。小冠大张着嘴巴，怯怯地抻着脖子盯着四婶的手指看，我想，他应当是被吓到了。“没事，没事。”

我摸摸小冠的头，“没事啦。”

“你说没事就没事啦?”四婶突然跳起来，她的眼珠鼓胀得厉害，“你，你和大伙儿说说！我们家的孩子死了就是死了，就得马上被牛头马面抓走，而他家！他家不光当时不抓，就是到地府还都由灶王陪着！你们说，这合理不？怪不得人家说有钱能使鬼推磨，我还不信，阴曹地府哪能像人世间那样，大老爷们公平着呢，善良着呢，同情着呢！可我现在不得不信你们都是串通好的，都是买好了的！我的儿子一个一个地死都是你们给害的！我的儿啊……”

我实在没有想到这个黍子四婶会这样，一时也慌了手脚，而周边的那些脸也跟着变得不安和愤怒。“不行，难道地府也能贪赃枉法不成?”“就是就是，灶王怎么能上我们的船？这还有规矩还有天条吗?”“小小年纪，就能唤动灶王、城隍，就能指使地府仆役，你说等他转世投胎之后，能把我们这些小小草芥放在眼里吗？还能把规矩天道放在眼里吗？我们实在不能容他!”“不给我们解释清楚，我们不走!”……

船上一片混乱，有许多张嘴和飞溅的唾沫喷向我的头顶，有许多双手伸向我的头发、耳朵和衣服，他们都还是中阴身的魂魄，自然有更大的力气。我揣在衣兜里的笔被他们踏在了地上，揣在衣兜里的城隍的拜帖、龙王的拜帖也被他们撕扯了出来，掉到了地上——船舱里突然一片昏暗，一道白骨森森的闪电从这片昏暗中划过去，然后是滚滚的雷霆之声。“都到这里了还不能消停，我看你们是想留在冥河不想走啦?”闪电过后，船舱的后面多出了数位黑衣的兵士，其中一个，手里握着一条由骸骨穿起的鞭子。他慢慢地慢慢地，走进了船舱。

所有的舌头都回到了嘴里，那些半张着的嘴巴也纷纷给这个黑衣人让路。“闹什么，闹什么？现在怎么又不闹了？别价，你们接着来，让我也看清楚点，到底是哪位英雄。”他停在中间，转身，甩了一下自己的头，“看我在阿鼻地狱[1]里怎么收拾你。”

没有谁敢再说话，所有的头都朝后缩着，似乎那样这个黑衣人就看不到自己。“说说吧，”他的鞭子伸到我的面前，“我闻到，你的身上没有气息。”

“我，我要见魏判官。”我觉得自己的骨头都冷得让人哆嗦。“好啊，见魏判官，好大的口气。来，把他给我先丢到冥河里泡一泡，有了气息再来和我说话。”

“我们是要见魏判官，我们要见魏判官……”小冠，只有六岁的小冠，一向胆小的小冠竟然哭着冲了出来，他大声地哭着俯身到地上去，爬到那个黑衣人的脚下，将被别人踩过的两个拜帖举到自己的头顶上。

“小冠……”

不知是拜帖起到了作用还是别的什么原因，反正，我没有被丢

1　阿鼻地狱，为地狱的深层，阿鼻为梵语的音译，意即痛苦无间断的意思，又比喻为无法摆脱的，极尽痛苦的地方。语出《法华经》。

进冥河——后来听船夫说凡是被丢进冥河的骨头、魂魄、黑皂吏，甚至天獒和地府金蟾，一切一切，都没有能从冥河里出来过，从来没有。我和小冠，被拉到另一间空船舱里，四名黑衣兵士分站在四个方位："说，你们是谁，是谁让你们来的这里，你们又是怎么知道魏判官的？"

我和小冠相互补充，一五一十，把前前后后给提着鞭子的黑衣兵士说了一遍。"真有你们的。你知道不知道，你制造了多大的动静，会给我们地府造成怎样的后果？"那个黑衣兵士让我们在刚刚完成的讯问记录上画押，"让你上船，本就是不合规矩，要是被上峰追究下来……你们城隍是真糊涂还是假糊涂，他至少吞掉了三只豹子的豹子胆吧？你说，外面的那些人，我该怎么堵住他们的口，让他们不在阎罗殿上胡说乱说？一旦他们开口，我们这些仆役啊，无常啊，官兵啊，判官啊，都得大受责罚！就连你们城隍老爷，包括龙王老爷，怕都会受些牵连。哎呀哎呀，真是不让人省心！"

我向他赔着不是，说着好话。"好啦好啦，这样吧，外面的事儿我们处理，但见到魏判官你们可千万别提这事！他可是我们地府里最最公正廉明、刚直不阿的神仙，可不能为了帮你们坏了他的名声！记住了吧！只要他不知道我们就好说。我们不能把所有的难题都交给上司，那样，要我们这些下属又有什么用？只负责吃饭？灶王，你说我说的是不是在理？"

是，是是。

我和小冠向天和阎罗王发誓，保证对刚刚的发生守口如瓶，保证不会向任何人提起，那个黑衣兵士才放我们上路。经过一段被雪和冰覆盖的山路，经过一段虫蝇遍地的泥路，我们终于来到了酆都城。

交上拜帖。交上一路关隘盖过章的文牒。交上城隍和龙王的拜帖。交上由我和小冠画过押的呈报信函。交上我随身携带的笔墨和纸、腰带，以及雕有石榴的玉佩。经过七层几乎是要脱层皮的严格审核，我和小冠被安排在城内的一所驿馆住下，而当我和小冠刚刚收拾好房间铺好被褥，驿馆的官员就过来通知我和小冠：魏判官要见你们，马上。当然是马上，快点！

鸟语，花香，院子里渗透着淡淡的光，魏判官的府邸与城隍老爷的府邸似乎没什么两样，里里外外有一种舒适和幽静，如果不是早早知道这是魏判官的府宅，我很可能会生出错觉，以为自己绕了一个弯路又回到了人世间。

通报之后。我们被引领到魏判官的书房，他已经在那里等着了。

“是你？”他看了看小冠，然后叫等在外面的白无常把小冠领走，“去吧，孩子，跟他去吧。”随后，魏判官转向我：“没事了，你也可以走啦。”

我说，魏判官魏大人，这个小冠是我看着长大的，我觉得自己就像是他的亲人，不是说一家之主的那种亲，而是那种骨肉相连的亲。这孩子胆小，这些日子可把他吓坏了也把他苦坏了……

“我会安排好的。”

可我……可我……

“这样吧，等他安置好，我会想办法通知你的。”魏判官端起他面前的茶杯，用杯盖轻轻地敲了一下。我明白，他是告诉我要送客了。

四　重新安排

灶王们在台阶下排成四排。我们早早地到来了，然而城隍老爷却迟迟没有出现，高经承给我们的消息是，“快了，快了，你总得等上差走了吧？这么多的事儿，上差不走，老爷也不能把他晾着自己跑出来，那样你们觉得合适不？等等吧，再等一会儿。”

穿着一件磨出了织纹的旧棉衣的南李碾村磨石灶王，他来回跺着脚，冲着高经承叫嚷：“高经承，你老人家行行好，给我们叫叫城隍老爷，这么大冷的天儿，我们兄弟们在这里等着都要冻坏啦！要是得了伤寒——”他一向与高经承交好，这一点我们灶王们都清楚——只见高经承走过去，拉了拉他的旧棉衣，“你看看别的灶王，谁是穿这么厚的棉衣来的？你还冷，别的灶王不冷？矫情！”说着，高经承伸出拳头捶了一下磨石灶王的肚子，磨石灶王夸张地捂着肚子叫了一下，然后又笑起来。“兄弟们，我的灶王爷爷们，今天的天是冷了点儿，大家再坚持，再坚持一会儿——这可关系到各位爷的重新安排，是走是留，是就地消化还是异地任职，是安排实职还是留待候补，还是重回轮回，可都在咱城隍爷的手心里攥着呢。有嫌冷的嫌烦的可以走，我还嫌冷嫌烦呢，又没我什么事儿，我不也还在这里待着么？不过话说回来，你要是走了，念到你的名字你不在，城隍老爷会是什么印象？他要是一生气把你的位置调给了别的灶王……一般来说城隍老爷不会那么办，我是说一般啊！”

灶王爷们以及远远看着的灶王奶奶们一阵哄笑。又过了一会儿，一位差役模样的中年人走出侧门，走到马车的一边，不停地朝后面拱手打礼，接着城隍老爷也走出来，跟在他背后的两名城隍小童快走两步，将提着的礼盒放进车中然后又快速退回到庙里去。差役再次拱手，城隍再次还礼，马车嗒嗒嗒嗒地走开去。

“让大家久等啦！”城隍快上两步，清清自己的喉咙，“感谢各位灶王的耐心，感谢各位的准时，更感谢大家一直以来的恪尽职守，兢兢业业。我们灶王，是仙界、冥界联系人间的最紧密、最细微、最敏锐的至关重要的关键，离开我们灶王的辛苦认真，离开我们记下的真实记录，那我们对人世间的是非功过的了解、对每个人的奖善罚恶也就无从谈起，天道也就难以维持，阳光也就难以透进来了，雨露也就难以再降至人间……哦，今天天气不错。”

“我们真那么有用么？”我听见身侧有个灶王在窃窃私语，他是说给另一侧的另一位灶王听的，但声音能够透到我的耳朵里。他们来自高院墙庄，距离我们西南堡不过六七里路，耕地都有交错，所以也算熟悉。说话的那个灶王左眼似乎有点斜，与右眼注视的方向并不一致。

“在这个，嗯，还算天朗气清、秋高气爽的日子，我们为灶王们重新安置分配……”（什么天朗气清。多冷的天，看不出阴天么。那个灶王再次窃窃地说着。）“我们蔚州城隍，这些年承受天恩润泽，政通仙和，规章落实，所有的仙人、官员和仆役都能各尽其责，各司其职，颇有些欣欣向荣……而人世间，也善行昭彰，百业俱兴……”（战事连连、生灵涂炭还差不多，哪来的百业俱兴！）“瓦剌、鞑靼，他们的心里面藏着一个个狼子，无论如何都不能把他们养熟，尽管大明皇帝竭力怀柔，给予他们更多的优惠和优待，但只要有机会他们就会忘恩负义，反身撕咬……”（他们大约也这样说我们，把我们看成豺狼虎豹，长着獠牙的野兽。）“大明正统皇帝英明神武，胸怀高远……”（对了，我听说他们被困在土木堡了，断粮断水，缺衣少药，是不是有这回事儿？）“瓦剌也先困兽犹斗，自是不甘挫败，于是采取恶狼之技，竟然不顾战争规则与善待平民的协议，暗犯我蔚州和平之地，屠杀我手无寸铁、俱在睡梦中的无辜善民……”（这倒是。不过，似乎是明军先退到蔚州的，才引得瓦剌军在后面追赶，开始肆意屠杀的。）“可怜我无数善良健壮的蔚州子民在毫无防备的情况下遭受杀戮，可怜我蔚州这个安居富庶、商贸通达的宝地，竟然变得满目疮痍……”（原来，我们也没那么好吧！）

……城隍老爷在台阶前面每说一段，那位高院墙庄的灶王就用私语的方式点评几句，他似乎对自己的评点颇有些得意。“别，别说了。”另一个高院墙庄灶王用更低的语调，“莫论他人……隔墙有耳。”他的眼神有意无意地朝我的方向瞥了一眼。“怕什么，反正，我们也不得待见。就是传给城隍，我也无所谓。”话虽是这样说的，但那位灶王还是止住了他的点评，伸着脖子朝城隍的方向看。

好不容易，语速缓慢的城隍终于说到失去了家庭供奉的灶王们的去留，以及由东岳大帝确定的安置原则和京都城隍确定的分配方案；终于说到获得重新分配的灶王一定要感恩上苍，励精图治，以更大的热情和真诚投入崭新的工作和环境中，而留守候补的灶王则要戒骄戒躁，利用候补的时间好好想想自己工作、态度、性格上的不足，以便在候补期结束之后重新成为灶王；至于因为种种原因需要再次进入轮回的灶王和灶王奶奶，也不要自怨自艾，相信你们会在这个轮回中苦心修炼，不断反省，一定能重新回到仙界……

“好啦，我也就说这些吧。我也相信各位灶王都明白，甚至比我更明白，你们能跳出轮回来到我们这里成为灶王，自然都是因为你们肯于苦修，都是积累的善行让仙家不能不看到眼里……大家要是有什么难处，一定要回来找我们，找我蔚州城隍，我们蔚州城隍庙会永远是你们获得安顿、休息和回家感的地方……”

城隍讲完，朝大家拱手，在三位仆役和小童的簇拥下转向庙门，高经承则走上台去，站在刚才城隍站立的地方：“再坚持一下，再坚持一下！我呢，就不多说什么啦，刚才城隍老爷已经讲得很清楚啦，大家知道，我们这次灶王安置，是东岳大帝定下的原则，我们的上司京都城隍定下的方案——就你着急！要不你上来讲！咱们都是归属仙界的读书人，能不能不像那些乡野村夫——起码你也是人家的一家之主啊，对不？好啦好啦，开始分配，每个灶王都有，都有！叫到谁的名字谁就到这边来，签字画押领走你的锦囊——千万别拿错了，都用心点！”

“快点啊，衙役爷爷们，我都快憋死啦！”又是磨石灶王，他有意在那里跳着脚，一副真的是尿急的样子。灶王们、灶王奶奶们一片哄笑。“把他放在最后！在人世间的时候我还没见过被尿憋死的活人，今天倒见见被尿憋死的灶王！”又是一阵哄笑，就连有意严肃的衙役和仆从们也笑了起来。

一个。一个。又一个。我登记下自己的名字，拿到有自己名字的锦囊。不知是什么时候，高经承凑到了我的身侧：“分配是京都城隍仙务经管司定的，我和城隍努力为你争取过，但已经定的也不能改，先这样。”他碰了碰我的肩膀，“回头，我们再想办法。”我走出人群，打开锦囊，上面写的是：责令，任，广灵直峪[1]大槐树董姓田家灶王，即日即赴，京都城隍，仙务经管司。

“你去哪儿？”铁匠灶王问。我把我手里的黄色纸片给他看，他也递给我他的那张，“我去东上碾头。还是铁匠灶王。又发配了一次。你的这个地方，听说也是个穷地方，不怎么好。”我说这倒没什么，要是

1　地名，现属山西大同广灵县宜兴乡。

回到轮回，还不知道会是怎样一个结果，铁匠灶王冷笑一下："哼，说不定更好，更舒心。你说我们这些灶王，看着闻着听着见着，就是插不了话帮不了忙，什么事都是爱莫能助，爱莫能助。也没什么意思。"他又从兜里掏出一枚钉子，然后是，一把钉子，"你说，我要是把这些钉子带到东上碾头村，高经承会不会说我贪墨[1]？你说我堂堂灶王，就贪几个钉子？我偏偏不交，一枚也不交！"

"你又怎么啦？高经承放狗咬你啦？马上就要走了还在这里生气，真是。"饼店灶王拍拍铁匠灶王的肩膀，把他从锦囊里掏出的纸条也在我们面前晃了一下，"不就是话赶话，没人拿这事儿给你治罪，多大个事儿。你说，你这么个满肚子都是生铁的灶王，竟然这么小肚量，吃不进话去！高经承，就是争强，好争个上风头，你要是哄他两句拍他一下半下的马屁，立马就好！那种顺毛驴的脾气你还掌握不了？非要针尖对麦芒，啧啧，"白脸的饼店灶王一副得意的神色，"老哥啊，你这脾气，得改一改。"

"我就不改！能把我怎样！"

"能把你怎么样？你回城隍庙那里看看，那些将要堕回轮回的灶王、灶王奶奶！哭的闹的要上吊的……你再回去看看！"

我说，兄弟们算啦不要吵啦。我刚才看到饼店灶王要去邓家峪的布店做灶王，这样我们好友三个也就分开了，也不知道什么时候才能再见。分别之前，我们都还是，还是……"谁想跟他吵啦！"白脸的饼

1　指贪图财利，贪污。

店灶王收住话头，“我其实是劝他，我要顺着他说，他还不上天，非要把城隍庙给拆了不可！唉，以后我也不再呛你啦，你自己好自为之吧！”“我也没想跟他吵。”铁匠灶王也把自己的声调软了，“分开了嘛，心里不好受。也不知道以后会是什么样的邻居。脾气秉性是怎样的，能不能处得来。”“还没相处呢，你就想能不能处得来，明显啊，你就没想处好！什么样脾气的人家、什么样脾气的灶王，都应当好好相处，用真心对待——你这脾气，我也丑话说到前头，要是不改的话别人未必会像我们俩那么容你！”“你看，是我脾气不好还是他脾气不好，是我要吵还是他要吵？真是！”

“不说啦不说啦！我去收拾一下，再到饼店那里凭吊一下就走啦！再见吧！”

“再见！”

送别二位灶王，我也简单地收拾了一下自己的行李，然后又在倒塌了一半儿的豆腐房灶台前坐下来，看看余晖、斜阳、云朵和残垣，心里生了些小小的凄凉。街对面田家灶王走到街上，他看到我也就走了过来，陪我在灶台的前面并排坐下——这一次，他是候补，暂时没有别的去处。“往后，日子难喽。”他叹口气，“也不知道什么时候才能补上。我们不拿仙家俸禄，吃住都与所在的人家一起享用，好点坏点穷点富点都还可以凑合，过得去。可这一候补，没了进项……我还不像你们，没有家口拖累，自己怎么都行……”我劝慰他，这样的日子会很快过去的，毕竟蔚州离京都近，离上京也近，往来的商人旅客也多，用不了几年就又会成为富足的重镇，难，也就会难一时。“对了，我看最近，高经承好像对你——青眼相看，就是青眼相看！他原来似乎不那样。你是施了什么法术吗？他不会有求于你吧？”

“没有，当然没有。我倒是求过他，为小冠的事。大概是他觉得好歹相交一场，平时联系也多，马上要分别了，就善言善语地对我了吧。”“哦，是这样啊。也说得通。”田家灶王挪了一下屁股，“我还想向你讨个法子呢，你知道，我这一候补，家里外头立刻就……唉。我以为成了灶王就不用再操心那些事了，现在吧，反而杂事烂事更多了！”

我们听到城隍庙那边传来的钟声。“哦，催了。我不影响你，你快点走吧，别误事别误事。”

我和田家灶王道别，然后朝西出了堡子——大槐树下，饼店灶王和铁匠灶王已经在那里了。“我想了一下，我们会很快见面的，腊月二十三，我们还来这里聚，不许不来。”饼店灶王将一个小布袋放在我的推车上，“平时攒的，没多少。接个短啊什么的。他那里可能比你富裕点儿，就少给他了些。”他冲着我和铁匠灶王拱手，“后会有期。苟富贵，勿相忘。”“苟富贵，勿相忘。”铁匠灶王也朝着饼店灶王拱手，朝着我拱手，我发现他的眼圈竟然红了，“对了，小冠有了消息，也告诉我们一声。就怕那些大老爷把这事忘了。”

“后会有期！”我的表面平静，但内心里已是波涛起伏，巨大的波浪不断地撞击着自己的心脏和胸膛。成为灶王之后，我和他们一起在西南堡待了七年，是邻居也是朋友，我也不知道在之后的日子里会不会交到他们这样的灶王——还没有离开，我就开始怀念起他们的争吵来。“苟富贵，勿相忘”——在我成为灶王的那天城隍就曾特意告诫，这样的想法不能再有，你必须放弃人世间的那套荣辱、那些在意，无论在一个富家当灶王、在一个官家当灶王，还是在一个穷苦的、只能听见锅盆叮当的农家当灶王，你都得尽职尽责，一视同仁，毫无差别地对待；自然更不能有什么“苟富贵，勿相忘”的想法，为什么人输送利益，无论是亲近的灶王还是城隍、功曹、星君还是大帝……然而在那一时刻，我竟然在心里让自己悄悄地默念：苟富贵，勿相忘。

天慢慢地黑下来，我点上灯盏继续推着小推车赶路。反正，没有什么人或人世间的野兽能害到灶王。第二日中午时分，我来到了广灵直峪，它在一个山沟里面，路很是有些崎岖。大槐树，我远远地就能看到，接下来就是前去打听，哪一家是董姓田家了。

有两家，都有些破败，一家还有木门和泥墙，而另一家则只有栅栏，里面堆积的尽是些杂草、牛粪和看不清面目的破东西，几株早已干透的牵牛花还挂在窗台和墙上，仿佛是没人居住的样子。我想，应当先去有木门的那家看看。

“老弟……你是新来的灶王么？”

栅栏的后面伸出了一张消瘦的脸，他冲我摆摆手：“你，是不是要找董家？种田的？”得到我确定的回答后他打开了栅栏门，“我看着像。要不是我出来迎你，你会找到那边去吧？”他指指院墙的对面，“我早上起来就等着你啦。来，我先给你交接一下。其实也没什么好交接的，你也看到了，这家很穷。屋里来看看吧，炕上还躺着一个，别看他病恹恹的，已经躺了两年啦。”

我一进门，就被一股热辣辣的臭味儿顶到了脑仁儿。“闻到了吧，你还没进屋呢。里面，更是。你看看这个灶台、这个水缸，风箱早就不能用了，我看了，修一下还能用，可就是不修。别踩那里，脏着呢，我也忘了是什么东西……好吧，你还是到灶台后面来吧，这里好些，我都给你打扫过了。”

“他们……他们家没人了吗？只有这一个……病人？”

“有，刚才你想去的那边也是他们家，儿子儿媳住着呢。他们没供灶王，你进不去。”

我听到里屋的人呻吟，微弱而凄凉，似乎是一个男人。“里面躺着的是谁？什么病？”“是他们的父亲。什么病我也不太清楚，就是一天晚上突然全身麻，第二天腿和腰就不能动了，能动的就是嘴和鼻孔——你听着吧，一会儿他就会骂人，只要他攒够了力气。”

灶王把我迎到灶台的后面，一起进入属于灶王的房间里。确实干净了不少，但外面的气味还是多少能透到房间里。“你就一直……”“不这样还能怎样？”瘦瘦的灶王笑了笑，“我们什么时候来，进什么样的人家，有选择吗？什么时候让我们选择过？你知道，我在这里已经待了十七年了。年轻些的时候，屋里那位就不是好东西，做了不少坏事儿，吃喝嫖赌，还做过仨儿……这边的方言你应当听得懂，看介绍你是从西南堡过来的，两边差不多。仨儿，就是土匪，他是做不动了害怕了才回来的，才请的灶王……人世间的这些事儿，你慢慢了解吧。知道太多也未必是什么好事儿。”瘦灶王把一个火镰交给我，然后是几本翻得很旧的书，“这里不比西南堡，我知道那里，商贾要地，也是兵家必争之地，听说前些日子还打过仗？这个地方，人们出入不太方便，灶王们也就跟着闭塞，有些消息传不到这里来，只有辞灶[1]之后我们去城隍述职的时候……火镰给你，这家人不用蜡烛你也用不了蜡烛，这些闲书我看过几遍，没太大的意思，但可以给你解解闷儿。还有这，这根竹杖你也要吧，山里有些山魈[2]恶鬼，虽然伤不到你，但它们靠近的时候还是会吓你一跳。不知道你带了笔墨没有，我这支笔……用得有些秃了，从进来就没更换过，你要自己有我就不留了，也怕你嫌弃……对了，你会不会嫌我话太多？”消瘦的灶王回了下头，很歉然地冲我点点头，“我今天话是多。平时里，这家人少与他人来往，我也很少和别的灶王来往，矮三分短三分，即使人家并不明说。这不你来了，我就有个能说话的，自己不矮也不短的，话就不自觉地多了起来。你别见怪。反正，我马上就走，你在这张纸上签字画押，待会儿我把它送到村西城隍庙，咱们的交接也就完成啦……”他把好罐、坏罐用抹布擦了擦放进了自己的背篼，又擦了擦放在桌子下面的、摞在一起的几个碗，犹豫了一下，“你的碗带得够不？我想把这

1　指腊月二十三，灶王爷升天去向天上的玉皇大帝汇报这一家人的善行或恶行，送灶王的仪式被称为“送灶”或“辞灶”。

2　出自《山海经》，出没在大山里的独脚鬼怪。

几个碗给你留下，又觉得你可能不需要，嫌弃它。都是粗瓷的，还是我来这家之前在土地庙那边的摊上买的……”

我说不用不用，我自己也带了，再说你也需要——“我不需要。上边对我的安置是，重新投胎。下辈子是人是畜生是阿修罗[1]还不一定。管他呢，是什么你也得认着，反正也没你选的份儿。”消瘦的灶王直起腰，朝四下再看了看，“本来，我还想和你说说这些年来我的感受，说说周围的那些灶王，也许你也不爱听。算了吧，时间也不早啦，你自己做点饭吧。咱们灶王，落在谁家，吃的用的就都从谁家来取，你看看这家人家……”

我说我想听，我很想听他说说。初来乍到，要是他能告诉我一些这里的事儿当然是求之不得，这样吧，我来的时候还带了一些吃的用的，也是旧日的积攒，不如一起吃个午饭，也算为他饯行。他看了看我的小拖车和上面的东西：“好吧，好吧。要不，我们就一起吃个饭。这家……我们不在家里吃啦，村外有一家小面馆儿，我们去那里吧，我也带你熟悉一下周围，也算我尽个心。别的我没有，我还存了半瓶酒，本来是留在路上喝的，既然老弟想一起吃饭，我就把它拿出来吧……”见我犹豫，这个消瘦的、嗓子有些哑的灶王伸出手来，“没事没事，不打紧，我们离开一天半天都没事儿，只要我们不在场的时间

1 佛教“六道轮回”中的一道，其六道为：一、天道；二、阿修罗道；三、人道；四、畜生道；五、饿鬼道；六、地狱道。其特点是男阿修罗时常好勇斗狠，女阿修罗则时常媚惑众生。

里不发生命案就行，里面那个老家伙一时半会儿死不了。交接的时间我们也可以向后挪半天，就是有事儿也是我的，算到我的头上。你的积蓄……我还想，把这里的土地[1]叫上，和他也道个别，他也是一个穷神仙——我可不是别的意思，反正我要轮回也见不到他了，我就是想让你们认识一下以后有个照应。他是个挺好的人，就是爱发发牢骚。也不知道你愿意不愿意？”

1　又称土地公公、土地神、土地爷、福德正神等。原为社稷神，后改为管理一片狭小地域的，神阶中最低层阶的神，其作用和神力也随之减小。因明代皇帝朱元璋生于土地庙中，故明代土地崇拜变得兴盛。

五　在困苦、恶臭和咒骂中间（上）

辞别了土地公公，辞别了我的前任灶王，我慢慢地往回走，走到家门口的时候发现栅栏门是开着的，它开得敞亮。我吃了一惊，加快脚步走进去。

老人哼哼哼哼，然后是一句咒骂。我想起之前那个消瘦的灶王说的，这个老男人需要积攒一下力气才能把自己想要的咒骂骂出来。屋里光线极暗，不知出于什么原因，窗户竟然被两张连接在一起、已经掉了毛的狗皮挡住，外面的阳光进到屋里自然就变得稀薄。一个穿着破旧线衣、头发梳得高高的女人正在收拾，她将盖在老人身上的被子掀开，用力推开老人的胯，从老人的屁股下面抽出一块沾满了屎尿的小褥子，只有小锅盖大小——她用这个小褥子用力地擦了两下老人的屁股和阴茎下面的白色结痂，然后将小褥子甩到堂屋的地上。“造吧造吧，你就可劲儿地造吧！不是让你憋着，等我过来的时候再拉？偏不听，偏不听，弄成这样你闻不到臭？你自己不受罪？你说你长个耳朵是干什么用的!”女人伸出手指在老人的脑门上重重地杵了一下,“都不是好东西,没一个好东西!”

“×你妈。”老人哼哼哼哼地喘着,用一种恶狠狠的眼神盯着女人,停顿一下,突然又是一句咒骂。女人又杵了一下老人的头:“看我不把你的臭嘴缝上!”说着,她把另一个同样大小的小褥子铺到老人身上,再次推开他的胯和腿,“你接着拉,接着尿!可别让自己清爽喽!你说你这个老东西,怎么还这么能拉。要再饿你两天,看你还能拉出什么来!”女人俯下身,抱起老人的腿,掩到小褥子的上方重重地放下去,“还这么死沉。”老人龇着牙,继续哼,哼哼,哼,眼神里面的光也变得柔和了些:“饿。饿。”“饿死你吧!饿死你得啦!天天就知道喊饿,上辈子是饿死鬼托生的吧!进到你家门,我可真是倒了八辈子霉啦,八辈子哪里行,至少十辈子……我在这十辈子里都做了啥亏心事啊!”说着,女人将她带过来的小碗重重放在炕沿上,里面有一小块黏黏的、黑乎乎的糕,“自己拿,自己动一动!当自己是大老爷啊,三班衙役[1]伺候你……别吃多啦,撑坏了我可不管!”

她站起身,走到屋外,将刚刚丢在灶膛口的小褥子抓着一个角,拖着走出了院子,然后我听到院墙另一边开门的声音,她高出的发髻出现在那边院子里。不用猜,她是老人的儿媳,董徐氏,刚才一起吃饭的时候消瘦的灶王可没少提到她。现在,只有老人的儿子董小苦还

1 三班,指皂、壮、快三班,往往与六房并用,统指州、县衙门中吏役。六房为吏、户、礼、兵、刑、工房。

没出现，如果我的前任灶王说得没错儿，他应当是在直峪村东的刘秃子家看人玩牌。

我搬上一个小板凳，坐到院子里去，看着阳光和风，看着枯萎在院子里的杂草和它们成熟的种子，看着墙角处那堆脏乎乎看不清模样只有一层厚厚的土色的杂物，看着干枯的牵牛花蔓在风吹过来的时候沙沙沙沙地响动……我觉得自己似乎是等待什么，但又不知道自己究竟是在等什么。天快黑了，我看见一个灶王从另一条街上闪过，走到了栅栏门外，我站起身来想和他打个招呼，明明他是看到我的，然而在经过我的门口的时候却侧昂着头，飞快地走过去。他走得很快，仿佛我并不存在，仿佛我的站起和露出的笑脸与他毫无关系。我朝着墙角处吐了口痰，然后在心里默默地骂了一句，用屋里那个哼哼哼哼的老人的语调。无端咒骂，也是灶王日常行事守则中严禁出现的一种行为，可我禁不住违反了它。

晚上，我点上自己带来的蜡烛——我还是习惯在蜡烛下面记录，等它们用完了，再用前任灶王留给我的火镰吧——我点上蜡烛，想着一天来的发生，心绪竟然总也不能平静。我走下灶台，半捂着鼻子走到里屋去，那个老人似乎睡着了，哼哼声比平时小很多，而呼吸也较之前平顺。我看到，碗里的糕已经被他咬去了大半儿，也不知道他是怎么做到的。“×你妈”，就在我准备退出屋去的时候那个几近干瘪的老头儿突然咒骂，然后是大起来的哼哼声，好像口里面含了一口浓厚的痰。

——你这家伙。我退出屋，退回灶台，再次在烛光的下面坐下来：面对那些被烛光照得发白的纸，一时间竟然不知道该从哪里落笔。我就是这家人的一家之主了。我想起谭豆腐和他的老婆，想起了小冠。小冠也不知道怎么样了，魏判官说是要给我消息的，可现在，消息没来，一直没有来。但愿他能生在一个好人家，想到这，我竟有些心酸。

那边木门在响，然后是闩门的声音，然后是咚咚的脚步声。我想是老人的儿子回来了。唉，我就是这一家人的一家之主了啊……在谭豆腐家的七年，我真的是从未有过一时的懈怠，可来到这里的头一天，我竟然就生出了些许的懈怠来。不能，不能这样，我劝诫自己：你是灶王，你应当……

离开了西南堡，经过重新的安排我来到山坳深处的直峪，成了董姓的田家灶王。这家人可真的是穷啊，说是叮当响也是高看了他们家，他们家就没几件可以叮当响的东西，让它们碰在一起发出叮当的声音来就更难了——儿子那边的条件也许略略好一点儿，但应当也好不到哪里去，我从院墙那里、从他们的进进出出中大概能看得出来。他们吃的是掺杂了草籽面和红薯梗的小米面糕；莜麦面饼，当然里面也要有别的掺杂，野菜或者是玉米面、白菜；黄米糕；煮豆粒；烧土豆；糊糊粥，一种把豆子炒熟磨成面儿然后添加在烧开的水中的面粥……每日，儿媳都会在下午的时候过来一次（偶尔早上也过来），送上面糕或者自己腌制的咸白菜，倒一点水，换一换已经被老人弄脏的小褥子。儿子偶尔也过来，在院子里踢踢踏踏地待会儿，进屋看一眼，问一下自己的父亲：“吃了吗?”他并不需要回答，他的父亲也不会正面回答他——躺在炕上的老人会积攒一会儿力气，再把那句咒骂骂出来。“老不死的。”他回上一句，然后再踢踢踏踏地走出院子，沿着槐树街向东走，朝着刘秃子家的方向走去。我知道，他们吃的和给老人送过来的不同，譬如粥和汤他们就从来没送过来过，有一次他们吃到了面饼也没有送过来，送来的依然是放得有些硬的小米面糕。后来我也知道，他们做的面糕和给老人送的面糕也不是一类，相对而言他们的面糕更精致，小米面也更多些，而给老人送过来的则很不同，时不时会吃出一根没有切碎的、长长的野菜根……我把这个发现自然记到了坏罐里，有意用了更大些的字。这个做法实在可恨——要是灶王真的是一家之主，我一定要现身出来好好地教训他们一下。但我不能。

董氏田家，他儿子儿媳的院子我从来没进去过——他们也没请门神，如果愿意的话想去还是能进去的，但我给自己定下规矩，不去，坚决不去，别说他们那边是同样的穷，就是有金山银山美味佳肴我也不去。我觉得，自己应当保持那么一点点的傲气：这时候，饼店灶王送我的小袋面粉就派上了用场，他也让我想起了西南堡更多的好，那里，更让我有所想念。

做面食，我会做得略多一点儿，给土地公公送过去——尽管我并不想承认，但我们的确是有点儿同病相怜。他说，他是整个蔚州府最最不受重视和待见的土地爷，说不定在整个大明的地界里都是，只是他从来没离开过蔚州也不敢太过妄言。每次去蔚州办差，他都会纠结很久，因为别的土地爷吃的喝的用的穿的戴的都比他强，他就没见过比他更寒酸的土地爷。“不是我爱攀比，我都这个样子了我还攀什么比什么？是他们跟我比，非要凑到我身边，掂量这掂量那，拉拉这扯扯那，‘来，看人家这帽子，真是珍奇，本是兽皮然而却不见一根长毛！年兄真是讲究，讲究啊！’‘看年兄这补丁补的！远看完全看不出，而近看，则别有风味，巧夺天工啊！’‘你真的是走过来的而没有赶马车？听说你那里没有马，当地百姓都没见过马，有一次一个官差走错了路，骑着马到了你那儿，他们以为是麒麟，纷纷跪拜——有这事不？’你说能有这事不？”土地公公摇摇头，“往后，我都离他们远远的。都是些踩低捧高的家伙，满嘴说的却是什么物我两忘、不挂荣辱、和光同尘、平瞰众生，仿佛都是圣人似的。”“不过，我有一点儿他们谁也不能和我比。他们做不到，他们的心思不在那儿。哪一点儿？对自己那片地儿的了解。这么说吧，谁家在哪儿、有几口人、都是做什么的，我清楚；谁家和谁家关系近、关系远，我清楚；谁家的田地一年收成几何，谁家因为什么事儿败了家，我也清楚。我知道这块地儿上有多少棵枣树、有多少棵桃树、有多少棵核桃树，哪棵树结的枣好吃我也清楚。哪片地地下有什么，谁家的棺材埋在了哪里，我也都清楚。没事儿的时候我就到处转转，也是待的时间长了，这一片地儿我可以说是了如指掌。不信？听我说说你们董家。”

他告诉我，炕上躺着的那个老头董顺儿，别看他现在六十七不能动了老实多了，年轻的时候，可不是这样！本地有名的地痞、无赖、混蛋，做过不少的坏事儿，什么踹寡妇门、挖绝户坟、抢月子奶、打瞎子骂哑巴的事儿可没少干，也没少偷人家抢人家……这些事儿我比你们灶王记得都清楚。后来府上官爷派人拿他，他跑进了山里当起了土匪，成为红猴子的手下——当土匪，他就不行喽，都是些不要命的主儿，他那点坏也就被比了下去，所以一直也就是个喽啰。二十七岁那年，他爹老董托人找到他，说给他找了门亲，让他下山——他向红猴子赌咒发誓绝不会出卖山上的兄弟，并且答应做山上的内应，这才回来的。开始的时候他倒是也想过日子，安分了也就半年，老毛病就又犯了。先是赌，赌赢了家里老婆孩子吃烧饼吃牛肉，赌输了就打老婆打孩子，苍蝇蚂蚱从眼前飞过也碍事，总之不能消停。后来又给红猴子干，杀了人。人倒不是他杀的，但踩点的、通风报信的是他，被杀的那家也不是好惹的，是当地的大户，于是找了杀手前来寻仇——这个董顺儿倒是机灵，仇家带人冲进门来的时候他叫两个儿子前面去看，自己则翻过院墙连滚带爬地跑了出去。人家找不到他，自是生气，空手而归也没法交代，一合计，就把他的两个孩子给杀了。他有三个儿子，小儿子董小苦在河里摸鱼，不在家，算是逃过一劫。杀手是四个瓦剌人，杀完人就逃往了瓦剌，让州府上哪儿抓去？再说州府也不太想管这件事儿，只是向瓦剌发去照会便再无下文。两个儿子被杀，董顺儿的老婆越想越气，越想越难过，当天晚上就跳井自杀啦，是邻居们帮着把他们埋的。几天后董顺儿回来，听董小苦哭诉，竟然拿出马鞭子来抽——要不是邻居董阿七听见声音不对赶过来，说不定他真会把自己的儿子打死。董阿七问他，你干吗要这么狠地打儿子，他说当时这小子为什么就不在家，要是都死了他也就没牵挂了岂不更好？这个董顺儿，真是一肚子歪理儿一肚子坏水儿。后来他又跑了，跟着红猴子去了，剩下这个儿子也就没人管啦，靠着蹭吃蹭喝，偷点顺点倒也活了下来。红猴子干大了，当地怨声载道，当时我也质问过黑无常你怎么不把这个坏家伙勾走？干吗留着他为非作歹？他说这是命数，等他命数尽了自然会拿去，现在不行——也不知道他们这命数是怎么定的，为什么这么定。红猴子干大了，蔚州府拿不了，就请求上边调来了兵，有了兵，红猴子那点本事儿就不行喽，三下五除二，树倒了红猴子跑了，一干土匪被抓的抓，被杀的杀，逃出来的没几个。没几个，这个董顺儿又算一个。他也不敢回家，而是化了个名字在广灵府一家大车店里待下来，一待就是六年，他回来的时候董小苦已经二十二岁，孤身一人。他回来，儿子还记恨着呢，董阿七怎么劝说也没有效果，董小苦提出条件，给自己盖趟房，说一门亲，自己就认他。别看董顺儿跟红猴子当土匪的时候捞了点钱，可吃喝嫖赌早就造光了，哪来的钱给儿子盖房说媳妇？没钱，他就去想办法，当然他也想不出什么好办法，劫道呗。董小苦的老婆原是一个货郎拐来的孩子，那人说是货郎其实就是人贩子，他拐来孩子就是想卖出去换点银钱——董阿七找到货郎自然是一说就成，于是董阿七和董顺儿就带着这个女孩儿回来了。徐是货郎的姓，她始终不说自己原来姓什么，这也是我土地公公到现在唯一还不知道的，她的家不在我们这一片。路上，没正形儿的董顺儿对自己未来的儿媳动手动脚，董阿七看不下去了，说顺儿哥你这样不行啊，这不是个人样啊，公公可不能这么当啊，要是让小苦知道了他下辈子都不会原谅你的，你要是再这样，我也不和你回村了，你不要脸我还要呢。房子有了媳妇有了，董小苦也就接纳了他爹，接纳了也还是疙疙瘩瘩，但他怕董顺儿，董顺儿可不是个善茬，要不是最后瘫在了炕上，这个董小苦肯定不敢像现在这样。

“董小苦家女儿从没来过，是不是？你的前任灶王和你提起过他们有个女儿吧？”得到我的肯定之后，土地公公才继续说下去，“十五岁那年，董小苦用两斗小米的价把女儿卖了，卖给了一个有肺病的小老头儿。而董顺儿是中间人，卖掉孙女他也有份儿。孩子记恨，就和这家断绝了来往。有时候董小苦赌得没钱了，过不下去了，还会觍着脸到女儿家赖点儿小钱。那边没人给他好脸色，他自己也知道。”

——我……我想我的脸色也不好看。

“没办法，一点儿办法都没有，最多你就是拼命地往坏罐里塞东西，但那起不到什么作用，人家有他的命数，你们灶王说好说坏未必能顶个屁，屁还能臭一阵儿呢。没个办法哟。”

我说，我理解我的前任灶王了，在我离开西南堡的时候，蔚州的那些需要堕入轮回的灶王是又哭又闹，就像天要塌了一样，而我的前任灶王则云淡风轻，好像是这样行那样也行，完全没有欲念和牵挂。原来，他一直待的是这样一户人家。十七年，也真够了。

“我们做土地的，人世间的事儿我们做不了也管不了，谁爱刮地皮谁就刮地皮，谁爱挖沟渠谁就挖沟渠，谁爱造山冈谁就造山冈，他总不能一直挖到地府里去不是。就是挖到地府里去也不关我们土地的事儿，可就是有时看着，闹心。你们灶王吧，我觉得也强不到哪里去，看看你们这些一家之主当的！高帽倒是戴得高，可他们大事小事好事坏事哪一件真和你们商量过？闹心，也就是得一个闹心。没办法。”

一日，我从土地庙那边走回来，在栅栏门外遇到三个灶王，他们有说有笑地在街上走着，偶尔地停一下说上一会儿。我靠近，也在他们的身侧停下来，他们说得热络完全没有看见我。我停顿一下，然后打开了栅栏门。“这位年兄，”有大起来的声音在我后面，“你是董家的灶王吧？来多久啦？”我转过身子，朝着三张脸拱手：“是的是的，我来了两个多月，马上要三个月了。”“三个月，”一位穿着长衫、腰上挂着一块硕大的玉玦[1]的灶王把手伸向自己稀疏的胡子，“三个月你都不肯和我们打个照面打个招呼，是不是有点太过托大了，我们就这样让你嫌弃？你不会是不懂得规矩吧？”

“可不是，不好意思，我还真是不太懂得规矩，”我朝着三位灶

1　为玉佩的一种，环形，有一有意开出的缺口，纹饰主要是蟠螭纹、蟠虺纹。寓意为能决断，有魄力。

王再次拱手，鞠躬，“原在西南堡的时候，我刚成为灶王，是一位饼店灶王、铁匠灶王先来的我们豆腐店，后来有邻居们来，后来就都熟络了……”“停住，”微微胖些的灶王摆了下手，“我听出来了，你是说，我们这些待久了的老灶王应当先去拜望你这个刚到来的新灶王，你是说我们不懂得规矩了？”“不不不，我不是那个意思，我是说一个地方一个风俗，一个地方一个规矩，是我考虑不周没有细细向各位请教……”“好啦好啦，也别为难他了，你们这样说好像我们欺生似的，要是他把我们都放进他的坏罐里面……”站在中间、穿着一身灶色衣服的白脸灶王把手搭在两位灶王的肩上，“我们认识一下，我在村东路口第三家，你叫我布商灶王好啦，他是粟子灶王，这位是土炕灶王——他家不是做土炕的，只是他家的董世怀擅长盘炕，就这样叫开啦——我们是觉得，都是灶王，都是乡里邻居，应当多走动走动。”“就是就是。这位年兄，你可记住了，择个时日去拜访我们，我们哥俩那你愿意去就去，不愿意去就不去，但布商灶王那你必须去……”

我答应下来，择日，最近的时间我就去拜访——本来我也有这个意思，只是怕冒昧唐突，而各位既然说了这话，我也就自然安心了。“会说话。可惜啊，分在这样一个家里。你回去吧，我们还有些我们的事儿。”

关好栅栏门，他们已经慢慢地走远，我听见带玉玦的粟子灶王甩在风里的一句话，“一个破栅栏还关，难道会有人偷么？真是。”我想起我的前任灶王在临走之前对他的评价，不由得摇摇头。我的前任灶王，要我更警惕的是布商灶王，但今日他给我的印象还行，似乎不像前任灶王说的那样。

一股浓重的，有些溽热的，掺杂了各种难闻气味的臭。屋子里尽是这样的气息，完全没有躲藏的地方，即使灶台后面属于灶王的那个小空间也不行。我觉得自己越来越难以忍受这份气息，一进门，它就会直直地向我的胸口处顶上去，让我也喘不过气来。里屋的老人哼哼哼，我不清楚他为什么要这样叫唤，是能让身体的麻木减轻还是出于别的目的？“×你妈。”我发现，这个叫董顺儿的老人已经不会再说别的话、任何一句话，但却能那么顺畅地把这句咒骂恶狠狠地骂出来，即使他的口里塞满痰。

坐下来，我用手帕半遮着自己的鼻子，拿出笔墨。墙那边的声音突然传进我的耳朵，是男人的声音，呼喊和咒骂，似乎有什么东西摔倒了，又一件什么东西摔倒了。女人的声音，争吵的、辩解的，接下来又是男人的咒骂，它插在女人的声音里。门撞开的声音，一个脚步在向后面跑，而另一个更沉的脚步则追上来，追到院子里，然后是砰砰砰砰的击打声。男人的咒骂，女人的咒骂。男人的咒骂声强硬，低沉，短促；女人的咒骂尖细，破碎，带有喘息和被什么东西捂住的感觉。我记下它，将它丢进了坏罐里——想了想，我又将这张用以记录的纸拿出来，在后面添上“距离上次两天，距离上上次三天”，然后再次放进坏罐。那个院子里的声音已经停歇，我耳边听到的只剩下里屋董顺儿无力的哼哼声和他力气充足的咒骂。

董徐氏推开门，她的手里端着碗，肩上搭着洗去了屎尿的小褥子。“到你家真是倒了八辈子霉了，”她气哼哼地转身并上屋门，脸角处、鼻孔处还有没能抹尽的血渍。“起来，动一动身子！”她将碗里的面糕倒进木凳上的另一个碗里，不知什么时候那个碗已经空了出来，只有边缘处带有一点儿干涸得变成黑色的残留。老人的被子被飞快地抛开，一股更重的气味立刻涌起来充满到整个房间里。“不是说不让你拉，等我来了再拉吗？我说的话都当耳旁风是不是！泡在屎里尿里你自己不难受？”她用力地推开老人的胯，从老人的屁股下面抽出沾满屎尿的小褥子，用力擦了擦老人的屁股、阴茎下面的尿渍和尿硝，然后将小褥子甩到堂屋的地上，“你儿子说啦！再不许我管你，再不许我进你的屋！看看你养的好儿子！”“×你妈。”老人中气充沛地把它喷出来。

眼角处又有血丝蜿蜒而下的董徐氏直起身子，她突然地笑了起来。“我真是倒了八辈子霉了我！遇到你们这样的主儿！要不，就饿死你得了！饿死你，大家都省心……”她笑着，可眼圈却红了，“少吃点！”她推开老人的胯和屁股，又将洗过的小褥子塞到老人的屁股下面去，“吃一锅拉一炕，你说你得的这算什么病！”

我把董徐氏刚刚所做的记录下来，放进了好罐——之前，我是放在坏罐里的，不知道为什么我觉得我应当改变一点儿我的看法，这个调整并不受迫于任何的压力，我问心无愧。至于她说的那些话，自然不能一并放进好罐，它有不敬的成分、逾距的成分，这一点怎么说也不对。

那，她怎么做才好呢？我这个一家之主，能有一个怎样的处理方式，能让她的所作所为都遵循善，都放在好罐里？说实话我觉得自己遇到的是一个难题，之前从未想过的难题。要不是进入这样一家成为他们的灶王，不是见到这样的生活，我也许用不着想这样的问题而且被自己难住：我有固定的、合规的、无论在什么境遇下都适用的答案，但在这里，在这个生活中，它有所动摇，就不那么笃定了。

想不出，我干脆不再想。来到院子里，天色灰蒙蒙的，无风，可草叶在微微颤动。我伸伸腰，昂起头，有雪花飘落在我的脸上。下雪了。今年的第二场雪，我来到直峪村之后的第二场雪。我的心里生出了比第一场雪时多得多的悲凉。

腊月二十三，辞灶日。我早早换上灶王的官服，站到院子里去——冬日的早晨四处一片昏黄，弥漫着寒冷也弥漫着无聊，第三场雪的积雪还没有完全地化尽，站在院子里看过去，枯黄的衰草、旧草绳和一些看不出模样颜色的旧物支在积雪的外面，就像是磨出了织纹的旧桌布。我将自己的好罐坏罐在一片空地上放好，然后踱着步子……董徐氏还没有到来，这个时刻她应当过来给董顺儿送饭了，她应当在灶前的供板上放上粘糖、水果或别的什么，然后烧两张黄表纸——当然，如果是董小苦来做更好，但他应是不会——她做完这些，我就可以暂时离开这个家，到蔚州府去，到城隍庙那里去……然而她就是没来，院墙那边没有半点儿的动静。“怎么啦，你还不走啊？”在经过栅栏门的时候土炕灶王冲我摆摆手，没等我打招呼就已经离开了。“不走，你在等什么呢？”粟子灶王骑在一头瘦驴上，他勒住缰绳冷冷地看了我两眼，“等他们家给你辞行？给你送点礼？算了吧，你等不到。他们家没这先例。你就等吧，等到天黑你也等不到！”下午时分，布商灶王坐在马车上，他也经过我的栅栏门，“还不走吗？要不，我带你走一程？”他的话还未落地，马车已经再次吱吱嘎嘎地移动起来。

我跺了一下脚，抖抖鞋子湿湿的脏雪，然后抱起自己的好罐、坏罐。我决定不再等了。其实，那样的送行不过是一个简单的仪式，我本不在乎的。可是，缺少了仪式，我心里也是真有些空落和不甘。

第二天早上我来到蔚州城，向守城门的门神[1]递过文牒，盖过通行的章。进到城里，我先朝城北的杂物市场奔去，想在那里购买一点儿沉香或者檀香。路上，我觉得人们的表情似乎与之前很有些不同，但究竟哪里不同我也说不上来，就是感觉有些异样，仿佛不像往常。街上的布置也多少与之前有所不同，至于有哪些不同我也说不上来，反正，不像往常。我想可能是我的心态变了，以前我在西南堡，那里也算是蔚州城的一部分，商贾云集商贸繁盛，而现在我去的那个地方则

1　门神属于民间神，司门守卫，不使邪魔鬼怪侵入。人们常将其神像贴于门上，用以驱邪避鬼、卫家宅、保平安、助功利、降吉祥等。唐之后，多将秦叔宝、尉迟恭奉为门神，但在此部小说中，门神恢复为技能较弱、层阶较低的神。

是僻壤穷乡，所以才出现这样的反差感觉。正想着，我听到背后有人叫我："你去哪儿？兄弟，我叫你呢！"回头，原来是刚刚办差回来的高经承，他叫跟着他的两个差人先回城隍，"兄弟，怎样？待得还行吧？我刚刚还问你呢，他们说你还没到！这是上哪儿去？"

我告诉他我要去买檀香，那家屋里的气味我实在受不了，我的一天天感觉就是在困苦、恶臭和咒骂中生活，真的有种度日如年的感觉……我把自己这半年里的所有遭受，所有看见、听见和闻见都一五一十地倒给了他，我太急于说出了，而这些也是我想好一定要和高经承说的。"兄弟，让你受委屈了。"高经承的眼圈红了，他露出一副很是愧疚的表情，"我知道那个地方穷，条件不好，但没有想到这样，没有想到让你去的是这么个人家……对不住对不住，要是早知道，我就早过去看看你啦，至少给你送点吃的喝的——走走走，我和你去买檀香，你的钱还够用不？你缺什么，尽管和哥哥我说，我来做！"他用力地搂搂我的肩膀，"咱城隍也不知道你这情况。放心，我和他说，别看他一向不苟言笑，天天讲的是规矩规则、规矩规则，但心好，愿意帮人——你高大哥在老爷那说话，嘿嘿，还是算数的！对吧？"

千恩万谢，我抓住他的手就像一个从山崖上下坠的人抓到了树枝，不，应当是另一种感觉另一个比喻，可是一时我也找不出更合适的来……等我们分开，我赶到城隍庙外的时候，好久不见的铁匠灶王、饼店灶王已在那里等我了。

“瘦了。黑了。”铁匠灶王说。

“说什么呢，你看看他背的提的！大约是一个出气粗粗的富户，人家落在了好人家，差不多也该忘了我们的约定了！”饼店灶王斜着头看着我，“你怎么来这么晚，是乐不思蜀还是想躲开我们，怕我们沾你的光？”他接过我背上的包裹帮我放下来，“怎么买这么多东西？真发达了啊？”

我告诉他们不是，这些，都是高经承帮我的，也是他付的钱，之所以没直接给我送过来是因为不想让别的灶王们看到，“兄弟们，我可是要和你们说说，我这次发配……真是受了大罪啦！我都不想回去了，宁可堕入轮回也不想回去了……”我试图控制自己的情绪，可是一见到他们，我就，我就无法控制。

“你说，你说说。”

一五，一十，我再次把我离开西南堡之后所经历的一切和他们复述了一遍，这一次，我更详细，也更投入——“看看，看看，都已经是神仙了，还这么……”饼店灶王试图安慰我，然而他却也禁不住流下了泪水，“想不到，真是想不到。我这半年，也，也是……不过比你还是好多了。我们好不容易又聚一起，不说那些不开心的啦，我们去吃酒！”

我们是这样的想法，西南堡的各家灶王也是这样的想法——于是，我们回到了西南堡。但西南堡此时真不是一个良好的聚会所在，那些未经收拾的残垣断壁看起来就让人伤心，我们只得凭吊一番然后散去。“我们几个，我们去西柳林南，那里有一个小勺酒家，瓦剌人和大明的溃兵都没到过那里。我们要不，就去它那?”一直等候候补的田家灶王凑过来，“能再见到你们我可高兴啦，有一肚子的话要说。我们一起聚聚，一起聚聚吧。”他拍拍铁匠灶王的肩膀，然后又拍拍我的肩膀，“我带你们过去。不过，你们等我一下，我先把我家里的那位安顿一下。她最近总和我发脾气，你们也知道，我现在候补，家里没什么进项，她也就总是抱怨……”

坐下来，我才知道在这几个月里发生了那么多那么多的事儿：带着大军从怀安御道上浩浩荡荡经过、为自己撑足了面子的太监王振已经死亡，杀死他的还是自己的守卫将军[1]；正统皇帝在土木堡的战斗中被瓦剌军师也先掠去，大明号称五十万的大军在土木堡一役中损去大半儿，而数十位王公大臣也在战斗中或战死或被俘，这个大明已经摇摇欲坠；紫金关、居庸关已被瓦剌军攻破，那里的城隍、灶王、土地纷纷向京都逃亡，一时间仙界也是仙心惶惶，京都的城隍、东岳大帝的使者也已经与瓦剌神灵接触，希望能将混乱中丢失的东西要回来一些；京都立了新皇帝，皇帝是正统帝的亲弟弟朱祁钰[2]，朝中的大事小

---

1 “土木之变”，明军大败，忍无可忍的护卫将军樊忠在皇帝身边用铁锤将王振锤死，并对英宗皇帝说“吾为天下诛此贼”——不过在英宗皇帝之后的回忆中，他言称王振见明军兵败而自刎，是自杀。

2 即明景帝（1428年9月11日至1457年3月23日），明宣宗朱瞻基次子，为明英宗朱祁镇同父异母兄弟。明朝第七位皇帝，年号景泰（1450—1457）。景泰八年（1457）正月，夺门之变爆发，朱祁镇复辟，软禁其于西苑，改元天顺。二月，朱祁镇废其为郕王，不久，二十九岁的朱祁钰离奇去世。

事都交给了兵部尚书于谦[1]，据说新立皇帝也是于谦的主意……

铁匠灶王：这个于谦就是一个乱臣，应当早早地把他杀掉才对！正统皇帝还活着，而且我听说也先也传过话说要把正统皇帝送回去，你说，大明的天下是他的还是朱家的？他想立一个新君就立一个新君——当初的刘汉、曹魏，是怎样的教训！

饼店灶王：你觉得也先说送回去就送回去？他答应，脱脱不花也未必答应！得了吧，大明皇帝在他的手里，他想要什么大明就得给什么！可他要的不是金银财宝，而是大明的天下！

田家灶王：得得得，我们喝酒，喝酒。

铁匠灶王：一个做臣子的，就不该上奏更换新帝！想一想都该是死罪！这种大逆如果允许了，那还有什么规矩王法——你觉得他于谦就不会得寸进尺、得陇望蜀吗？有这个始，就难说会是怎样的终……

饼店灶王：是谁跟我说，判断一个人一件事要看发心，一件善事，如果做善事的人事先张扬、是表演性的，那就不能把这事儿放入好罐里；而做某件事虽然给他人和自己的家庭带来了灾难和困苦，但只要他是无意的、偶然的，就不应该对他处罚的？老兄，好像是你吧？于

1　于谦（1398年5月13日至1457年2月16日），字廷益，号节庵，官至少保，世称于少保。永乐十九年（1421），于谦登进士第。宣德元年（1426），以御史之职随明宣宗平定汉王朱高煦之乱，后任河南、山西巡抚。宣德五年（1430）又以兵部右侍郎巡抚河南、山西等地。土木之变后，英宗兵败被俘，他力排南迁之议，坚请固守，升任兵部尚书。明代宗即位后，于谦亲自督战，率师二十二万抵御瓦剌大军，使大明最终躲过了危机。天顺元年（1457）英宗复辟后，大将石亨等人说于谦谋立襄王之子为太子，致使其含冤遇害。明宪宗时，于谦被复官赐祭，弘治二年（1489），追谥“肃愍”。明神宗时，改谥“忠肃”。

谦大人在这件事上明显没有你所说的那种得寸进尺、得陇望蜀！他是为了大明，为了大明的明天，为了大明的天下和黎民！我听说，咱这新皇帝也并不想当这个皇帝，而是不得不……

铁匠灶王：什么不得不！哼！

田家灶王：过了过了，我们几位灶王，怎么能这么议论人世间的事呢？再说，与我们又有什么关系？喝酒喝酒，你们说，这么好的烧酒……

我：我知道得少，是今天，我才知道正统皇帝身陷瓦剌……都是九月的事儿了——我到腊月下旬才听说！不过，我赞同饼店灶王，你想，出了这么大的事儿，总得有个策略应对，也是没办法的办法，不然的话……

铁匠灶王：老豆腐，你不知道情况少插嘴！小心我在你腰上钉个钉子！他说得对，他对什么？他不过，哼，他新家的布行，是和于家做生意的！无论做人还是做灶王，有些事能做，有些事就是死都不能做！他于谦……

饼店灶王：我说你这个粗灶王，没想到你的心里，心里装的都是花肠子！我是就事论事，你也是就事论事，怎么扯到……我们吵得再厉害，或者说我和你同样的想法看法，影响人世间半点不？我用得着……啧。

田家灶王：这一次，我也站在饼店灶王一边。唉，我告诉你们，这里的鱼做得特别好，是你们平时吃不到的美味！他们新换了厨师。

铁匠灶王：是我不对，我认。做大饼的，我跟你认错。来来来，我赔罪。我就是心里特别特别憋屈。你说，这仗打得——五十万军队，让不足十万的瓦剌人追着走，咔哧咔哧，都是些十几岁二十几岁的娃……我在的那家，铁匠，一个儿子当兵，一个侄子当兵，都回不来了。这日子过的！

田家灶王：太多了。你们知道不，我候补，也没什么具体的事儿，我就到处去转转，有的时候也到远一点的地方……军备的松弛，赏罚的不公，粮草的克扣，军官的贪腐，触目惊心，触目惊心啊！有将军说自己手下兵丁数千，可实际有多少？不足八百，还多是老弱；有将军上报说自己与小股的瓦剌散兵遭遇，杀死了十几个彪悍的敌人，真实情况是怎么样？杀的是大明的边民，就是为了得一点儿赏赐和虚荣！你们知道不，在土木堡，士兵们喝不到水，只得喝路边沟里的脏水，不舒服，拉肚子，可到找药的时候却发现药没了——都变成了土坷垃！

铁匠灶王：哼，你那时候还说大明军队纪律严明，性如虎狼，强将精兵，加上皇帝亲自带队，必然是所向无敌、战无不胜……

田家灶王：得得得，你当时不也这么说的？我们怎么想得到！

我：是啊，反正我没想到。我也认为大明会胜，只是能不能一举消除瓦剌、鞑靼的隐患，怎么能想得到。你们说，要是京城，我说的是万一，要是京城失守，大明朝会不会——

饼店灶王：有了新皇帝就不会！于谦大人已经调山西、山东、南京诸地的大军北上勤王，也把京城、通州周边官仓的粮食都集中于京城……

铁匠灶王：于谦大人！狗屁大人！

田家灶王：怎么你们一到一起就……喝酒喝酒，各位灶王，也不瞒你们说，我自从候补，没有了进项，就基本上没有再喝过酒。马上要过年了，我们就好好地喝上两口！人世间的事儿，哪一件是咱们能管得了的？大明的事儿管不了，拥不拥立新君的事儿咱们也管不了，就是咱们各家，你们说，咱这一家之主真的管过谁家的事儿，哪件事咱们能制止得了？

饼店灶王：没事，我们俩早就习惯了，不争吵两句，心里还怪难受，反而显得不亲近了。

铁匠灶王：我的脾气他知道，他的脾气我也知道，好吧，我们喝酒。好酒，好长时间，没喝到这样有滋味的酒了。

田家灶王：所以，这事那事，都和我们没关系。操心太多，肠子是会被你们的操心给坠断的。

铁匠灶王：谁说没关系！没关系，我们西南堡会变成这样？我们会四处分散，而你成为了候补？这不都是拜那些官老爷所赐么！

我：有关系，你说得不对。而且不只是铁匠灶王说的那种关系，还有更重要的关系，那就是天条的维护，规矩的确立，善恶的赏罚。如果我们都觉得事事不关心不关己，那要我们灶王们又有什么用？要城隍、土地、山神有什么用？

田家灶王：有用有用，好吧，我认罚。你说，我这一候补吧，有些事儿觉得自己想开了，有些事儿则又变得特别挂心，原来可不这样。还有些事儿吧，自己就麻了，木了，一点儿也提不起兴致。

饼店灶王：其实我也是。

铁匠灶王：我也是。

饼店灶王：你不是！刚才，是谁把话题引到这里的，是谁那么义愤填膺，于谦这样的乱臣贼子，人人得而诛之！人人都可以怀揣一把匕首把他给杀掉！那王振该不该杀？这段时间里，我可听到过不少他做的好事儿！我觉得，他才是最该杀掉的那一个。

铁匠灶王：胡说！你说，王振大太监，他连自己的子嗣都没有，他怎么会不一心向着大明朝，一心为了大明和英宗皇帝？否则，怎么会连我们都知道，连蔚州三岁的孩子都知道，太宗皇帝[1]高看这个王振，正统皇帝更是高看这个王振？你觉得两位皇帝都那么容易蒙蔽？

饼店灶王：那你说，他怎么会被大明的守卫将军击杀？他怎么不受景泰帝的高看了呢？听说他的侄子，锦衣卫指挥使也被大臣们杀死在朝堂的台阶上……

那一夜争着吵着说着笑着，慢慢地都醉了，我醒来的时候已经是第二日早上。“我说不要喝这么多酒，”白脸的饼店灶王坐起来抱怨，窗子里透过的阳光让他的脸色变得更白，“都是你这个粗铁匠，粗灶王。非要提什么江山家国，你要是提提老婆孩子多好，也不至于争

1　明太宗皇帝，即明成祖朱棣。在位二十二年，年号永乐，庙号太宗。

吵，不知不觉地喝那么多。对了，田家灶王呢？还有小冠怎么样了，有消息不？”

“没有。”我默默地看着窗外，摇摇头。我不知道田家灶王去了哪儿，至于小冠，现在还没有一点儿消息，昨天见到高经承曾向他打听过，他也没有，让我再等等，再等等。

“这些仙官老爷，都是些忘恩负义的主儿，怕是根本指望不上。人家能留下小冠随便地安排投胎就已经不错了，你还想干啥？魏判官，不是连话都不想和你多说么？我看也不是什么好东西。”

“你怎么看出来的？”——窗外有人搭话，是一个陌生的声音，我和饼店灶王、铁匠灶王对视了一下，“谁？”“你们不认识。”外面的声音又答，“谭豆腐家的灶王，把小冠送过去的灶王，是谁？在这里不？”我和饼店灶王、铁匠灶王再次对视了一下，“在在在，我在。”

推开门，我看到的是额头上有一个白点儿的马面，不远处，则是城隍庙的高经承，“您找我？”

“是啊。”马面看看我，又看看高经承，“魏判官让我来向你传递关于小冠的消息。他会在三天后出生。生在——”他又看了高经承一眼，略略压低了一下自己的声音，“通州，王家。这事儿最好不要让太多的人知道，最好是只有你个人知道。所以，我没让高经承跟得太近。他说与你关系特殊，极为亲近，是吧？”我点点头：“这位仙差，通州的王家是不是太多，我怎么去找？”“在这儿，”马面从兜里掏出一张印有符文的小纸片，“回头你自己看。我也要特别地向你说一句，小家伙投胎，魏判官特别关照没抹去他前世的记忆。他会记得你，也会看得到你。这下，你放心了吧。”

马面抬起头，朝着支开窗棂向外探头探脑的铁匠灶王、饼店灶王开口说道：“刚才，是谁说魏判官不是好东西来着？要不，你跟我走，我们当着他的面跟他掰扯掰扯？”说完，额上生有白点儿的马面呵呵呵呵地笑起来。他笑的声音并不像马，而更像是一只被什么东西卡住了脖子的鸡。

六　在困苦、恶臭和咒骂中间（下）

交代好好罐坏罐，将一年的总结认真填写进灶王务勤司发放的表格里，我向城隍请了五日的假——城隍准许了。当然我并没有见到城隍，据说他正忙碌得不可开交，今年还较之以往增加了当地财物损耗清点的事儿，人口数量变化清点的事儿，以及起草灶王安置情况的报告和与瓦剌神灵、地府的诸多协商、划域的事儿，这一大堆的事儿和往年这个时候必做的事儿叠加一起，“十个城隍都不够用”。城隍准许我请假的消息来自高经承，他也忙碌得站不住脚，但还是把我的条子递了上去并拿到了批复。“城隍爷这边说好啦，他还夸你乐善仁义，做事认真真诚，是灶王中的楷模呢！”高经承当着诸多灶王的面儿拍拍我的肩膀，然后搂住我，“去吧，要是愿意你也可多待几日，城隍这里有我。你耐心点儿，我和城隍老爷记得你的事儿，他已经向京都城隍写信反映了——你也知道，现在办个事，”他停顿一下，指挥着另外的衙役小童，然后转向我，“那边，直峪那边，我也先找别的灶王给你看着点儿。哎哎哎，你快点，城隍老爷等着要呢！还有你，这点儿事都办不利索！”

我向铁匠灶王借了他的毛驴，然后上路。没想到路上还是有了耽搁，走到怀来[1]的时候被东岳勤卫司[2]的仙兵和城隍衙役们拦住：你是谁？从哪儿来的？干什么去？我向他们解释：我是谁，我是从哪儿来的，我要去哪儿，为什么要去，我有蔚州城隍的假条批复和前往通州的通关文牒，有直峪董姓田家灶王的任命书——不行，你不能过去！即使你能证明你是谁你从哪里来到哪里去也不行！我们接到的命令是，不能把任何神仙、魂魄、鬼怪放过去，哪怕它变成鹰、变成犬、变成苍蝇和纸灰都不行！

那我怎么办？我只有五日的假期，还得来回地往返……

那是你自己的事儿啊。我没有接到命令，要为你负责。

那你是否可向上面通报一下，我这里有……

那可不行。我可不想因此受到责罚。你没看，这么多被拦住的灶王、土地，哪一个有你的话多？我给你通融一下，给他通融一下，我们在这里的把守还有什么作用？

那我怎么办？我只有五日的假期，不，现在只有四日了，而且还得来回往返。

1　地名，现隶属于河北省张家口市，明初在此设立卫所，改怀来县为怀来卫。

2　为泰山东岳神君所辖的七十二司（一说为七十六司）中专职衙门中的一个，为负责东岳神君辖区保安，防卫和稽查诸事务的机构。

那是你自己的事儿啊，我管不着。

那……

一个背着硕大包袱的矮个子土地公公在背后拉拉我的衣服："算了，算了吧。你说再多他也不会放你过去的。再等等，再等等就行啦，我听说阳和[1]那边的关隘都已松动，这边，也就一两天的事儿。被拦下来的灶王、土地等神仙都住在那边的客店里了，我都住了两天啦！""那，那你……""你是指我的包袱？这个，我可不敢轻易地放下，主要是我们那里三十年的地契和当地的舆图[2]！我的地儿被瓦剌占了，我只得背着它们到关里去——宁可自己累点儿操心点儿，也不想落个失职的名儿，你说是这个理不？小弟我没什么本事，如果这位灶王兄长不嫌弃的话，我们也可以相互认识一下，我是……"

腊月二十八，腊月二十九，三十。我们早上起来，就能听到稀疏鞭炮声，大家相互拱手，那一刻，我多少开始怀念人世间的样子了。不知是谁喊了声："放开啦，我们可以过去啊！"院子里一片噔噔噔噔的忙乱，我们收拾好自己的物品再次来到关口。没有了士兵，只有城隍衙役，他们很随意地看了看我们的文牒就把我们放进了关里。"严的时候针插不进水泼不进，松的时候跑头大象也没人看见。"背着大包袱的土地公公自言自语，我看见他从自己的包袱里掏出一个烧饼，一边吃着一边跟着队伍走。"再见，"在经过他身边的时候我和他打了个

1 地名，现隶属山西省大同市阳高县，明洪武二十六年在此曾设阳和卫。
2 舆图：地图的旧称。

招呼，“后会有期！”土地公公愣了一下，看上去，他似乎在犹豫是把自己手里的烧饼藏一藏还是分我一半儿，“哦哦哦好兄弟后会有期，灶王哥哥新春快乐事事顺遂……”他朝着我拱手，咬了两口的烧饼滚落进袖口里。

来到通州。迎接我的灶王告诉我说孩子已经出生两天了。“八斤三两。这孩子，可是个大富大贵的相！魏判官差人来特别嘱托我，要照顾好他。”经过一道门，二道门，进到第三进院子的时候，我便听到婴儿响亮的哭声，它来自后院右侧的一栋有阁楼的房间，门前两株银杏树长得极为硕壮。我和王家灶王进到房间里，那个婴儿的哭声立即止住了，他朝着我们的方向，张开嘴，咯咯咯咯地笑出声来。

我觉得自己肚子里有十几个倾倒的五味瓶，它们在倾倒的过程中相互碰撞，声音响亮，“小冠……”

“哎呀，你可用不着哭，他现在，可落进蜜罐里喽！你看看他吃的用的，什么也缺不着！”王家灶王伸着头去逗这个孩子，“他能看得见我们，也能听见我们说话。魏判官对这孩子，可真是用心，可真是眷顾，让我这个灶王都有些妒忌。你们真是攀到高枝啦！说不定什么时候，我也要求你们呢！当然，我们以后也常来常往，一起护好这个眼珠子！”“好，好好。”除了频频点头，我真不知道自己还能说些什么。

……离开通州王家，我肚子里的五味瓶还没有被一一地竖起来，它们还在摇晃，还在……我想起谭豆腐，想起小冠的母亲，也想起，自己被安排在直峪董氏农家当灶王的这些日子，刚刚沉下去的五味又一次被扰动起来。

把毛驴归还给铁匠灶王，他把我让进叮叮当当的院子：没想到，刚过初二，铁匠铺里的火炉已经烧旺，铁锈的气息和鞭炮的硝味弥漫在院子里，竟然有些呛人。“没办法。年前，给人打了些刀剑，现在就得抓紧打铲刀镰刀了。大老爷们真是无赖。”铁匠灶王给我塞了一把铁锤、一把铁锹、一把镰刀、一布袋的钉子，根本不顾我的拒绝，然后又给我提来半袋小米，并将一小罐绿茶、三小块沉香和一个花包香囊交到我手上，“这是饼店灶王给的。我可不懂这些。他见你回不来就急着回去了，让我捎给你。小冠还好吧，那家，看着怎样？”

通州王家，是从直隶束鹿迁来的，家人或商或官，与吏部尚书王文[1]是同宗，小冠的爷爷与王文是四服[2]兄弟，时下王家应是通州最为显赫的大户……“真的假的？”铁匠灶王站起身子，他黑壮的身影一下子遮住了我，“这个小冠……没想到，没想到啊。我跟你说，听到这个消息我真是有点儿小震惊，还有点儿，有种说不出来的滋味。”“是什么滋味？”“说不清，反正有点儿……你有没有？”“我有什么？说不出

1　王文（1393—1457），原名王强，字千之，号简斋，北直隶束鹿彭家庄（今河北辛集市旧城镇）人。明朝大臣。永乐十九年（1421）中进士，授监察御史。历任陕西按察使、左都御史、吏部尚书、少保、谨身殿大学士兼东阁大学士。景泰八年（1457），夺门之变后，和于谦一起被杀。成化五年（1469），平反昭雪，追赠太保，谥号“毅愍”。

2　北方直系血亲之远近的计算方式，从一服至五服为宗亲，五服之外称为“出服”，一服为亲兄弟，二服为叔伯兄弟，三服为堂兄弟，四服意思是彼此父亲的爷爷是亲兄弟。

来的滋味？我没有。我就是想到谭豆腐和他家妇人。他们也许也投胎了，在轮回中还是不是人也不一定。我也没有办法把小冠的消息告诉他们，不过现在他们也不需要小冠的消息。”“是这样。”

回到蔚州城隍，高经承说假条早已给我销去，若不然我的逾期一定会遭到重罚：“这件事儿连城隍老爷也不知道。你可千万要守口如瓶，如果上面真的追究，你向我身上推就好啦。”高经承告诉我，他还用自己的薪金给我买了点吃的用的，“说真的我真不知道你那么那么苦。你耐心，耐心点儿，我会为你想办法的！现在，你还是快点儿回去吧，在外面太久了也不好，别让老爷都维护不住。”

“你他妈怎么才回来啊！不好意思，我本不想骂人的，可你知道——”见我走在街上，粟子灶王急忙推开栅栏门，从里面跑出来，“你他妈的真是……我可真是待够了，待得够够的啦！我要是有一丁点儿法力，我也要用这点儿法力掐死他！呸呸呸，大过年的，说什么死啊活的。要不是高经承嘱咐，我才不管你这破事儿！”粟子灶王伸伸腰，长长地出了口气，“我可喘口气吧我。你说你这是……我都替你窝囊，替你不值！这是一户什么人家啊，比我在的那家还不如！真是，真是度日如年啊。刚才，就在你来之前，墙那边又打起来了，女的从外面刚进门，男的就冲过来把她按在地上，那顿打！我觉得吧自己似乎得算是一心硬的人，可也看不下去……看不下去，你能做什么？什么也不能做！哎呀你可回来了……”

“受累受累。”我朝着粟子灶王拱手，“辛苦你啦，这样，我这里带的有酒，有艾窝窝[1]，还有面花儿，这个可能新鲜些……”栗子灶王看着我手推车上的大小包裹，凑过来一一察看一下：“行啊你，还真没看出来，有些道行……你说，你怎么就到了这么一家呢？是得罪了谁吧？按说，照高经承对你的那态度……不应该啊。你和我说说，看我能不能帮到你。当然，帮也不能白帮，我还要你的这条羊腿！”

我告诉他，我真没得罪谁，高经承和城隍大人也不知道这里是这个情况。“那，你得罪的是，上边的？”我摇摇头：“也不是。也许，就是一个……这家总得有灶王来，而我们西南堡遭到了瓦剌人的血洗，一下子多出了好多灶王……”“道理我懂，咱们灶王的前世，也都是读书人。”栗子灶王搬起高经承送我的羊腿，“在你这也是糟蹋了，那屋子里的味儿，你吃什么都吃不出好来。去我那吃吧。看在你送我羊腿的分上，我也再多说一句。他要是答应你，一定能有一万条理由，哪一条理由都站得住脚；他要是要拒绝你，也一定能有一万条理由，哪一条理由你都觉得合理合适，不能不这样。我经历的，可比年兄你经历得多多了。”

我把拉来的东西归置好，点上一小块儿沉香，摆好纸砚，准备把栗子灶王这几日所做的记录誊抄一下——可是我却一直心神不宁。回想刚才，栗子灶王完全是抢劫，我绝没有要送他羊腿的意思，半点儿都没有，我给过他脸色可他装着看不出来。欺人太甚！要知道高经承

1　一种地方风味小吃，以糯米粉和面粉制成外皮，内有馅，馅料可用核桃仁、芝麻、山药泥等。皮外多糁薄粉，色雪白，质黏软，味甜香。

送这条羊腿的时候还是在腊月，我去蔚州城北购置年货的时候，就连铁匠灶王和饼店灶王我都没有舍得分享，我劝自己不分享的理由是他们终比我富裕些，即便我要求分享他们也未必会真的分走一半儿……可刚才，我为什么不言不语，竟然纵容了这一抢劫？眼看着他背起羊腿大摇大摆地离开？难道，我不应当拉住他，告诉他这并不是送他的东西，你这样做有辱斯文，作为灶王你不应如此？豆腐灶王啊豆腐灶王，你总以为自己能够这样那样铁肩担道、荣辱不惊、疾恶如仇，然而面对粟子灶王的直接抢掠竟然毫无表示，你的嫉恶在哪儿？你的勇气在哪儿？你的正义在哪儿？

不能，我不能这样容忍——我站起来，将手里的笔丢在桌子上，然后走下灶台。“×你妈！”里屋又一声响亮的咒骂，我迈下灶台，冲着里屋的呼吸狠狠地吐了口痰，然后走到院子里。

积雪还在，它们应被略略地清扫过，已经分成了几个混杂着泥迹和草叶的小土堆，就像是一座座新坟。我走出栅栏门，墙那边又传来男人的吼叫和什么东西摔倒了的声音、屋门被踢到的声音、女人仿佛被卡住了脖子的咒骂——不行！我的胸中有几十个惊雷在不断地翻滚，它几乎要将我的胸膛炸裂，将我的心脏和肺一起炸出来——我重重地撞开大门，然后重重地撞开屋门，冲到董小苦的房间里，然后挥动手臂，朝着他的脸狠狠地扇过去，一下，两下，三下……

他没有感觉到我的存在，他还在咬牙，切齿，挥动自己的拳头朝着女人的身上打、头上打，仿佛他击打的只是一块塞进了棉花的破布，一个由稻草和木棍扎成的难看的人偶，“叫你不听，叫你不听！老子说话你也不听！”

我拉他，打他，咬他，然而根本没办法制止他的任何动作，他体内的某种野兽，阿修罗，在那一刻已经完完全全地控制了他。“你不得好死！”我用全身的力气朝着他的头上重重地丢下一句，然后再次撞开他的房门。

踩着积雪，有意识地踩着积雪，我头脑里那股让我晕眩的热也在慢慢消下去。我竟然第一次违背我的誓言走进了董小苦家里，很不理智。我动手去打人耳光，很不理智，也有辱斯文和身份，何况，它没有半点儿作用。我还咒人不得好死，作为这家人的一家之主，当然也很不理智，有辱斯文和身份。我停下来，一只黑色的狗也在路边停下来，它朝着我的方向看，然后默默地从另一侧飞快地走过去。“再这样下去，我会疯的。”我对自己说，克制，克制。在人世间的时候，你也没这么不理智过，不能这样。这里，我再想起粟子灶王的抢掠，竟然也有了些释然：这些天，人家在这个家里给你守着，苦苦煎熬地给你守着，拿你条羊腿又怎么了？如果换作是你，给你条羊腿，你会不会捂着鼻子，忍着饥饿、恶臭和不断的咒骂一直待上四五天？我朝着远处的雪和树吐了口唾沫。算啦。过去啦。

“我就猜，你回来了。”土地公公从一棵树的后面钻出来，“我刚听粟子灶王说，怎么着，你带回了不少好东西？你可省着点儿用，别学老鼠：老鼠也知道存粮呢。不过，你是不是也给老哥我送一点儿，我这个年过的！整个直峪，就没几个好东西，从初一到初五，我都没等到一个给我送烧鸡送米糕的！他们真当我不存在啊，眼里真是没我！我都想向我的上司写上一纸公文，申请再把这里的土地挖上三尺，寸草不生也行……”

“行，当然行，我早就给你准备出来了！要不是刚才，我憋了一肚子的气……对了，有条羊腿，我本来是给老哥准备的，我想给你送过来，咱们在你这里吃，可是被粟子灶王给弄走了。也没办法，谁让我求着他给守了这么多天，人家大概还一肚子怨气呢。”

“他就是那样，不吃亏，给人一点儿好处他也要从人家那里加倍地要回来。下次，你要离开一段时间的话就和我说一声，反正我也没什么事儿，在哪待着不是待着……对了对了，我听回来的灶王们说，咱们的……呸呸呸，大明的正统皇帝被瓦剌给抓啦？五十万大军，呼啦呼啦黑压压的大军，一下子就没啦？哎哟，那得堆多大堆的骨头哟。”

我告诉土地公公，是的，具体的情况我也不是太清楚，毕竟我们了解的也多是蔚州、广灵和宣府一带的事儿，为了小冠我去了一趟通州，路上也听了些不知真假的消息……“走走走，上我那去。你都给我说说！咱这地儿，太偏僻太闭塞，五年十年前的消息传到这来都还是新的！咱们也喝两杯。你不在的这段时间吧，我都快闷坏啦。”

酒后，从土地庙返回，我坐在桌子前面打盹儿，忽然想起我的前任灶王给我留下过几本书，一直没看，也不知放在哪儿了——书架上没有，炕席下没有，被窝卷那里没有，后来在我放包裹的地方找到了它，它被垫在了包袱皮的下面。我抽出其中一本，封面已经磨损，纸页褐黄，上面还有不少大大小小的霉点儿，依稀能看出什么“九谏”[1]两个字。里面的内容也有一些缺少或损坏。书的大意是，唐代，武则天时期，则天皇后将自己儿子的太子位废掉，降成了庐陵王，一心想把皇位传给自己的侄子武三思，梁公狄仁杰那个急啊，于是他利用则天皇后的信任和依赖，利用则天皇后什么事儿都想向他请教的当儿，什么事都扯到“一定要把皇位传给李家人而不是武三思”的主题上来，一次两次，一共九次，武则天皇后不堪其扰，但最终还是被狄仁杰说服。我一路读下去，读到天色黯淡，点上了蜡烛，然后读到听到远处的鸡鸣以及偶尔的鞭炮声——这时我才忽然意识到：前一天的善行恶行记录还没来得及做，这可是大事！该死！作为灶王，我怎么可以不顾自己的职责呢？

将记录放进好罐和坏罐，天已经微微亮了。睡不着，我干脆走出房间，从灶台上方供有灶王小像的后面钻出来——所谓小像，根本不像，家家户户都是同一个模样，是用武强[2]的模子印出来的，其中的灶王端正的肥胖，身上的官服也远比我们真正的灶王官服漂亮许多——我绕过杂七杂八乱放的碗碟和抹布，迈下灶台，朝院子后面走去。屋

1　宋，《梁公九谏》，见于《士礼居丛书》。鲁迅《中国小说史略》中曾有提及。
2　武强，河北地名，“武强年画”以构图丰满、线条粗犷、设色鲜亮、装饰夸张而闻名。武强为中国较为著名的“年画出版基地”之一。

里的老人应是睡着了，不再哼哼哼哼地叫，也没有了咒骂，只有一种相对均匀的喘息声，像是有风吹过空掉的海螺或者墙角那条细细的缝。站到院子里，我忽然意识到自蔚州归来之后，我，一直都还没有进过里屋。不过，灶王公务行事条例上并没有诸如此类的规定，我决定等董徐氏前来送饭和收拾的时候再过去——我没什么对不住他的，对待这样一个人，我也并不需要对他那么那么好。

前任灶王给我留下的那些书，让我有了打发空暇时间的办法，在不到外面走走、不去土地公公那里坐坐的时候，我就打开那些书，从头至尾——我从头至尾大约读了五遍，而有的书则读了不下十遍。俱是些传奇、志怪，或者记录奇人奇事的笔记——我在人世间的时候，几乎没有读过这类的书，我读的是“四书”“五经”《太白集》《文选》《文心雕龙》，偶尔翻过几篇《太平御览》，真的是一心为功名，一心一意要做一个堂堂正正的君子，对这类“不入高格”的传奇、志怪和笔记有着自然的排斥。成为了灶王，我的心态也依然没有多少改变：当我的前任灶王把他的这些闲书交给我时，我只是不好意思拒绝——我怎么能拒绝一个新认识的朋友的好意？

可是，在困苦、恶臭和咒骂中间，在那么多那么多让我感觉有些凝重、无聊和难熬的日子中间，我拿起了他送我的这些书，一本一本地读过去，不得不承认它们还是有些意思的，没有我想象的那么差、那么不堪……多年之后，在经历了同样是那么多那么多的事件、故事和起伏之后，我决定写这本属于我的《灶王传奇》，我在广灵直峪读过的传奇、志怪和笔记竟再一次一一地浮出水面，它们在我的耳朵里喧哗争吵，希望我的这部书能是这样，那样，那样这样……我当然会有汲取，从这里拿来或者从那里拿来，无论它是自觉还是不自觉，无论它受到的影响是多还是少……“难道没有新的故事可讲了吗？现在，你的这个故事已经开始停滞，没有人愿意听你的犹豫、议论和感慨，难道，你非要‘在困苦、恶臭和咒骂中间’一直沉陷下去？我们要新的故事，精彩的故事，你知道小说里的犹豫、议论和莫名其妙的感慨有多无聊……”大脑里，有个声音在跳出来提醒，它的意见我当然需要考虑——好吧，我把话儿长的中间部分做些裁剪，有些时间需要揉碎，有些时间则尽可能压缩，而有些时间，则需要拉直，把它用最大的力量抻开——下面，让我们继续进入到故事中吧！

某个早晨，我来到广灵直峪董顺儿家当灶王的第六年的某个早晨，被一阵急促的敲门声惊醒——在梦中，我正和一位看不清面孔的白须老人下棋，而无事生非的铁匠灶王非要在我们的木棋盘上钉几个钉子，将我们落下的棋子固定下来……“讨厌，你太让人烦啦！”我试图将他从面前推开，然而新的一枚钉子竟然钉到了我的手上。我坐起来，坐了好一会儿才意识到梦里的响声并不来自铁匠灶王，而是院墙那边的门。“谁啊，谁啊？”一个人踢踢踏踏地跑出去，就像是踩在雨水中那样——真的是刚下过雨，而且依然在下。

门洞里面嗡嗡嗡嗡，我听不清楚他们具体都说了些什么。一个人踩着雨水走了，而另一个人则没有声息。过了好长一段时间，门洞里传过来女人呜呜的哭泣声。

“号什么丧！死了爹了?”男人冲至院子，他应当至少一只脚踩到了水上，“给我滚回来!”

女人还在门洞那里。她也还在呜呜呜呜——细想之下，我发现我是六年里第一次听到这个董徐氏的哭声，在她挨打的时候、像一条破麻袋那样被丢出去的时候，只有间歇和不间歇的咒骂，却没有过哭。而现在，她哭了。

男人董小苦用力踩着水走过去。听声音，他没有注意自己的脚下，是故意去踩的。他又发出怒吼，又一次，然而呜呜的哭声还没有止住。让我意外的是，那个脾气一向暴躁的董小苦竟然没有动手——我可始终支着耳朵呢!

出了什么事？我的心在怦怦地跳，它跳动的速度和频率让我感觉意外：我为什么那样预感？为什么会预感到不祥，在董小苦没有动手打人、没有把他的老婆按到泥水中的时候？我直起身子从自己的炕上跃下，董顺儿又把一句咒骂送到我的耳郭，让我的左耳感觉到痒。

雨还在下，比刚才细小多了，我站在院墙这边再次支起自己的耳朵：女人还在颤抖地哭着，我实在想象不出她干瘪、瘦弱的身躯里还藏着那么多的力量。男人，踢踢踏踏地用力踩着院子里的水回到屋里，我听到他在重重地撞门，然后是一声含混的怒吼。院墙外面，隔着雨水和栅栏门看过去，我发现路对面的小槐树下倚着一个黑影——朝着他的方向走上几步，这时我看清了他他也看清了我：原来是一个地府里的黑皂吏，他正在一边避雨一边从兜里掏出瓜子来嗑。“这位仁兄，这么个天……真是辛苦啊。请问，你要去谁家?”

他用白眼珠翻着看看我，没有回答，然后走到另外一条巷子里。“狗眼。”我暗暗骂了一句，有意识站到街边的大槐树下——那个黑皂吏斜着头，朝巷子里的小水沟里吐着瓜子皮。噗，噗噗。

背后的门开了，我看见董徐氏从我身侧低着头走过去，推开了栅栏门。我本想跟她进屋，但看到黑皂吏斜着头那副有些无赖的表情，我决定不动，非要盯好这个黑皂吏看他要去哪里——莫不是，他要把里屋的董顺儿带走？我想你要带走他我也不会拦你的啊，你就是告诉我又能怎样？我冲着他招招手，他回过眼睛看了我一眼，然后又转过身子——这一次，他给我的是他的背影。“有趣有趣!”我冲着黑压压的乌云喊了两声，本质上我是说给那个黑皂吏听的。“蔚州龙王，是您在布雨吗？我交在龙王庙里的呈帖，您应当已经收到了吧？小冠很好，已经会跑了，只是顽皮得像个无赖——”我再次冲着黑压压的乌云喊，它压得很低，看上去不过高于屋檐三寸。

董徐氏从栅栏门内走出，她还是低着头，眼红着、肿着，泪水还在从她黝黑消瘦的脸上涌下，和雨水混杂进她的衣领里。在经过我身侧的时候她略略地侧了下身，然后推开木门。她也不管不顾地踩着水，两条腿，像是被木棍绑住了那样。我转身，盯着被狗皮蒙住的窗户和半开着的门——然而我并没有看到董顺儿的魂魄从里面钻出来。“你是在等他吗?”我指指董顺儿的房间，“你可以告诉我。如果你把他抓走，我在这家也就没有了待下去的理由，我就可以收拾一下到城隍那里交差了。要能提前一点儿告诉我，我也好早去收拾。”我又指指董顺儿的房间，“要不是屋里太味儿了，我就请你到屋里坐坐，避一下雨。虽然雨水淋不坏我们，可那种潮潮的感觉，也还是不舒服。”

啧。黑皂吏还是面无表情地站着，专心致志地嗑着瓜子。

“怎么遇到这么个东西，”我心里暗骂，“臭狗屎。真是臭狗屎。算啦，惹不起还躲不起么，这样一个东西也不值得再去理。”我劝慰着自己，“就这样的性格，才会去地府里，才会做什么永世不得翻身的黑皂吏。在不见阳光的地府里待着吧，终有一天，你会……”我急忙制止住自己向下再想的念头，诅咒可是口业，[1]是要记在坏罐里的——

既然董顺儿的魂魄一直不曾出来，那说明我的猜测可能是错的，即将要被带走的也许并不是董顺儿的灵魂。我关好栅栏门，有意将门上的铁链缠了一下然后回到屋里。和往常一样，董顺儿半睁着眼睛，哼哼哼哼地呻吟着，暗暗积攒一下力气，然后咒骂——“× 你妈！”他把力气积攒起来的时候面部会略略有所变化，会显出一丝的狰狞，从他脸上仅有的有肌肉的地方鼓出来。“是不是，这就是人们常说的业？你造的业，你就要承受。说不定，你还真的先死不了呢，你得把罪受够了。”我瞅着董顺儿的眼珠，“可我一个灶王，为什么也要跟着你受这个罪？我可没做你那么多的坏事儿。”

1　为佛教用语，佛教教义中说人有三恶业，分别是身业、口业、意业。口业，指妄言、恶口、两舌和绮语四种语言所为。业，多指坏行为、恶行为。

我回到灶王的房间，躺在炕上，把两床被子靠下来倚着，拿出一本前任灶王留下的书来看。是本笔记。一个故事讲的是，某人去山里打猎，走着走着突然看到迎面走来一个鬼。他心里一惊，急忙躲在了树丛的后面——鬼走近的时候并没发现他，但听到了他衣服的簌簌。“啊！”鬼吓得叫起来，“你，你你你是人是鬼？”藏不住了，他只得出来求饶：鬼老爷啊，鬼爷爷啊，我是个人啊，求求你千万别吃掉我啊！没承想，他的这番话更让那个鬼感到恐惧：“你，你是人啊！鬼有什么好怕的，可怕的是是是人啊！求你把我放了吧，让我过去吧！”[1]另一个故事讲的是，宋太平兴国二年，一位不得志的读书人迷恋上了导引修仙之术，简直是走火入魔，无论是炎热的夏日还是寒冷的冬夜都不曾有所懈怠。一年一年，他感觉自己已经颇有所得，竟然能在打坐的时候略略地飞离蒲团……这一天，他正在打坐，突然听到自己的右耳中似乎有一个小人儿在说话：“我可以出来吗？”声音虽然极为细小，但他还是听得清楚——可等他睁开眼，从入定的状态下走出来时，那个小人儿、那个声音都已消失，无影无踪。第二天，他又开始打坐，右边的耳朵里再次地传出就像是蚊子、就像是苍蝇那样细弱的嗡嗡声：“我可以出来吗？”第三日，第四日，还是如此。这位书生心里暗喜，它，是不是意味我的内丹马上就要炼成了，我将要成为神仙了？终有一天，当那个声音再次响起的时候他忍不住了，闭着眼睛做出了

1　旧时笔记小说中记述的故事，转引自王小波。

回答[1]——“董小苦！董小苦！快去看看吧！你老婆跳井啦！”

怎么——我大吃一惊，将手里的书丢在一边飞快地跑出去……踩着泥泞，匆忙从各家奔出的男男女女、老老少少就像是一群蹒跚的、不断伸出翅膀来保持平衡的鸭子，“快快快快……”我看到粟子灶王、布商灶王和土炕灶王也夹杂其中，在我往前赶的时候土炕灶王拉了拉我的衣襟，“哎，你怎么才来？我以为你一直跟着呢……”我摇摇头，“没有，我盯着炕上的那位，他们那边没供灶王。”“哎呀，我估计吧，这一次，你可能要解脱了。你想，要是董徐氏一死，谁给那个瘫着的老家伙送饭？干也得干死他，饿也得饿死他。他一死，董小苦单身一人，家里也不供灶王……我看你，在直峪是待不下去喽。”粟子灶王笑起来，把他硕大的黄门牙露在了外面。

“不过，倒也是解脱。”土炕灶王插了句，“下次，可别再进这样的人家。”

“家家都有难念的经啊，好人家，哪有那么多好人家？”布商灶王摇摇头，“刚才，我看到一个黑皂吏——真把自己当回事儿，和他说话也不理。”“像自己有多大的本事似的！好像，人的生死是他能决定的似的！我就见不得这种嘴脸！”粟子灶王紧跟了两步，“小人得志！其

1　旧时传奇。原文见于《聊斋志异》，出于游戏心理，我有意转挪了故事背景和发生年代，以及部分的情节细节，使它不似引自“后世”的文本。之所以如此“游戏”，也是因为在我看来我们太多的笔记小说在某种意义上讲述的是一个故事，它在汉、唐、宋和明的笔记中都有类似的文字：这个始见于《聊斋志异》的故事，或许在前人的笔记中曾以另一种面目出现过。掂量再三，我决定替换掉《世说新语》中的故事而使用它。

实也不能算是得志，就是地府里分到了个活儿，就了不得了！刚在你家门口蹲着，你没看见他吗？”

我没理会粟子灶王的话，而是快步钻进了人群：董徐氏，已经被人从井中打捞上来——拉出来的时候她硬硬地翘着，显得硕大，而放到地上，立即有大量的水流从她的身体中流出来，她，也立即变小了下去，似乎刚刚流出的水就是她，如果继续流下去的话，这个董徐氏将会慢慢地都化成水，最后，只剩下一张薄薄的皮。

“拉口锅来……”“人中，去掐人中……”“锅不行，牛，刘秃子家的牛还没生吧？快找他，拉这里来！”“算了算了，刘秃子家那牛……”“看好孩子！带他上这里来干什么！是油里有你还是酱里有你？”“你们能来，我咋就不能来？快快快，找你爹去！”“死了么？现在死透了没？”“说的什么话！你的嘴，真臭！”……他们七嘴八舌，他们的七嘴和八舌都在说话，大家都在围绕着董徐氏说话，孩子们则在大人们的胯下和裤子下面钻来钻去。终于，有人伸手过去探董徐氏的鼻息，却不说结果，又有另一个人俯下了身子——我看到了董徐氏的魂魄，水淋淋的魂魄，她从董徐氏的躯壳里钻出来后就直直往回走，而倚着树站立的那个黑皂吏丢下他的瓜子，一把把董徐氏的手臂抓住：让人，让我们难以置信的是，被抓住手臂的董徐氏突然像变了一个人，变成了一个疯掉的、充满了种种怪异力量的人——她冲着黑皂吏又抓又打又撕又咬，灵活得像一只猴子，凶猛得像一只豹子——“啊，呀！”黑皂吏松开手，抱着自己的头跑了几步，狼狈得如同一只见到了猫的老鼠……董徐氏并没有追赶，而是再次回身，朝着村子的方向直直地走去。黑皂吏终于回过了点神儿，他正正自己的帽子，朝我们的方向看了两眼，然后跟在董徐氏的后面——“嗷……你可是去抓啊，这么跟着有什么用啊，怕什么，快上去!”粟子灶王已经乐不可支，乐不可支的可不只是他一个！我和布商灶王、土炕灶王也一起笑起来，一股长长的气从灶王们的肺里喷薄而出。

“你们等着！有你们好看的!”黑皂吏已经变了脸色，他狠狠地跺了下脚，然后又去追赶已经回村的董徐氏。“真是现世报啊。”布商灶王一点点收起自己的笑容，“我说董家灶王，你说，董徐氏为什么死啊？是不是董小苦又打她啦？哎，你们说，我们是不是还没看见董小苦？他怎么没来，没人给他送信么？”

我……说实话我不知道该如何回答。我不能说谎，一时间我也想不出什么理由；而实话实说说我并不知情则说明我是一个不称职的灶王，我的那些认认真真、那些一丝不苟和所有的辛苦就一下子变得虚假、可疑、无足轻重……“我听说，我听说是他们的女儿死了。病死的。早上来送的信。”土炕灶王接了过去，“我们家不是也是近门么，也给我们家送了。没想到，这就又走了一个。”

布商灶王还在盯着我，我竟然感觉自己的脸在发烫。是。是这样。我的手还不是我自己的，我的脚还不是我自己的，但呼吸已经是了——“平时，女儿和他们从不来往，她是被卖出去的……”

“我的妻啊！我对不住你啊！我要是不拦着，让你过去看看，你也……”我听见了哭声和呼喊。远远地，董小苦，他几乎是走几步就跌一次跤，脸上、身上已经满都是泥。他是一个站不稳的泥人了。

……说来话儿长。埋葬了董徐氏之后，我的心里竟然也有些空落落的感觉，我把自己沉在前任灶王留给我的那些书中，可那种空落落的感觉还在，它就在那里空着，没有什么东西可以填满。两天了，院墙那边没有动静，他没有给自己的父亲送饭，自然也没有更换董顺儿早就弄脏了的被褥。而这些天里，董徐氏去世之后的几天里，董顺儿仿佛也知道了些什么，他哼哼哼哼的声音变小了，而咒骂的频率也在不断地减缓，用出的力量也远不像以前。

我想，我也许可以提前写上“董小苦弑父”几个字，将它放进坏罐里，只等董顺儿一死便立即启程，将它交给城隍善恶统事司；我想，这几个字，或许我应当选用张迁碑那样的字体来写，粗壮、醒目，善恶统事司的差役们一拿到坏罐就立即注意到它……

“广灵，直峪，大槐树董姓，田家灶王——在不在?”我听见远远的有个声音在叫。我走出去，看到一个极为年轻的差役站在大槐树的下面，胡须都还没长出来，他正拿着一张小纸片认认真真地看。“广灵，直峪，大槐树董姓……”他看着我，继续大声地照着纸片上的字一一念出来，“是我，我是。请问你是城隍庙的差役？新来的？来找我是什么事?”

“我是新来的。”年轻差役直直身子，“城隍老爷派我来，接你。你有新的任用。他要我们即刻启程。”他皱了皱鼻子，“什么味儿？我怎么闻着……有股臭味？是有吧？”

“是是是，”我朝他打躬，“我所在的这家人家，有瘫痪的病人……屋子里根本进不去人，不然，我会让你进来坐——我可不是因为你是新入职的城隍差役就有所怠慢，是不得已，你还是在外面等着吧。对了，调我有新任用，是不是……是不是里面的人要走啦？”

“那我可不知道。知道了也不能说。”年轻差役又直了直身子，他的两只手悄悄地拽着差役官服的下摆，“你最好是快点儿。不该问的最好也别问。”

“是是是，不该问的不问，问了也是自讨无趣。”我再次朝他打个躬，“您在外面等我，我马上就来。这院子里脏——”说着，院墙那边的门打开了，董小苦的脸一闪过来我便吓了一跳：不过几日的光景，他的脸变得蜡黄，瘦得已不像样子，而步履竟还有些蹒跚，他不得不扶着墙角。“这人是？”年轻差役向后跳了半步，我告诉他，这是炕上躺着的那个人的儿子，叫董小苦，前几日他的妻子刚刚过世，而在他妻子过世之前他们的女儿也才刚刚过世……“行啦行啦，你跟我说这干什么！我又不管这些事！”年轻差役把不耐烦显眼儿地挂到脸上去，“你快点儿吧。我还真没想到来这里这么远，这么难走。”

我跟进里屋，看见董小苦正把碗端到董顺儿的嘴边，伸出手指，将一块黏黏的米糕抹进董顺儿的嘴里。“×你妈！”董顺儿突然中气十足地骂了一句，然后伸出舌头，将抹到嘴角上的米糕艰难地舔舐着。董顺儿的眼角，干涸的、挂着不少眼屎的眼角，泪水在慢慢地涌出。

七　围绕于厨房

要有鸡：公鸡和母鸡，一岁的、两岁的、三岁的，四个月的或五个月的，从松源购得的红腹山鸡，从武山购得的丝绒乌骨鸡，从靖远购得的大石鸡；还在叫的，还在下蛋的，还在拉屎的，放过了血、拔过了毛的，剁成了块的，剁成了丁的，剁成了丝的和剁成了馅的；关在笼子里的，关在筐子里的，泡在盐水里的，泡在辣椒水里的，泡在酱汁里的，泡在酒里的，泡在油里的；需要油炸的，需要清蒸的，需要炖肉的和需要做汤的，需要做成口水鸡的，需要做成烧鸡的，需要做成花雕鸡的，需要做成麻油鸡的，需要做成脆皮鸡的，需要做成双菇干香鸡的……

要有鸭：家鸭和野鸭，一岁的、两岁的、三岁的，吉安红毛鸭、龙岩山麻鸭、高邮鸭、北京鸭、缙云麻鸭；还能飞的，还能叫的，折断了翅膀的，折断了腿的，还在下蛋的，还在拉屎的，放过了血、拔过了毛的，剁成了块的，剁成了丁的，要鸭头的，要鸭脖的，要鸭血的，要鸭心的，要鸭爪的，要鸭丝的；泡在盐水里的，泡在芥末里的，泡在麻油里的，泡在酱汁里的，泡在骨汤里的，泡在酒里的，泡在辣椒汁里的；需要挂炉烤的，需要竹炭烧的，需要腌制再炒的，需要细火炖的，需要酱油焖的，需要做成海参清炖鸭的，需要做成干锅鸭的，需要做成干煸鸭的，需要做成三套鸭的，需要做成烤鸭的，需要做成冬瓜老鸭汤的……

要有鱼：鲫鱼和鲤鱼，草鱼和梭鱼，黑鱼，鲈鱼，黄辣丁，运自渤海的比目鱼，运自东海的黄花鱼，运自黄海的舟山带鱼，运自鄱阳湖的赤眼鳟；三斤的、五斤的、半斤的、七两的、一两的，还在蹦的，不能蹦的，放在水里能游的，放在冰块上运来的，放在木桶里运来的，放在筐子里运来的；去鳞的和不去鳞的，去头的和不去头的，去皮的和不去皮的，破开膛的，剁成段的，切成块的，切成丝的，剁成馅的，放在盐里腌制的，放在酱汁里腌制的，放在阳光下晾晒的和放在阴凉处晾晒的；需要生煎的，需要蒸烤的，需要炖煮的，需要添加香葱和肉末的，需要添加鲍汁和鸭汤的，需要添加人参、党参、海参和枸杞的，需要端到桌上还张嘴的，需要端到桌上有臭味的，需要加料酒的，糖醋的，辣椒的，松花的，需要做成拆烩鱼头的，需要做成松子鳜鱼的，需要做成清蒸鳜鱼的，需要做成鲍汁糟鱼的，需要做成清汤鱼的，需要做成酱烤鳗鱼的……

要有肉：牛肉、羊肉、猪肉、鹿肉、熊肉、兔子肉、狍子肉，大的和小的，整只的和半只的，肥的和瘦的，羖肉、羝肉、羯肉，取自背部的上脑肉、里脊肉、外脊肉，取自胸部的胸肉和肋排，取自腿部的前腱肉和后腱肉……

要有山珍……

要有海味……

要有各种应时的菜蔬……

要有……

“这下，你应该满意了吧？”高经承把我带入厨房，它竟然是大宅里一个独立的小院儿，“我跟你说，这可是咱们城隍和我精挑细选、细心安排才有的结果！我们比过了不下三百家，反复筛选……在司礼太监王振一族败落之后，整个蔚州，不，整个大同府，这个曹家也是第一家啦！曹家老爷，曾在河间为官，本就有些声望，他家侄子，现任都指挥使，在卫护京城、击退也先的战斗中真的是身先士卒，立了大功，而他家的大儿子曹铖明也在吏部，也颇得于谦大人器重！别看这家新贵，却早已做得风生水起……对于你，咱们城隍可真是青眼有加，说你像他，正直，勤恳，把规矩看得比一切都重——当然这里面也有兄弟我的一份功劳，这一点，你心里有数！你可得有数！我们还得选对时机，向上边申请的时候一定要百倍精心、轻拿轻放、适时适度，上边才会采纳我们的建议，如此批复……”他敲敲挂在餐具橱里的铲子，我的耳边响起的是反复萦绕的金属回响，“看看，金的，银的！”他又敲敲摆在餐具柜中的碗碟，声音清脆透亮，异常地悦耳——“这可是定窑的白瓷！看看，它的白，是不是像牛乳一样？摸上去，像不像是在摸一个婴儿的屁股?”

他领着我在厨房里面行走，就像是带我参观一个巨大的花园：看，这里是肉案，这里是鱼案，而那个长案板，则是专门为山珍准备。至于面案，喏，从这间房间过去，第二间，第三间，最右侧的那间才是：看，这里要做蔚州的糕，这里，要做的是京都的面……这里，是不是苏州的点心？这种粽子糖，我还是第一次见。“看到没？那边的几间房子，贮存的是人参、灵芝和鹿茸，而那边，有小阁楼的那间，则是来自各地的美酒……”高经承用手一一地指点，每一次的伸手都有子丑卯酉，颇有一点如数家珍的味道，“你是不是惊讶，我为什么会如此地熟悉，就像自己天天待在这里，是自己的私宅一般？实不相瞒，之前在这家的灶王，也是我的多年老友……为了让你前来，我们城隍也为他安置了一个很是不错的去向。兄弟啊，你应能体会我们的用心良苦啊。”

“当然当然，您不知道我在直峪……”我接过高经承递过来的酱烧牛肉干，放进自己的嘴里慢慢地嚼，学着他的样子，敲敲养着鲫鱼的水缸，再敲敲养着鲢鱼的水缸，“高经承的照顾我一直都认真地放在自己的心上。如果不是不允许，我会把您的所有帮助都记下来……”我再接过他递我的清水山楂糕和卤汁鹌鹑蛋，“您和城隍大人的大恩德，我自然永不会忘。”

“你记得就好。”高经承帮我正了正衣领，“咱家城隍老爷太过正直，那真叫一个胸怀磊落，刚正不阿……我跟了他六十几年，他是什么样的人自然清楚。为了把你调出那个直峪，他可没少四处苦求……上面办事儿，你也知道，就是慢，不管我们多着急多上火，他们一定要一步步来，不肯早上一个时辰[1]。一个关口一个关口，一个批文又一个批文……已经是快了，已经是最快了，上次我们调瓦家堡的一个灶王，十一年的时间才把流程走完，可他都已经按照灶王处安置司的复命，去轮回投胎了。何况，”高经承停下来，他抓起两块重松糖，“何况，如果严格按照灶王任命原则，每户的灶王都尽量不中途更换，我也托地府的公差朋友打探过，董家那个瘫子，还有三年多的阳寿。”

我嚼着重松糖，用含混的语调再次致谢，高经承突然一脸郑重："自己的兄弟，不需要客气。但我和城隍，也许以后会有需要你关照的地方，你可不能推辞。城隍老爷正直，就是有事儿他也不会向你开口，但我会，我会直接告诉你你要怎么做。放心吧，我也不会让你做什么偷鸡摸狗、有违天条的事儿，我当然不能害你，我的要求只有一点儿：能做到的，你就必须尽力去做，全力去做。”

……把高经承送走，关好厨房小院的大门，此时，负责晚饭的师傅们还在休息——我高高地抬起自己的腿，夸张地摇晃着自己的臂，大摇大摆，身轻如燕，按照刚才高经承领着走过的路又重新走了一遍。“我往常读书求进身，学剑随时混；文能匡社稷，武可定乾

1　中国古代计时单位，一昼夜分为十二时辰，以十二地支对应，一个时辰大致相当于现在的两个小时。

坤。”我想起自己少年时看过的一出戏，《西华山陈抟高卧》[1]中的一段戏词儿，“豪气凌云，似莘野商伊尹，佐成汤救万民；扫荡了海内烽尘……”我敲响碗碟，在它的响声还在不断回荡的时候又把手伸向镶有金色花纹的调羹，然后捞出一段烧好的鹿筋放在自己的口里，“灶王啊灶王，你可是脱离苦海，直步青云了啊。你可真真是，一副小人得志的模样哟。”模仿着戏剧的道白，我对自己说。我承认，我真的曾有过读书求进身的日子，以为自己文能匡社稷，武可定乾坤，壮志满怀，然而现在，我穿行于美味珍馐和宽大到几乎“无边”的厨房小院里，我的兴奋和冲动中也真是包含了一点儿“小人得志”的样子、忘乎所以的样子、鸡犬升天的样子。

承认了吧！我想我也得收起自己的某些……虚荣、自欺，不得不厚起脸皮承认：我在新到的这个人家，在厨房和美味珍馐之间得意忘形地来回走动、大摇大摆的时候，真的是有一副“小人得志”的嘴脸，我知道自己有些“小人得志”，但又抑制不住，甚至有些享受。一向，我感觉我了解自己，却真的没有认识到自己原来还有这样的时候，这样的一面。

“你不能这样，”我暗暗地对自己说，“你要控制自己的情绪，”我再次暗暗地对自己说，“骄奢的人一定会被骄奢所吞噬，骄奢的灶王

---

1 元杂剧，为马致远所作。写的是宋太祖在落难之时得神仙陈抟指点，得以化险，直到做了皇帝，宋太祖做皇帝后欲以富贵报答陈抟，陈抟却之，依旧坚持隐居修道，不为所动的故事。

也不会有好的下场，你之所以脱离人世间的轮回成为了灶王，上天奖励你的就是你遵圣贤之言恪守本分……”我暗暗对自己说着，然后用力盯住自己的手：它总想伸出去，把一块颜色诱人的米糕抓过来放进嘴里。

……我的心在跳，不那么平静地跳，时而迅捷时而急促地跳……我试图伸手将它的迅捷和急促按住，可却长不出那样的手，因此上它不会受到束缚，它依然延续自己莫名其妙的节奏——

直到厨房的门被推开，一个脸上有雀斑的胖厨师进来走到鱼案前，一个脸长长的瘦瘦的厨师走进来走到肉案前，一个个子不高但看上去有些健壮，手臂上尽是肌肉的矮厨师走到面案前，四个小厮，一个去看灶火一个去盯风箱，剩下的两个跟在胖厨师后面——到那时，我的心跳才开始略有平复：现在，我又是灶王的身份了，我攀上灶台，踩着下面的栏板跳上紫檀的供桌，吸了三口供桌上鱼的、肉的、苹果的香气，回到属于灶王的宽阔房间。我拿出好罐、坏罐，用手擦拭过，然后取出高经承新送的湖笔、歙砚，取出较之以前更为清白光亮的纸，支起自己的耳朵——下面，是我在三个月里的一些记录：

“慢点儿慢点儿，说过多少次了，这个雪花牛肉必须要用文火来炖，你要控制住火，千万别让它冒出火苗，还得保证……你，你的耳朵长在榆木上啦？蜂蜜不要超过半勺！要让吃到嘴里的时候若有，若无，第一口有，第二口无，而细细咀嚼起来，它又好像有——你放了两勺，萝卜的清味就全盖住啦！我看，还得让老爷狠狠地骂你，让刘管家打你的屁股!”

“这个可以，可以，还可以加几粒莲子……哎，记住，等油开了，你向里面加三勺太原醋，半勺绍兴醋，千万别弄反了！去，把那四个紫砂鱼纹罐给我取来，小心点儿，别毛手毛脚地再给我打掉一个！就是老爷少爷不责罚，刘管家也能扒了你的皮!”

“唉，我说老张，这次新进的鹿茸似乎有点儿老，你看你看，这里已经有了明显的骨痘……负责采买的老于，下手可越来越黑啦！你应当敲打敲打他。上次他送来的白木耳，分瓣都比较薄，也硬……”

“可不敢那么讲！他跟我解释过，最近不是正在打仗么？高丽、瀚海一带的新鲜鹿茸进不来，木里吉的优质鹿茸，也被皇宫司牧局[1]和兵部军需采买司尽数地占去，这已经是他能买到的最好的啦！当然这是他自己说的，我又不负责这一项。不过歧云兄，这事儿只要咱家老爷管家不问，我看咱们也就装聋作哑得啦！谁不知道这个老于，可是刘管家眼里的红人儿……”

“我是咽不下这口气，这几天，它总在我的胸口这里堵着……你说赵厨娘，本来收货验货的事儿老爷是交给她的，可自从二少爷……真的是茶不思饭不想，三魂六魄至少丢了一半儿！她是真不知道咱们少爷就好这口？难道她以为，真的就能摇身一变，插上了雉鸡翎就算是只凤凰?”

1　官署名。明洪武(1368—1398)中置孳牧所，后改孳牧所为司牧司，又改司为局。隶属光禄寺。置大使一人，从九品。掌养牲，以供宫膳、节令筵席、番使宴犒之用。

“少说两句，你难道看不见这里有多少只耳朵？对对对，把牛后腿肉切成块，把羊的颈肉剁成末！加一点儿淀粉，你去把黄酒拿来！我说歧云兄啊，你可真的要管一管你的舌头，给它上上一把锁，再把钥匙吞到肚子里头……”

“快，你们都快点！老爷今天要宴请王大人和京城的张大人，要一道芙蓉蟹斗，要一道芽韭鹿脯丝，要一道羊肉卧蛋粉汤……老爷特别嘱咐，张大人一向喜欢清清白白，餐桌上也一定要有清清白白的菜：一个是白菜，一个是豆腐。”

“哪个张大人？是吏部的还是都察院的？好好好，我们马上准备：白菜七棵，取里面最嫩的菜心儿，每棵只取三片，洗净切片；把熬好的鸭汤盛出半碗放入砂锅，加三片鹿茸继续熬，一定要用最小的文火；切好的菜心儿放在冷笼屉上，让鸭汤的香味慢慢沁入，又不能使菜心儿变软变熟……取盐、冰糖、胡椒粉、松香鲍鱼汁一勺，另取鸭汤三勺——不要放枸杞，放了枸杞还怎么能算清白？香菜，可在汤沸的时候快速放入，然后快速捞出，别留半点儿痕迹……豆腐，豆腐，我们可以参照平桥豆腐，这样做……海参、五花肉、白菜心六片，青菜心六片，葱段儿只取葱白的部分，切成小块……将整块豆腐放在冷水中，煮至微沸，以去掉豆腥气，然后片成雀舌的形状；原汁鸡汤，佐以猴脑、蟹黄、猪油、姜和冰糖，煮沸……”

“明明喜欢肉味儿，喜欢鱼的、蟹的味道，却非要什么豆腐白菜，清清白白；明明不清不白，却非要一味标榜，给自己竖一个并不相称的牌坊！你说，他就真不脸红？”

“做菜就做菜，只要老爷要求，我们就只能尽力做好，你管他清白不清白，你管他什么人吃！猪吃狗吃你也得做！”

“是是是，我不管，我不就是和你闲聊……对了，你听没听说过这个张大人，在蒲州民变[1]的时候前去剿匪，贪到了多少银子？这件事儿早就沸沸扬扬，要不是我们的皇帝被人抓了去……整整三辆大车！压得牲口都走不动路，一使劲就是一堆屎，几头牛把屎拉干净了车也没动得了窝……”

“可人家红啊，老皇帝信他，新皇帝更是信他，老爷自也得敬他七分。你说的那事儿，我也似乎……有哪只耳朵听到过。上次来，咱们府上还送给张大人不少银子，管家喝酒的时候不小心说漏了嘴。据说送他银子的时候，他连假意地推辞一下都没做！大大方方地就笑纳了。”

“皇上为什么信他？还不是因为咱皇帝刚登基那会儿，在朝堂上他当着皇帝的面儿和王大人一起把锦衣卫的马顺给打死了[2]？溅得脸

1　统指1442年（正统七年）浙江矿工叶宗留领导的矿工造反与福建佃农邓茂七领导的农民起事。又称为浙闽民变。

2　正统十四年（1449）八月癸酉（8月23日），郕王朱祁钰摄朝朝议，右都御史陈镒上奏请求诛杀王振全族，并称：“振倾危宗社，请灭族以安人心。若不奉诏，群臣死不敢退。”廷臣一时纷纷响应。朱祁钰无法做决定，下令择时改议，廷臣则抗议不依。朱祁钰恐惧，试图躲走，然而大臣们拥堵住了他。朱祁钰只得下令籍没王振家，并遣锦衣卫指挥马顺前往。大臣们不依：“马顺是王振党羽，应当遣都御史陈镒。”太监金英喝令百官退下，竟遭众人殴打。此时马顺站出叱斥百官，户科给事中王竑站起来猛击马顺，并咬住他的脸，还大声呼喊：“马顺往往借助王振的威严作恶，现在到此了，你还不知道恐惧么！”众多大臣也起身群殴，马顺当即毙命。众人又要求郕王朱祁钰剪灭王振党羽毛贵、王长随，太监金英将两人踢出，随即两人又被大臣们群殴致死。史称“午门血案”。

上、身上都是血和脑浆！把马顺打死了不说，这张大人还吃掉了马顺头上的一块肉，连他的牙都给咬掉了。皇上想，嗯，这是个狠主儿，以后有用，谁要是不听话我就派张爱卿打他咬他！他连锦衣卫指挥使都敢打，看谁不怕！”

“得得得，别瞎说！像你看见了似的！”

“二少爷说的！咱们家的二管家说的！他们说得还邪行呢，愣是把朝堂变成了屠宰场，好几个跟王振亲近的大员都被他们打得像杀猪一样嗷嗷叫，整的、碎的死尸抬出了一大堆，都过去三五天了，大臣们上朝，有人走着走着不小心脚下一滑——嗯，这是谁的耳朵？咱皇帝还吓尿了裤子……”

“小点儿声小点儿声！要让景泰皇帝听到了，还不灭你九族！就是这个张大人听到，至少也会扒掉你的皮，剔掉你的肉，颈肉放一边儿，胸脯肉放一边儿，里脊肉放一边儿……”

“明日晚宴，要有鱼有肉，要大鱼大肉！都在明面儿上，也要有几个素菜，平素他们见不着的点心……”

“好好好，我们按您的要求准备——只是，您说的他们是谁？我们倒不是非要多事儿，但知道了是谁，准备起来就能更顺手些，更能达您和老爷的心意……”

“还能有谁？几个穷秀才，能写几句什么‘山围芳草翠烟平，迢迢新城接旧城’‘行尽万水与千山，今日马蹄蔚州前’[1]之类的酸诗，又

1　乃是戏仿。原诗见于《蔚县历代诗抄》，在引入此书时小有改动。

酸又臭，我一听到他们念诗我就想悄悄地捂住自己的鼻子。别看没什么能耐，一个个，都觉得自己才高八斗学富五车，都不拿正眼儿瞧人，可一见到老爷……”

“知道了知道了，放心吧您哪！要让他们看着丰盛，有面儿！但也没必要特别的精心……记着，要蜂蜜花生、蜜饯杏仁、奶白葡萄、雪山梅、合意饼、五香卤肉、金瓜小米蒸排骨、西湖醋鱼、葱爆牛柳、蚝油仔鸡、云林烧鹅……”

“你们几个看着掂对，对了，赵厨娘、李厨娘，你们在点心上加点儿花样儿。别看这几位，真没什么能耐，也就在蔚州、宣化一带有点儿影响，毛病可一样儿都不少！你给他上得精一些好一些，特别丰盛，他就觉得老爷淫逸骄奢，不会念咱的好；你要是给他上得差那么一点儿，他就又觉得老爷不够重视，只是应付，辱没斯文，说不定回头又传出些什么来……巴结他吧，没什么大用，他可能一点儿也帮不上你什么忙，但你也不敢得罪。近不得远不得，亲不得外不得，老爷也得小心地掌握其中的分寸。”

“明日，都指挥使司[1]胡经历[2]要来，他是扬州人，老爷特别嘱咐要一道清蒸蟹粉狮子头，要一道软兜长鱼……”

“胡经历？就是去年夏日中旬前来，酒醉后站在院子里喊‘谁要敢欺侮我们曹大人，我一定把他的脑袋砍下来当夜壶’的胡经历？就

1 都指挥使司为官署名，简称都司，属于行省三司之一。军事领导机构。
2 经历：明代官职，正六品。

是脱掉半只袖子，追赶赵厨娘一直追进了厨房的那个胡经历？老爷不是……”

“可不是他！去皮五花肉、六只梭子蟹给我蒸熟，葱和姜米也都备好……我就没见过这么粗鲁下作的人！阴晴不定，翻脸比翻书可快多了……还经历呢！真不知道我们大明怎么有这样的经历！五花肉，斫成石榴粒大小，这道菜又不是第一次做……先去把长鱼氽好……”

“更是个草包！还不是依仗朝里有人罩着！我的外侄，妻子二哥家的大儿子就曾在他的手下当兵，每次回来都骂，说他平日里耀武扬威，对手下人非打即骂，天天跟一帮仓大使[1]啊仓副使啊什么的聚在一起，无非是吃喝嫖赌……前几年土木之变，居庸关外，瓦剌人的骑兵还看不见影儿呢！这个天天喊着天不怕地不怕的胡经历，竟然闻风丧胆，仗还没打就屁滚尿流地弃手下的将士于不顾，自己跑得绝对比兔子还快！我的外侄丢了半条胳膊，好在还跑了出来……你说，他这个草包，竟然还当着经历，还得咱老爷的看重……”

“你以为老爷真看得起他？还不是因为……门房的小厮说起过这个胡经历，他说是听老爷和人闲聊时听到的。老爷说，胡经历在司礼大太监王振最是得势的时候，每次酒醉，必然会大声呼喊：‘谁要敢对我们王司礼不敬，谁要敢在他面前说个不字，我胡某某一万个不答应！我一定把他的脑袋砍下来当球踢！’王振死后，胡经历看苗头不对立即改口：‘谁要敢对我们于大人不敬，我胡某某一万个不答应！我

---

1 主要负责仓库管理的差役。仓副使为更小一级的副职。

一定把他的脑袋砍下来当球踢！’老爷还说，这个胡经历不过是个三姓家奴——老爷怎么会真的瞧得上他。”

“那为什么还这般伺候！要我看，直接轰走岂不更省事？”

“老爷是怎么想的，怎么会是你我这种厨房里的下人知道的！别说了，你看看赵厨娘，她已经是什么样的脸色……哎，她的心，就像是三月里风筝，飘上天喽。”

“别说我！我就烦你们一个劲儿地嚼蛆！真想让驴粪堵住你们的臭嘴！”

“赵厨娘，你怎么哭啦？”

“不用你管！”

“听说……听说小姨家的莜麦收成又不好？”

“可不是！都要揭不开锅了，掺着些野菜、红薯叶充饥，还得亲戚们接济。你说，咱一个厨子，能有多富裕？我就怕看到孩子们的眼睛！他们盯着你……”

“今年就是个歉年。整个大同、宣府，就没多少收成好的。老于去采购新米，回来说那个惨啊，许多早已断粮的人家，想把孩子插草卖到南边去，找条活路呗。男孩不好卖，女孩好一点儿……”

“可以卖到咱们府上来。”

“去去去，你来养？还是让老爷夫人养？他们也得进得了这个门不是？”

“两桌饭菜。老爷不让打听是谁。他说可以略略偏辣，要有香辣鸭头……”

“上一盘醋笋，用笋汁，入白梅、糖霜、生姜汁，不，不要再加鲍汁膏……一点点都不要加！它一定要清要爽，不带半点儿肉味腥味儿。快，到笼子里抓十六只鸭子，我要用龙岩山麻鸭，血一定要给我放干净……鸭爪干什么？不要，统统拿去喂狗，你又不是第一次跟我进厨房，你见过我什么时候用麻鸭做过卤汁鸭爪？给我准备自贡食盐、真定酱油、苏州冰糖、葱、姜、八角、石景山野花椒、桂皮、白芷、香叶和丁香……这一次，我要用一点儿大少爷捎回的内酒[1]……”

“哼，内酒，都快让你偷偷地喝完了……”

“大少爷回来啦！在老爷书房里呢！准备什么你们也都清楚……”

“潞州小米，在沸水中放入，煮一下，捞出，然后放进蒸锅里去……韭菜切段，香葱切丝，鸡蛋打散，少量鸡丝、蚝油……水发的香菇，迁西板栗，豆油和鲜汤，香菇切成片；板栗用刀划十字口，刀入栗肉六成，皮壳相连，放入沸开的清水中，时间要——好啦，可以捞出啦，先把裂开的壳和那层皮剥去……对了，你说，不年不节，大少爷现在回来，是不是因为二少爷的事儿？”

“不会不会，二少爷那点儿事，老爷自己就能办得了，州衙府衙，那些大人们怎么会不买老爷的面子？这事儿也应当传不到京城。不过刚才，我从杏花长廊那边过来，见二少爷急匆匆的，一脸的不高兴！

1　指宫廷作坊酿制的酒。

我也就绕得远远的，免得把气撒到我身上。”

“我觉得吧，二少爷总这样下去也不行。早早晚晚……”

“嘘，你这话可别让老爷夫人知道，尤其是夫人！就是刘管家知道了，也至少扒你半张皮！轿房的鬼崽刘是怎么死的？他真能失足落井戕掉自己半个头？轿夫轿夫，老爷的心腹，可他非管不住自己的舌头……自己管不住，有人管得住。老爷做老爷的事儿，咱们管不了也管不着，少爷们的事儿咱也别管，好心好意，轻的会挨顿打，重了就不好说啦。”

“你说赵厨娘这个傻丫头……”

“来来来，你几个给我过来，三荤三素，四样点心，四样干果……老爷要加夜宵。”

“都这么晚了……老爷的小曲儿还没听够？”

“老爷爱听，蔷薇姑娘爱唱，怎么着，你要去和老爷说，天色不早了，您也别听曲儿了，别吃什么夜宵了，还是歇息了吧！去去去，你可是去啊！要是不去，那就别废话！快，先做老爷爱吃的细沙肉。肥膘肉，熟的生的各半，熟的切丁，生的剁碎成面糊状；金橘、蜜枣、青梅也都切丁，绿豆大小……鲍鱼，在米酒中去泡一小会儿，加姜丝、冰糖、蒜丁，行啦可以啦，捞出来切丁，取两钱就行，和那些肉丁、青梅丁放在一起。生肉里面……打两个鸡蛋，加生粉，炒米，要细细地拌匀，用冷水浸一遍……歧云，你去准备蔷薇姑娘爱吃的方腊鱼，前几天都转运盐使[1]送咱老爷的桃花鳜，肥着呢，死得早的我招人埋了，应当还有三五条……”

“是不是要用羊宝，给老爷做个银杏羊宝蟹黄汤？老爷挺累的，我觉得应当补一补……”

“小点儿声！你小子，再瞎说，看我不和管家告你的状！看他不想办法把你的嘴给你缝上！做一个吧，但要做得清淡，别让老爷姑娘尝出羊宝的味儿……”

“赵厨娘，你怎么哭啦？”

“不用你管！”

“我也不敢管啊，只是，你的眼泪都滴到面里啦。咱家老爷少爷的嘴又那么刁，万一他们说今天的桂花香糕怎么是这个味儿……”

“我就是要让他们尝出来，我就是要让他们知道！我们这些当下人的，小童、丫鬟或是厨娘们，也都是人，也都是有血有肉……”

“怎么啦？跟我说说，谁欺侮你啦？”

“不，不用你管……”

“师傅们，各位各位，打起精神来吧！快一点儿，咱们二少爷，要你们做一桌酒席，当作夜宵……”

“我说二总管，这都什么时间啦？灶已封啦，您也知道我们都……”

“别胡吣，要让总管知道了……这话，你自己跟少爷说去！我的

1　官名，为掌管食盐产销的都转运盐使司的主官，正三品，隶属户部。

胆儿在老爷面前有黄豆那么大，在少爷面前，就只剩下绿豆了——你可别把我的绿豆也给敲碎了！你不去？不去就马上给我滚开！少爷要的是酒席，酒席，你可别听差了。得啦，我还得去给少爷他们准备酒去。我这一天容易么我。”

“不容易，都不容易。好啦好啦，我们也都打起精神，二位面案的厨娘咱就别叫了，让她们休息，我们就按现有的准备，封了的灶，还得给我捅开，二少爷可不好伺候。按我说的……来一道葱烧海参，二少爷一向好这一口，也显得有面子，晚上的时候我们发好了三颗海参，可能略硬一点儿，但现在也讲究不了这么多了，放冷水锅里先用文火烧再用大火，这样或可弥补一下。再来一道萝卜牛肉丸子汤，做丸子的牛肉也是下午的时候煨好的，现在就用上，再来一道鲍汁栗子焖鸡，歧云师傅，你在傍晚的时候是不是已经腌制了鸡腿？用它，就用它吧，别的我们来不及，咱家少爷可不愿意久等……”

“下午，我去找刘总管办事儿，就看到二少爷的那些牌友曲友溜进了院子，头也不回地往后院走。刚才封灶，我还多想了一下，哎，这二少爷会不会让我们半夜加餐啊？今天不用啦？这不，刚睡下就来了。一天天，我的骨头都要散了，也快成了那脱骨的鸡了。”

“先把你的骨头拢到一块儿，捆扎好喽！我们做得快一点儿，早做好再回去早点儿睡……前日来的那位爷还没走呢！明日早晨——今日早晨，我们还得早早地伺候着，可别让老爷觉得没面子……”

“你们这是干吗？我刚睡着，就听到院子里有动静……”

“李厨娘，你回去吧，四碟点心我也已经搭对好了，马蹄糕、栗子糕、赤豆猪油松糕、莲蓉甘露酥，就用你们已经做好的这些也够用啦。这不，二少爷……大约是打牌累了，朋友们散伙他不愿意他们走，就吩咐下来让我们准备一桌酒席。咱赵师傅好心，说就不叫你们俩了，我们这些人忙活忙活也就行啦……”

八　一一造访

这才是灶王，说实话我觉得这才是灶王，这才是灶王应有的生活，在蔚州曹家，我才真真正正地意识到自己成为了灶王，是列在仙班、脱离了生死轮回的灶王！最初在谭豆腐家，我更像是一个待在家里、什么事都操心却又帮不上什么忙的多嘴老头儿，尽管我说的话谭豆腐一家人一句也听不见，我放在好罐坏罐里的记录他们一句也看不见；到了直峪的董家，就更惨啦，我不得不在贫困、层出不穷的恶臭和反反复复的那句咒骂之中生活，无聊无趣，又不得不……在之前的这两家，我都没有“你已经成为神仙”的任何小优越，反而觉得自己是在被那些鸡毛蒜皮的生活所裹挟，比在人世间做一个穷秀才时更加无能。现在不一样，现在不一样啦！现在，可真真的不一样啦！

要有鱼，就有了鱼；要有肉，就有了肉；要有各式各样的山珍与海味，于是便有了这山珍海味，满目琳琅，源源不断……要窗明几净；要有自己的大房子和雕有种种祥瑞图案的红木床；要有一个像样的、书架上摆满了圣贤书的书房；要有花瓶和文玩，花瓶里插着具有象征和寓意的梅花；要有一张专门吃饭用的桌子；要有一把专门吃饭用的椅子；要有一把名贵的、有传承的古琴……现在，我已经都有了。我在人世间刻苦读书一心想要一个功名的时候，我在谭豆腐家当灶王的时候，在直峪的董家当灶王的时候，想都不敢想会有这么一天，会有这么的……骄奢。在人世间读书，列在仙班在人家当灶王，我一心相求的都不是这“骄奢”，然而当它来了、成为我的日常的一部分的时候，我竟有一种心安理得的兴奋和幸福。这才是灶王，这才是灶王应有的生活。

三个月的时间，我已经熟悉了时常在厨房里进进出出过的每个人：脸上有雀斑的胖厨师姓张，家里有一个未出嫁的女儿和身体健硕的母亲，有过儿子，只活到三岁。他是曹家的总厨，厨房里大大小小的事务都由他来归置、分配，负责烧火的小厮、负责灶台清理的小厮、负责切菜抱墩儿的小厮、负责跑腿的小厮都由他来带；手臂上尽是肌肉的矮厨师韩歧云，主要负责肉案，原是阳原南梁庄人，父亲曾在慢坡军内供职，负责粮草调配，后来军队调动至杭州，刚出生不久的韩歧云也就到达了杭州，正统十一年他父亲又调防大同，韩歧云一家也来到了大同，同年，做得一手好菜的他成为曹府的私厨；鱼案温玄，对他我没什么特别的印象，唯一的印象是他软得像泥一样的哭哭啼啼：那时，我刚来到曹家还不到七天，他就被辞退出去，据说是偷盗府里的金银，也有人说他是与二少爷府内的小丫鬟勾勾搭搭，老夫人的眼里可容不得这样的沙子，他抱着头就走了，我一直没有认认真真地看过他的脸。两位厨娘，十九岁的赵厨娘和三十岁的李厨娘，她们负责面案面食，赵厨娘负责制作各式糕点、糖果和桃酥，厨房采买的登记造账，而李厨娘则负责蒸馒头，做发糕，揪片[1]、剔尖[2]、莜面栲栳栳[3]。赵厨娘的母亲也曾是为曹家做面食糕点的厨娘，后来得了哮喘的病不得不离开，向老爷夫人推荐由自己的女儿顶替——赵厨娘便进得了曹家。她长着一张细皮的大脸，不过眉目倒有些清秀。长脸的刘管家偶尔会来，他的胡须发黄，卷卷的，仿佛是被火钳烫到过的样子。被称为“五叔”的刘乐亭常来，他是曹老爷房里的仆人，据说从小的时候就跟随老爷——他话不多，来到厨房转达过老爷的吩咐马上就走，从不肯略略地停一下，和谁多说几句话。夫人房里的丫鬟小翠也常来，有的时候她还会自己坐在砂锅前安静地熬汤——她有个一坐下来就打盹儿的习惯，甚至会有轻微的鼾。常来厨房的还有二少爷房里的仆人常欢，据说他原来不叫这个名字，至于叫什么我在灶台前从未听人提起过。他是那种话多的人，喜欢在厨房里能多待上一会儿就多待上一会儿的人，他一来，赵厨娘、李厨娘就会给他端上几块新做的点心，韩师傅也会偶尔将炖熟的羊肉、切丁剩下的牛筋、刚刚捞出的酱大骨请他品尝——可他一直显得清瘦，好像所有的食物放进他的

1　又称掐疙瘩，山西晋中一带传统美食之一。

2　又称拨鱼、剔拨股，是发源于山西运城、晋中等地，流行于晋、蒙、陕、冀等地的一种传统面食。

3　也称莜面窝窝，山西、河北张家口、承德及内蒙古境内的传统名吃。

嘴里都会由一个隐秘的小口再一一漏出去，他只是吸到了其中的滋味。曹家的下人们都称他为“二管家”，除了刘管家之外；而常欢对于这个称谓也很是“受用”，尽管他总是要拒绝，一再地拒绝。

我还要说的是……

在阅读前任灶王给我留下的那些书时我就已知道，在公案、传奇、笔记以及有故事的小说中，属于“介绍”性的文字一定不能太长，它会阻塞阅读的兴趣，会让阅读这篇文章的人感到倦怠，哈欠连连——“人们更想要故事，更想要波澜起伏，草蛇灰线，更想要一波未平而一波又起，有一种不得不跟着你爬山涉水、翻山越岭的刺激……”脑袋里的那个声音又开始提醒，“如果你非要人物们出场，那就把故事交给他们，让他们被层层叠叠、有张力和魅力的故事送出来；如果他们进入不到你的故事里，那好吧，他们就要在这里尽量地隐去，快速地变成影子……我知道，你还有那么多的故事要讲，你要讲灶王们如何把一年里写好的家庭记录送往泰山，你要讲自己如何再去龙宫，你要讲自己的坏罐如何被纸片塞满，你还要讲在玉皇大帝的百叟宴上的种种经历和种种见闻……你还要讲城隍的故事，小冠的故事，铁匠灶王和饼店灶王的故事，两个和你有所交集的土地公公大约也不应该忘记……还是停下这些无关紧要的介绍，进入到故事中去吧！”

的确有那么多的故事要讲，它们纷绕在一起，相互纠缠又相互拥挤，每一个故事都觉得自己重要而精彩，试图让自己排在前头：可是，我也只有一条可供使用的舌头，只能依次地将它们叙述出来……依次，也许是一个最最方便、最最能解决问题的办法，至少对故事的讲述来说是这样的。在经历了一段相对漫长的深思熟虑之后（其实也没那么漫长，也就是三两个小时，中间我还读了一段之前没有读完的《会真记》[1]。说“深思熟虑”不过是一个托词，免得让读到这部书的人感觉我的写作太过随意）。我决定，回到景泰七年九月，按照时间的顺序依次讲述，我对城隍、龙王、铁匠灶王、饭店灶王和小冠家的一一造访。

一、造访城隍：

“牛腩肉十斤，牛腱肉三十斤，羊头五个，羊上脑五斤，羊后腿四条；鹿茸六根，辽参二斤六两，熊掌四只；鲤鱼三十条，鲫鱼二十条，大黄鱼六条，平鱼二十条，鸡十只，鸭十只，虎骨一斤七两，花尾榛鸡四只……”高经承叫人把我让到二堂，“在这里坐，在这里坐，我让差役们放进户房——没想到，兄弟，你让我没有想到，哈哈哈，够上道的。我原来以为，你就是一个书生，人吧，仁义，善良，专注，也刻板勤勉，但有点儿不通世故……可今天看你的这个手笔，我大概是小瞧你啦。”高经承说得让我有些惶恐，我急急站起来拱手：“您 说得对，我是有些不通世故，之所以带这些来都是出于感激，完

1　此指唐代元稹所作传奇《莺莺传》，故事讲述贫寒书生张生与贵族小姐崔莺莺之间的悲剧爱情。

全是感激，感激您和城隍大人对我的厚爱，感激您一直或明或暗地照顾帮助……”“我们还用说这个，不用说啦！你有心，我自然也是明白的。东西，我当然要全部收下，你知道，咱们城隍老爷……也是你这种书呆子气，要不他怎么会这样青眼于你呢！他只顾着自己铁面无私、清正廉明，可从来不知道整个城隍庙每年要有多大的花销，要用多少银子！我们和他说吧，他就让我们一起节约用度……衙役管年吃的用的差点儿也就罢了，你说，咱能让咱们城隍天天喝稀粥、啃莜面窝窝不？咱们这不同人世间府衙，还有什么州丞、主簿为老爷分忧，就我一个，你说我能不多想点儿办法多操点儿心不？我得让老爷起码也吃得舒心、穿得舒心点儿吧？与京都的、泰安的、上天的仙爷们的种种来往，与地府仙爷们的种种来往，我们总也得讲点儿情面、有个往还吧？这中间的迎来和送往，我们不能只用唾沫星来粘吧？不瞒你说，可真是难死我啊。”高经承站起身子，把半个头探到屋外，“一会儿城隍老爷来，你可别提什么礼物的事儿，你那张呈单也别放你身上了，交给我吧。你知道老爷的脾气，他见不得这，要是让他知道了一定会狠狠地斥责你，让你都退回去，弄不好还会坏掉他对你的好印象——咱是何苦来的？是不是？”我点点头：“经承教训的是，我当然不提，只字不提。”“真是不能提。要不然，我们谁的面子上都不好看。不过，你也记住，下次来的时候要多为咱城隍老爷准备点儿虎骨，还要髌骨这块……他的腰总是疼，最近，也不得歇养。咱们这些当差的，看在眼里，心里也疼着呢！”

说着话，门房差役在外面轻轻喊了一声：“老爷来了。”我和高经承从椅子上欠身，城隍老爷从屋外的阴影里走进来：“坐坐坐，都坐。”他走到我面前，伸出手来抓住我的手，“三个月了……还是半年？瞧我这记性！你知道最近这公文……还好吧？你，感觉还好吧？”

我拱手致谢，说了我进得曹家三个月来的情况和感觉，甚至用一种略带羞愧的语调向他谈及了我把高经承送走之后自己在厨房里来回走动、“小人得志”的那种感觉。一向不苟言笑的城隍老爷竟也大笑起来，“你，能做到这份清醒可是不易。慎独，就是要能够反思自己为什么这样，能不能不这样。哈哈，好好好。我就感觉，你和别的灶王不一样，有些像我，把你安排在曹府这样的大户里，我放心。”

城隍老爷叫高经承给我倒茶，“让他去倒，不过只此一次。他，是跟我的老人了，他给你倒茶也就是我给你倒了。前几年，你是受委屈了，要不是高经承和我谈起，我真想不到你到的是直峪那么一个人家——不过我要是知道也会要你去的！天降大任于斯人也，必先苦其心志，劳其筋骨，饿其体肤，空乏其身，行拂乱其所为[1]——你也应明白我的良苦用心！不经历那样一遭，我和高经承怎么放心现在的这个安排？只不过，我没想到后面的事儿办得艰难了些——现在，不都已经过去了，对了，你们家那个孩子……对对对谭豆腐家的，小冠！瞧我这记性。事多了就总是忘这忘那。他怎么样，你去看他了没有？”

我告诉城隍，这些年里，我每年都会到通州去，有时还会去两

1 出自《孟子》。

次，小冠好着呢，就是越来越任性顽皮——这不，我准备最近抽个合适的时间再去一次，这次来也事先和您告个假。每年，我也都到龙王庙里烧烧香，上点儿供品，当时日子过得有些寒酸，也没好意思惊动河神向龙王通报。“你去，过些日子就去，我们蔚州雨水少，再有三五天他就会闲得时间多起来了。常走动，才能多了解，情感才会深些，相互说话也就通畅方便些……这个假，你也一并请了去吧。”城隍老爷站起身子捶了捶自己的腰，“坐，你接着坐。我这腰，有段日子啦，大约是风寒的缘故。我不是要你走——你坐下，再陪我说说话。这个高经承啊，做事认真麻利，精明强干，多数事儿上我都是满意的，只有一点儿，就是读书少了些，身上还有股粗鲁气。”

“是是是，我读书少，也没那个脑子！咱老爷吩咐我别的，我从不犯怵，但老爷一谈起诗文经略什么的，我就想找个地缝钻出去，可不敢陪他！你来了，看咱老爷多高兴，终于有个能和他说到一块儿的啦！你们说你们说，我到前面也看看去——老爷，我可是真找地缝钻啦！”

……那是我在二堂与城隍老爷聊得最长的一次，聊得最为愉悦畅快的一次，他也聊得愉悦畅快、兴致勃勃——我说的是真的，他真的是兴致勃勃，甚至兴致勃勃地从内宅拿出两张倪云林[1]的山水展给我

1　倪瓒（1301—1374），字泰宇，别字元镇，号云林子、荆蛮民、幻霞子，江苏无锡人，元末明初画家、诗人。与黄公望、王蒙、吴镇合称“元四家”，对后世影响巨大。

看："真的是简远萧疏，高人韵事，殊无市朝埃尘气。我存他的画，倒不是仅仅为了把玩欣赏，而是把他和他的画当成是正衣冠、明得失的镜子，让自己减少些，再减少些世俗污浊之气。今天，我将自己的珍藏拿出来给你看，也是愿现在的曹府灶王，要能日省月修，不疚不愧，'只傍清水不染尘'啊。"

一时，我不知道该说什么才好；想起三个月来我的自得、享受和"小人得志"的样子，真的让人脸红。城隍老爷也看出了我的尴尬和窘迫，他笑起来："你也不要多心，我说给你的其实也是对我的提醒，我也做不到，现在还做不到。不过我也还是要多说两句，提醒一下你。在曹家当灶王，与在之前的那几家肯定不同，略有放松就足以花天酒地、纸醉金迷——你得记住，就是在曹家，也还要廉，还要俭，这样才能保证自己的清正。做城隍，做灶王，就是做功曹[1]、做星君[2]，声名也是第一位的，我们可不能轻易地败坏了它。你在人世间的时候就素有清名，这，也是我要召你来做灶王的原因之一。我们有些灶王……你不得不让他重返轮回，我们是实在没办法，尽管在心理上也有些舍不得，可理法不容啊。你，能记起刚才过仪门的时候，仪门的那副对联么？讲给我听听。"

我想了一下："是不是……'尔俸尔禄，民膏民脂；下民易虐，上

1　天神名。多指在天庭中值年、值月、值日、值时的"四值功曹"。

2　起源于道教大道星系神祇，指道教崇奉的星神，主要有二十八宿星君、五极星君等。在天神中层阶较高。

天难欺’[1]？还是‘刑赏本无私，是是非非敢信不违民志’……我当时还很是注意了一下……”

“‘尔俸尔禄，民膏民脂’，我说的是它。曹府灶王，你在曹家吃穿用度都会是好的，就连我这个城隍老爷也羡慕不已，但我们可不能忘掉自己是灶王，灶王们不光要遵守天条律法，还要认真执行《灶王记事律则》和《玉皇大诰》中的规定……一定要继续勤勉做事，详细记录！当然我倒也不担心你这些，我担心的是，你因为在他家久了，享受多了，感情深了，是奖是惩，是善行还是恶果就不那么严格了、在意了。这是万万要不得的！我反复地说，成为了灶王，你就绝不可感情用事，不能因为这家人善待你还是慢待你就罔顾是非，就调整标准……无论什么时候，都要有好说好有坏说坏，无论对谁！这个，你可得给我记好喽。”

我站起来点头称是，脸上似乎有一团火焰在旁边灼烤——“我会尽我的努力做到，绝不敢辜负……”

走过大堂，高经承正站在仪门的吏房那里，笑嘻嘻地等着我：“怎么样？你是感觉凉，还是热?”“也凉也热，有凉有热。”我也笑起来，“真正了解城隍老爷的，还就是高经承您啊。老爷准了我的假，还让我拿他的拜帖去见龙王——我也正想和您说说往后的这些事儿，还请您给我出出主意。”

1　语出自五代蜀主孟昶的《颁令箴》，后经宋太宗改造于太平兴国八年（983）颁示天下，称为《戒石铭》。

"进来说，进来说吧。我这里没别人。"

二、造访龙王：

我带着两位城隍庙的年轻差役，一位驿丞[1]，一位仓大使，他们是高经承专门派给我的，负责运送和拉车；带着西南堡的田家灶王，他是我在城隍庙大门外面"捡"到的，见我出门非要我带上他："你说，咱们都曾在西南堡待过，处得关系多好！现在我有难处，一直候补，候补几年了都没个进项，你就忍心看着我和你大嫂干死？让我跟上你吧，多多少少赏口饭吃，给碗粥喝就行……"

我带着他们三个来到龙王庙门外，请驿丞将割好的牛肉挂到龙王庙对面戏台一侧的神杆[2]上（田家灶王急忙把肉从驿丞的手上接过去，然后笨拙地试图爬上神杆，后来还是经城隍庙驿丞提醒才找到挂肉的绳钩），请仓大使（他就是前去直峪给我送信儿的那位）在龙王、龟丞相和河道夜叉的供桌前摆好供品，点燃香烛（田家灶王适时出现，他替年轻的仓大使将供品小心地从食盒内取出，摆好，又恭恭敬敬地弯下身子，将三炷檀香递给仓大使），我则将我的拜帖、城隍的拜帖以及一封书信放在桌上。

半炷香的时间过了，依然毫无动静。

1　负责仪仗、车马、迎送的差役。

2　祭祀、供奉神灵所用，与满族索伦杆有近似处，但也有一些不同：它没有方斗，而是上置用于悬挂的木杆和绳钩。

我和两位差役以及田家灶王一起走到庙门外面，看着戏台前面的槐树和围绕于上方的乌鸦。那些乌鸦们，呀呀地鸣叫着，用一种很奇怪的方式斜掠着翻飞，像是一块块被什么撕破了、撕得并不整齐的黑布。“真是……你和小冠救了龙王的命？你说，龙王还记得不？他还愿意见咱们不？”田家灶王凑到我的身侧，他的身上似乎还有一丝灰烬所带出的味道，“你说，龙王爷会见咱不？龙王，王爷，想想我都激动……你要是带小冠来，是不是龙王更高兴，更愿意见咱们呢？会不会更有机会？”

我盯着乌鸦，没有回答田家灶王的话。这时，一匹枣红马从庙前街飞踏而来，来到我们的面前停下，“是不是曹府灶王？你们跟着我，从这边走吧！”我愣了一下，仔细端详着面前的这个灰衣人，“您是……您是不是上次接我们的河神？”

“我不是。”灰衣人没有回头，“我们河神，在里面等你。”

我们从另一条街绕至后院，灰衣人拴好他的马，敲开门，然后把我们让到院子里。“哇，真是别有洞天啊。从外面看……可想不到有这样的敞亮。”田家灶王又凑近了我的耳朵，他的身上就是有股灰烬的味道，“要不是跟着你，我实在想不出……开眼啦，你说这么多年，你就从不给兄弟透半点儿的口风！”

回廊、凉亭、小山、水池。水又一次被分开。

路上，我抓起一个海螺壳，放在田家灶王的衣兜里。

“我们这是去哪儿？是去龙宫吗？”刚才还沉着脸一言不发的仓大

使换上了另一副面孔，“怪不得……真的是开眼啦。曹府灶王，没想到你，真有道行!”“哪里，”我有意不瞧他换出的嘴脸，而依然用之前的那种语调，“如果龙王不肯见我，我也一点儿脾气没有。很可能是咱们城隍的拜帖起的作用，我们都是沾光而已……”“说实话，从我在人世间的时候到现在，像您这样谦逊低调不张扬的，我真没遇到过，”年轻的仓大使悄悄地换成了“您”，“怪我有眼不识泰山。多有得罪。”“什么得罪？自家兄弟，以后还要多照应呢!”我朝他拱拱手，驿丞也在后面紧跟了两步：“曹府灶王，这次我们能跟你一起外差，还真是不错！要是龙王有什么赏赐，你也多少舍兄弟一点儿，我们哥俩也好回蔚州炫耀炫耀。”“一定一定!”

换卡牒，写下名字和事由，我们四个进入到龙宫。

“我的恩人，我的救命灶王来啦！你知道，我可是天天都在想你啊！我在想，怎样才能报答你，怎样才算报答你呢？看，我和灶王恩人拥抱啦！你们给我记下来！我听说，你现在……嗯，气色不错！这就对啦！我的恩人，怎么能受到亏待呢？在不违反天条原则的情况下，我是会尽我的全力要帮到你和……你们说是不是？把这句话也给我记下来!”

他把目光瞧向跟在我身后的差役和灶王，他们当然立即附和：“是是是，龙王老爷的恩人，没有人敢怠慢!”

“对啦，我的那个小恩人……他叫什么来着？他现在还好吧?”

我站起身子，朝龙王跪下去，刚刚还在发愣的田家灶王也跟着跪了下去，灰衣的河神拉着我的胳膊，而龙王也伸出了他的手：“虽然按照礼节，你是应当跪我的——可你是救过我的性命的人啊，我怎么能让你跪呢？不合适——我说的话给我记下来。”

介绍过小冠的情况，我们又有一阵相互的寒暄，我提到我们城隍对我和小冠的照顾和厚爱，提到在进入地府求见魏判官时城隍也一并递过了拜帖，以及之后对我到曹家的再次安置——“他真是一个不错的好城隍。好官儿。我都还没和他说什么他就给足了面子，不错。这个不要记。你回去告诉城隍，我会找个适时的机会向上面汇报，保举他的。这个也不要记，记后面的——蔚州城隍一向持正廉明，大公无私，颇善运筹，可以说有口皆碑，虽然我们并没见过但早有仰慕……”

“我说的这些你们也记住了？好，回去，告诉你们城隍，给我的灶王恩人做个证！我可真是念他的好……这些话就不用记了。”

“尊敬的……龙王，我和小冠，其实也就是凑巧，也只是出于最正常不过的小善念，自是不敢居功……您看您，竟然还一直记得，竟然还念念不忘，实在是让我感觉羞愧，也让我更加敬重您。您，实在是我们的楷模……”

“听到了没？给我记下来。我们的灶王爷说得多好。你们以后也给我学着点儿。”

“尊敬的龙王爷，我这次来，也想替我们城隍老爷相求一事……您也知道，这几年蔚州天旱少雨，正统十四年一役所遭受的重创到现在也没有缓过来。城隍老爷心念黎民之苦乏贫饿，茶饭难安。他想让我向您提个请求，如果您不为难，希望您在来年能为蔚州多降些雨水，使蔚州河流丰盈，雨润五谷。城隍老爷说，虽然他只是城隍，无权干涉人世间的事儿，但这个地方是否风调雨顺，能否解民危忧，还依然是他关心的……他也特别叮嘱我，千万别让您为难，他也不愿意您为了他做半点儿有违天条的事儿……”

“有违天条倒不至于……先不要记，你们，听清楚没有？先不要记，我想想。作为司雨的龙王，我一向都是严格遵守上边的旨意和一切安排，从不敢有半点儿的松动和违规。记下这句话。回头再顺一顺，好啦，我们说这件事儿，城隍既然说了，我也不能不给个面子，但每年的雨量都是固定的，是旱是涝是风调还是雨顺，都是按照东岳大帝四海布雨筹计司的计划严格执行，下元节[1]前水官大帝还会派员调查，如果有哪个龙王敢于私自多下雨或少下雨，一定会遭受责罚。我想想，我再想想……这样吧，量是固定的，我们也不改动这个总量，河神，”他朝灰衣河神挥了挥手，“你给我仔仔细细地算量一下，如果我们让蔚州明年的降水恰恰合适，那需要我们从永宁、天成、阳和调来多少水。好吧，我们就这样做——别把它记下来！都给我动动脑子！对了，你们几个城隍的差役和灶王，回去之后也只能天知地知，只可告诉城隍，其他人一律不许告知！如果我知道谁走漏了——

1　中国传统节日，为农历十月十五。与正月十五上元节，七月十五中元节对应。俗称“下元日”。

当然，我没有任何违规可查，即使走漏也关系不大——如果是谁走漏了，我不管，你们家城隍也不会不管的！

“就这样定了。你回去和他说，只能城隍自己说！好啦，我终于又见到了自己的救命恩人，心里实在是特别特别的激动。然而我还有一大堆的公务要处理，我的恩人灶王知道，上一次你们来，我本是在不越制的前提下用最高规格来表达我的感激，然而不得不中途不近人情地散场……现在想起来都还有愧，不是待客之道，但我实在是公务缠身，不敢有半分半厘的松懈。把它记下来吧。今天，我依然要表达我的愧疚：还有几个公文折子待办，还要协商桑干河[1]扩河改道的问题，检查全年雨量的水官使者到了我也得迎一下……由我们河神河伯、银甲将军、金甲将军来陪你们吧！实在实在是抱歉……你们，都记下了吧！”

“来来来，”灰衣的河神走上来紧紧拉住我的手，他额上的那绺白色头发让我瞬间记起了他，“咱们今天好好喝，龙王爷特别开恩，说允许大家在我们的洪善驿好好地住上一晚，我也跟大家说明，东岳大帝的使臣、玉皇大帝的巡察使，住的可都是洪善驿——各位，应当知道龙王对各位到来的真诚与看重了吧，应当知道，”他拍拍我的肩膀，“我们龙王，对他的救命恩人的感激了吧？你们说，咱们是不是应当好好喝啊？这场酒宴，可是设在龙宫内的，一年中我们也参加不了几

1　桑干河，又称漯河、浑河、潻涫水，元史称小黄河，源出朔州东北，流经山阴、应县、怀仁、大同进入河北。相传古时每年桑葚熟时，河水会干涸，因而得名桑干河。

次！这次，可真是托了大家的福！”

酒过三巡，灰衣河神靠近我的耳朵，田家灶王的身体也略有倾斜，而城隍庙的二位差役已经和金甲将军他们变得熟络，兴冲冲地在一路划拳。“灶王，我叫你曹家……曹府灶王？你看，龙王待你不薄，一直操心着你的事还有那个孩子的事儿，他一年里得问多次，我们也就派人打听，想办法和城隍啊地府啊沟通，也暗暗地为你们疏通……你们城隍要做的事儿，我们龙王没二话吧？你知道，这多让他为难！调划永宁、天成、阳和的降水……我的河道过永宁，龙王的这一不违律的小任性，我的子民就得……我们不说这些了，不说它！我呢，也有一事相求，相求于你和城隍……”

“您说您说，只要小仙我们能够做得到，一定会做一头不辞辛劳的牛，一匹不远万里的马……我和这位曹府灶王一起在西南堡待过，就像亲兄弟那样！不分彼此！您嘱咐的，我会帮着他做……”田家灶王从我身侧更用力地插过来，露着半张嘴的黄牙，“您快说吧。”

“是这样……龙王其实不想让我说的，他就想自己……可我们在他手下，平日多得他护佑照顾，哪能不分担，你说是不是？要是你们愿意，那我可就真开口啦！是这样，上次你和那个孩子救龙王的时候，是龙王在度劫[1]，你们也知道在度劫的时候是不能使用法力的，而我们也和他一起落在了劫运里——不然他也不会那么无助地被困在泥

1　度劫，为道教术语，指在修仙过程中所会经历的、上天降与的劫难，此时龙王所遇的应是天劫，是上天直接降劫于他。

沼里，我们这些河神河伯、虾兵蟹将也不会都不去管他，是不是？也是我们龙王福运深厚，意外地遇到了你和那个孩子，意外地得救了。这本来是没什么的，我们龙王也如实地禀告了上苍，可就有那么几个天天待在天庭看谁都不顺眼的好事天官，非要弹劾我们龙王夸大其词啦，冒领天功啦，所报不实啦，在度劫的时候使用了奸诈法术让自己障眼脱身啦，等等。这可都是重罪，我们龙王真的是百口莫辩——他能说什么？他怎么说，人家也不信，反而更会滋生怀疑。怎么办？那就得有劳灶王……你们啦。”

“你说你说，我们定当效劳！龙王爷这样让人尊敬，这样重情重义，我们当然不能对不起他！曹府灶王，你说是不是？”

“是是是。”

“这，也是我想出来的主意——我可没跟我们龙王直说，比较委婉地表达过，他没有拒绝。那我就与二位灶王讲啦！我想，劳烦二位灶王，你们也和我一起想想办法……我想这样，在人世间，找些唱曲的、唱戏的，让他们根据你们二位遭遇火灾，意外救下了龙王，龙王报恩为那个孩子解决了投胎，也帮助灶王来到了他想要去的人家……就根据这个故事编一出戏！我觉得可以排成像《柳毅传书》[1]啊，《金鳞记》[2]那样的……”

1　元代尚仲贤根据唐代李朝威所作传奇《柳毅传》而改编的杂剧。

2　后又名《追鱼》《真假包公》《碧波仙子》等，由民间传说改编而来，杂剧中即有收录，主见于《包公案》。晋剧、越剧、京剧均有同类内容，足见其影响之广。

“没问题没问题！这件事我们来做！是吧曹府灶王，你答应了吧？你在人世间的时候就有诗名，在我们蔚州灶王中也是最有文采的一个！回去你就写出折子戏，故事又不用特地编，都是你自己的事儿……”

“感谢二位灶王，真是痛快，我也代替我家龙王爷致谢了。我想他如果看到你们编出来的戏，一定也会大受感动的。只是，二位灶王，我想了，这个故事也不能完全没有……改动，还是略略地变动一下应当更好，更合理些。他们不是弹劾我们龙王在度劫的时候使用了奸诈法术让自己障眼脱身吗？如果我们实际地写下说，那个孩子以中阴之身救下了龙王，他们一定又会乱嚼一个中阴的孩子哪有那样的力气，一定又会说这说那的……未必对龙王有什么真正的坏处，但总是不太舒服。这样，我想啊，我们是不是可以略加改动：瓦剌和明军的战斗在下午打的，那时节那孩子还活着，他被来自蔚州的大火和打斗声吸引了，于是一个人跑到了护城河边——对对对，孩子抓到一条红鱼自然新鲜，喜爱，这孩子虽然年幼但心地良善，颇有好生之德，于是他就护着鱼儿跑到了南李碾村村外小河边。救下龙王后他兴高采烈地往回走，一进西南堡就发现坏了，家里失火了，这个仁义的良善的孩子放心不下自己的父母，想从火堆里把父母救出来，可是一进去……”

“好好好！真是动人啊！”

“河神大人，这样变动一下未尝不可，但我有一个小疑惑还请您帮我解答一下：如果小冠是人而不是魂魄，他是看不见我的、听不见我所说的，我和他一起救下龙王也就无从谈起了，就会变成是小冠一个人去救了——我们可以不管事实如何，只求这出戏的合理，但我怕龙王爷在上报的时候，把我也列在救了他命的恩人之中……这样，反而会更明显地授人以柄，是不是？”

“哦……哦哦。”灰衣河神沉吟了一下，“我是没有想好。这，这么大个漏洞，我竟然一直都没意识到。这，这可怎么办啊……”

“河神大人，终有办法会解决的，终有办法……曹家灶王，我的亲兄弟啊，你也快点儿想想办法吧！你总不能……龙王爷和河神大人对我们这么好，我们可不能不替他们着想！这个，这个……”田家灶王拍了拍自己的脑门，“我临时想的，也不知道对不对，能不能行。要不，我和二位说说？”

“好，你说你说。”灰衣河神像是捞见了稻草，而他的表情则更使田家灶王得意，他像鱼一样动了一下自己的屁股：“二位，我临时想的当然不那么尽善尽美，但至少，算是一条思路不是。我是这样想的：小冠，要活着的时候救下龙王，这一点我们固定住不动；他活着，不是魂魄，也不像现在——魏判官特别关照，没有令他喝孟婆汤还给了他灵力，当时不行，因此他就自然看不到我们灶王、看不到黑白无常，这一点是我们动不了的，动了就是胡扯就是笑话，所以也不能动。我们能动的只有……”

“你快点儿说。”我有些不耐烦，“这些我们知道。”

“好好好。小冠救了龙王，当时你还是谭豆腐家的灶王，他家的一家之主，他家被瓦剌人点着的时候你是在场的，他的父母被火烧成灰烬的时候你也是在场的。心里那个焦那个急啊——对了，你曾说过，谭豆腐家的，临走之前曾托付你救救他的儿子，对不对？好啦，我们就在这点上做文章，就基本上能说得过去了。你是没有参与救龙王；但小冠因为害怕而躲避开地府的黑皂吏和牛头马面，错过了转世投胎的最好机会，你觉得自己受人之托自然有责任，可想了许多办法都没用，这时被救下来的龙王要见恩人，小冠胆小，年纪也小，你就不顾一切地陪着他到了龙宫，然后又不顾一切地为小冠求情……龙王虽然为难，他不应干涉地府的规矩和裁决，但总不能让自己的恩人成为孤魂野鬼、见死不救吧，于是便略有越矩，拿了自己的拜帖——小冠六岁，胆子又小，自己过去的话很可能话都说不明白，而你，有道义又热心的灶王就要把他送过去，一路送到奈何桥。灶王过去，总得有个说得过去的理由吧，于是龙王出于帮人帮到底的念头，把你也认成了救命恩人，这样，你就可以名正言顺地送小冠过去啦……你们看，这样可行不？”

额头上有着一绺白发的灰衣河神沉吟着，掂量着，“大致可行。这样，反而更显我们龙王有情有义，只是……还要再完善点儿，得进一步想想。”

“我还有一个不成熟的想法。刚才我听见银甲将军谈到龙王母亲的寿辰准备，就想到了这儿……虽然龙王在度劫的时候不能使用法术幻术，但不等于别人不行啊，我们是不是可以说他的母亲大人爱子心切……”

“不行，万万不行！可不能这样……龙王要知道我们有这样的主意，非抽掉你我的筋不可！你这主意，是要把整个龙族都牵扯进来，绝对使不得！”

“哦哦，我不知道，我不懂得……真是该死。”刚才还伸着脖子、梗着脖子的田家灶王一下子变得矮了下去。

“刚才的第一个方案，大致可行。我们再推敲斟酌一下应是没问题的。就劳烦二位了。等你们把折子戏作好，我们也再仔细地看一下，二位就可以托梦啊，幻影啊的方式，交给人世间的戏子去演……”

“河神大人，你再等一下。”我拉住他的手，“编排剧本，我们虽有勉强，但大体可做。但交给人世间，我们灶王却无这一能力：你知道我们灶王其实毫无法力，就像是影子或空气……”

“这倒是我早就想好了的。”灰衣河神端起酒杯，“我再敬二位灶王一杯，你们对我水族一族的好，我自是感恩，自是永远记得。”他朝着我带来的城隍差役的位置瞄过去，他们已经微醺，完全地沉在了与水族将军、侍卫们的喧哗里，“可以请他们去做。城隍庙里的人，有这个能力。我们河神河伯，本也有这个能力，但我们实在无法……所有由我们使用的、发出的纸张，都会有暗暗的水渍，你们看不出来，但上边的人一看就能看得出来。我们到过的地方，也会在行走的、站立的地方留下暗暗的水渍，同样是上边的人能看得出来的。要是被上边那些好事者抓到这个把柄，我们所做的一切都会变成假的，也就永无翻身之日。这，是龙王和我，一定拜托二位和城隍爷的原因，不然的话，我可以把一切做好，向你通知一声就是了。可真的不行。所以，恳求……”

“没问题没问题，我和我的兄弟一定一定甘效犬马……”田家灶王又伸出他的脖子。

“我们龙王也特别嘱咐我，给二位的回礼一定要丰厚，要有在人世间、城隍和土地那里见不到的珍稀之物……我已派人送到你们的房间里了。现在，我们继续喝酒，不醉不归!”

三、造访铁匠灶王（略）

四、造访饼店灶王（略）

五、造访小冠：

路上，我对田家灶王说，你变了。我都觉得不那么认识你了。

“都是在变的，你也有变化，只是你可能未必意识到而已。”见我跟他说话，田家灶王把手里的推车换给了仓大使，然后小跑了两步，而仓大使也乐呵呵地把推车推上，没有一点儿试图推托和不快。“他也在变。”田家灶王努努嘴，“刚和我们出门的时候，你看那样子，你再看看现在!”

“我不变是不行。”田家灶王伸着脖子压低他的声音，“你不知道，我在候补中的日子……谁拿正眼瞧过我，我自己都瞧不上自己！没饭吃，真是没饭吃啊，我和我家那位不得不今天到这家蹭，明天去那家蹭，你想想人家能给好脸色？看那脸色，你就已经半饱了，可你不得不看。要不怎么办？我没那进项啊。兄弟啊，我变，我是想能有口饭吃，也别让我家那位太太饿着……跟我这些年，她真是没得什么好，没过几天好日子。我变，我变得不要脸、谄媚、阿谀，像个小丑似的，你以为我自己不知道？可我不这样，日子就更难。”他又紧跑上两步，凑近我耳朵，“你和城隍老爷……给我说说，给我说说，随便发配我个地方就行，有吃有喝的就行。”

他碰碰我的肩，我没有搭话。

“兄弟啊，这几年，你每年辞灶之后也都和大家在西南堡聚聚……当时，你说当时大家哭得多疼，真的是心都碎了——这才几年！你说谁还记得那些事儿，谁还到那里去哭？一个都没有，一个都没有啦。其实城隍准备给我们重新安排的时候，大多数灶王就忘了西南堡，心里想的念的都是自己的那点儿事，怎么分啊，能不能分到好人家啊，是不是候补是不是要堕入轮回[1]……这几年我也大抵想明白了，所谓情感、情义，不过就那么回事儿，纸片一样薄，你知道也最

1 即“六道轮回”。原是印度婆罗门教主要教义之一，后佛教沿用、发展。其认为一切有生命的东西，如不寻求“解脱”，就永远在“六道”(天、人、阿修罗、畜生、饿鬼、地狱) 中生死相续，无有止息，故称轮回。

好别伸手，若不然……若不然，若不然能怎样？”

“田家灶王，你和我说这些……是在提醒我，还是抱怨？”

“兄弟，我可不敢，我怎么会！我就是有些小感慨，小感慨。这不，又要十一月了……”

“这样吧。”我停了一下，认认真真地盯着田家灶王的脸，看着他悄悄地变幻几次不同的表情，然后拍拍他的肩膀，“田家灶王——我暂时还这样称呼你。你候补的这件事儿，我放在心上，不过我不保证，就像我不能保证饼店灶王托我的事儿一定能办成一样。在你再去下一家当灶王之前，你，要不跟我几日，也帮我照看好……”

“真，真的？真是太感谢兄弟啦！”田家灶王的脸色又变了多次，“我能有你这样的兄弟，真的是烧了高香啦！兄弟你放心，绝对放心……”

我制止住他的下半句：“你和二位差役就在这里等我吧。他们家门神，”我向驿丞和仓大使摇摇头，“实在不好通融。”

“明白明白！官多大奴才就有多大！”田家灶王意识到自己说错了话，轻轻地拍了一下脸，“二位差爷，刚才你们听见了没？我现在，差不多是曹府灶王的奴才了，以后二位爷也到曹府来找我，我一定会对二位差爷客客气气，礼遇有加，嘻嘻。”

我走过后院，立即听见一阵杀猪宰羊般的嚎叫——“这，这是……”引我进门的灶王苦笑着，“呵呵，你们家的那个谁，小冠，我们家的小少爷，在练习射箭呢。”

“射箭？射……什么箭？”又一阵剧烈的惨叫钻进我的耳朵。

“你看看去就知道啦。”

没错儿，就是射箭，我看到了小冠正在把他的小弓拉开，闭上一只眼来瞄准——而对面，箭靶处，则是被捆绑成粽子模样的猪、羊、狗、鸭子、鹅、猴子和狼。它们有的被射中眼睛，有的被射中额头或者是腿，只有一只鹅的身上没有箭也没有血，却是一副无精打采、抬不起头来的样子，像是已经被吓破了胆。“我射！我射我射，我再射！”被磨得锋利的小箭被一个仆人一支支递到小冠的手上，一个全身铠甲、屁股上面还绑了一口巨大的锅的仆人笨拙地从箭靶下面小心翼翼地穿出来，去拔射到羊身上的箭。羊则一边翻滚一边叫起来，它一叫，周围的那些伤痕累累的动物们则一并叫起来。

我看见小冠又搭上了一支箭。他的脸上笑容灿烂。当！箭射在了那个仆人屁股上的铁锅上，发出清晰清脆的声响，那个仆人啊了一声便手忙脚乱着掉进了靶台下面的沟渠。“哈哈哈哈。”小冠笑得前仰后合，脸上的灿烂简直像是新开出的花儿，“你出来，我再射你一次！你出来，出来啦！”

——小冠……

小冠看都没有看我，他的手上已经搭上了箭：“你出来！再不出来，我就走到你面前去啦！我就把箭射到你的嘴里去！哈哈哈哈……”他似乎无比兴奋地想到自己把这支箭真的射进那个瘦高的仆人嘴里的情景，单是想象一下就足够让他快乐了，“你快点儿！我可喊啦！一——二——一二三！”

箭射了出去。不过它冲着的可不是盖着铁锅的屁股，而是那头还在不停哼哼的猪。我听见那头猪惨烈地叫起来，而那个仆人竟然也惨叫着又跌进了沟里。“哈哈哈你叫什么……射的又不是你……看你那㞞样儿……”小冠接着把手里的箭又射了出去——“我们一会儿再玩！我累啦！”说着，小冠把手里的弓丢在地上，然后转向我：“我叫王鸠盈，你给我记住啦。”

“这孩子……”王府的灶王冲着我笑笑，“这孩子，就是说话冲了些。”

“刚才，看到我射箭了吗？”小冠抓着我的小手指，“我要把它们都射死！看它们还怎么叫！”

我拍了下小冠的头，他躲开了我的第二下。我说：“小……鸠盈啊，你练习射箭，可以朝箭靶上射啊，王公贵戚、寻常猎户可都是那样练的，你为什么非要拿这些活物来练？你听听它们的叫声！实在是太惨啦，对不对？”

小冠点点头：“我也不爱听它们叫，烦死啦！可是我就是要拿它们练习！我要练胆量！”他略略压低了些声音，“我在谭豆腐家的时候，就是胆子太小了，他们都欺侮我，不跟我玩！要是现在，我就叫人把他们绑起来，一个个射死他们！”

说着，那只刚才已经停止了声息的猪突然又惨叫起来。狗和狼，还有吱吱叫的猴子也再次被它所感染，叫得我这个灶王也感觉后背发凉，“小鸠盈，你可不能这样想……怎么能想随便杀人呢？这可不好！”

“我就这样想！我就这样想，你能怎样?!”小冠突然从地上抓起一支箭，伸着手，飞快地朝又停下了叫声的猪奔过去——那只猪瞪着眼睛，似乎试图躲闪，然而被绑得死死的它又如何躲闪得过？在小冠手中的箭触碰到它的一瞬间，那只猪闭起了眼，又惨烈无比地叫起来，“我又没有真捅到它！”小冠走回来，把手里的箭拿给我看，“就它能闹！看我不再射它一箭！”

我朝着小冠摇头，“不不不，别这样，孩子。再怎么说，它们也是一条条性命，它们也疼，疼得厉害了才叫，你看它们也流血，血还流得不少……我们不应该这样对待它们，对不对？孩子，它们上一辈子可能是人，当然也可能是畜生、饿鬼。你想想，它们如果是人，是我们……”

“好吧好吧，那把它们松开！我赦免你们啦！我要读书去啦！你，也陪我去读书吧。”

我说没问题，当然可以。最近在读什么书呢？

“《增广贤文》[1]，‘昔时贤文，教汝谆谆。集韵增广，多见多闻。观今宜鉴古，无古不成今……’我不喜欢读。”小冠将他手里的箭用力插到树上，他的这个动作让我想起黑脸的铁匠灶王朝着树根钉下钉子的动作，“我爷爷说，我以后要当将军。‘慈不掌兵’，他说我一定要练得狠一些。”小冠把插进树皮中的箭又拔了出来，“我总是不够狠。我

1　又名《古今贤文》，为明初编撰的儿童启蒙书目，作者不详。今天所见的《增广昔时贤文》据说经历了明、清文人的不断增补。

怕自己当不好将军。”

这时，王家的家仆们正在为那些大大小小带血的和不带血的粽子解开绳索，“少爷，这些靶子……咱怎么处置?”小冠朝我的方向看了两眼，“把它们都给我扔到院子外面去!”说着，他朝还没有解开绳子的猪踢了一脚，“叫你叫!”然后，他又朝着还没有解开绳子的猴子踢了一脚，“叫你叫!”然后，他朝着已经解开了绳子的呆鹅抬起了腿，“叫你——”

那只鹅，那只刚刚还无精打采、懒洋洋抬不起头来的鹅，突然猛地张开翅膀，朝着小冠的头顶扑过来……

六、背袋土地的造访:

经过一些不必多说的辗转，我们终于又回到了蔚州，曹府。我与二位城隍庙的差役告别，请他们代我向城隍和高经承问好，田家灶王则按照我的意思为二位一路辛苦的差役放好礼包，“常来常往，常来常往。”田家灶王还悄悄将驿丞拉至一边，向他的兜里塞了些什么东西——我装作和仓大使闲聊没看见他的那个动作。

送走二位差役，我在门外站了一会儿，伸了个大大的懒腰，然后转身，就看到一个背着硕大包袱的矮个子土地正在门口探头探脑——“哎，你是谁，干什么的?有什么事么?”不等我说话，田家灶王就已兴冲冲地冲过去，“知道这是哪儿么，你就敢这么探头探脑的，懂不懂规矩?”

“我是，我和你们家的灶王是朋友！是好朋友！是他……”背着包袱的土地看到了我，“哎，年兄，是我——怎么，你不记得了？我们是见过的啊，那年在怀来！我们还住过同一家旅店！”我迟疑了一下，随后点点头，拉了田家灶王一把：“我们认识。你让他进来吧。”跨过门槛，我停住脚步敲敲土地公公背上的那个硕大布袋，“这里面装的是什么来着？”

“一些家常日用的东西，还有锅碗、衣物，也带了点儿吃的。”他笑了笑，“这么长时间未见，这不，我也给你带了点儿小礼物——”

“别别别，”我按住他的手，“我真的不需要什么，你看看，我还能缺少什么吗？你的心意我领啦，就算是我收下啦！进屋来说！”

走进厨房，田家灶王和这位背袋土地都在急速地东张西望，恨不得多生几只眼睛……我有意未做任何的介绍，而是径直走在前面，进入到属于灶王的会客厅。田家灶王和背袋土地也在后边跟了进来。“给土地公公倒上茶。”我对田家灶王说。当田家灶王把茶水倒好，我又对他说：“厨房的西边，有两间还闲着的屋子，你可以住外间，里边那间我还有别的用项。你去吧，我和土地公公还有些闲话要聊，你自己先过去收拾一下！”

待田家灶王走出门，我故意伸长脖子，盯着这位矮个子土地的布袋：“上次，如果我没有记错的话，你说你的袋子里装的是地契和舆图——你把它们换了盆还是碗啊？”

“看您说笑！我哪里敢啊，您就是再给我十个胆子我也不敢啊！”

土地公公的脸涨得通红，“我，我不是过了怀来，进关后我就把那些地契啊，舆图啊交给上边，当时觉得，这块地儿我是回不来了。没多久瓦剌人就退了，正统皇帝也给送回来了，就是把皇位给丢了。还算好吧，好死不如赖活着，命可是保住了啊。我去找京都的城隍要我的地契舆图，他们说没有，再说我也不够级别直接把地契舆图交到京都去……我想我是不够，可当时多乱啊，这边的州、府土地公公都跑过了怀来，有的都跑过了通州、济南，我能找谁啊，谁也找不到……你当时要不收也行，我就还背着，可你收了非要说没收，我哪里说理去……”

“那，你是怎么找到我的?”我问。我不想听他诉苦。

“打听啊，到处打听啊。我把自己感觉面善的、有缘的大神小神都记在自己的本子上，没事儿的时候就随便翻翻……我还知道，您曾在直峪那里当过灶王，吃了几年的苦。”

“是啊，是啊。”我打断他，“我在直峪的时候你怎么不去找我？那边，我还有个土地公公的朋友。八月的时候他还刚来过。”

“我……”土地公公的面色再次变得红润，“我当时没打听到——也不是没打听到，去年冬天的时候我听人说过一句，当时天寒地冻的，我这么矮，也不善于走路，就想等开春再说吧！就拖了下来，直到前几天……前几天来蔚州城办事的时候才知道你在这！特别特别地为你高兴，终于熬出来啦……”

“好吧，你说，你找我来，是有什么事儿吧?”

“是有事儿……我知道对我来说大得不得了的事儿在您那就不是个事儿，您现在关系那么广那么深，上面的神灵、下面的神灵、河里的神灵都给您面子，您的脚跺一跺蔚州城都得颤三颤……”

“说事儿。”

“我是想啊，咱们多少算有点儿交情，而您又是一个仗义重情的灶王——我想您能不能帮我疏通一下，让我再回原地儿当我的土地，地契、舆图找不到也没关系，都在我心里装着呢，我也会再仔细地核查一遍，保证不出半点儿错误……要是把我调往外地，我也没事儿，我听安排，绝不会有挑肥的拣瘦的那样的想法。但我总得有个着落不是？这样下去……我的日子实在没办法过啊。”

正说着，我听见后面敲门，田家灶王满面笑容地凑进来：“山珍海味，琳琅满目；鸡鸭鱼肉，取之不尽……曹家灶王，你真是——被富贵砸到了头！”他看了看背袋的土地公公又看看他的背袋，“这位土地爷，与你是故交啊？失敬失敬，我是田家灶王，与曹府灶王更是故交，是兄弟！哈哈哈，现在，我在做他的门童和账房师爷。”说着，田家灶王瞄了我一眼，“我可得感激他的照顾和收留！”

“背袋土地，我和你说，”我有意制止住田家灶王的话，“你托付我的事，我记下来，适当的时候也会找熟识的老爷、上差说一下。不过你大约太高看我了，我的能力其实极为有限，而且——”我伸出手有意制止住土地公公的欲言又止，“你先听我说完。灶王这边的事儿，我可能会更为方便一点儿，也就那么一点儿，而你是土地公公，我一个灶王那么跨界插手未必有谁买账。但我会试试。这一点我会向你保证，至于成不成，能到什么程度，我不敢对你有半点儿承诺。这样，我刚刚从外面回来，这里还有一大堆的活儿，我也就不留你了，田家灶王，你替我送一送我的故交。”

矮个子土地的屁股没有离开椅子，而是扭了两下，面上透露着一丝的不甘。他又喝了口桌上的茶，站起来把手伸向他的大包袱：“这个小礼物，我还是要给你放下，就是千里的鹅毛，你要不收就是打我的脸……”“我不收，说什么我也不会收，你也不必拿出来给我看。”我伸出手去按住他的手，“如果你坚持，也行，我们交换一下，但我要告诉你以后你也就别来了，所交代给我的事儿我也会完全忘掉的。”

田家灶王看着我的脸，然后也伸出手：“你别，别！把我们当什么人了！”

土地公公似有些尴尬，停了几分钟，他终于放下了自己的手：“好吧，反正您也看不上眼！我也就不往外拿啦！不过，我还会来的，您就是嫌烦也不行，谁让咱们是故交呢！我还就赖上您啦！”

土地公公背上他的包袱出门，在一只脚迈过门槛的时候我喊了一声田家灶王：“记得，我的这位故交喜欢吃烧饼。就是烧饼。咱这里——”我朝面案的方向看了两眼，“这两天大概没做烧饼。这样，你找两块猪肉栗子糕、两块豆沙海棠糕给他带上，他要是拒绝的话就给他塞进布袋里去。

“你把我故交送下，马上回来，我还有些事儿要交代给你。”

九　堆满山脚的记录簿

不到腊月二十，我的坏罐就已经被塞满了。

“怎么会？你怎么能把坏罐给塞满了呢？”高经承十分的不解，看得出他的不解真不是装出来的。我向他解释：我在曹府，所待的地方主要是大门、二门，再就是右侧厨房的那个院落，二门以内的地方我是进不去的，他们家在二门、司马院、曹家塾院和内宅乙秀园都各自请了门神，根本无法通融。所以，老爷、夫人和这家的二公子都做了些什么好事善事我也只能从长工们、厨师们的嘴里间接地听到，仆人们、厨师们的好事善事我会放在好罐里面，而长工们、厨师们所有关于曹家的、国家的、州府的、官员们、士绅们、小姐太太们的议论，无论说好说坏都属于“背后的是非”，而背后议论他人是非只能放在坏罐里，这是《灶王记事律》中明确规定的原则。

“真是死脑筋。”高经承对着我的脸左看、右看，然后歪着头又上看、下看，“你说你吧，有些事儿处理得深谙世故，甚至还有点儿老奸巨猾的味道，可有些事儿处理起来，则又显得那么固执、刻板，有种让人哭笑不得的天真。我都不知道哪一个是你，你是真的还是装的啦。”我推开他捏住我脸的手：“当然是真的啦，高经承，在你面前我装过么，什么事儿我不都是和你讲和你商量？”

“那倒也是。”高经承点点头，“我和你说，这话出了这门儿我可就不认了：你把你坏罐里塞的那些东西，给我撕掉一半儿！记那么多干吗！”

“不能，”我想了想，“高经承，不能。不是我不理解你的意思，而是……你要知道，我们的登记簿上每个日子都是排了号的，明显看得出顺序，一旦有的记录被抽出来那它所对应的日子就会显出空缺，这可是大罪，是有违天条的！城隍吏房要检查，京都城隍、东岳七十二司也要审核，地府五方鬼帝、十殿阎罗的诸行预慎司也会专门派员查验审对，加上天庭的律事司抽查——我可以在后面少记一点儿，不重要的就不再记录，但从已有的记录当中抽出而且一下就抽出一半儿……我可真是不敢，万万不敢。”

“那我就没办法啦。”高经承摇摇头，“你真像咱们老爷。比咱们老爷还……对了，我们不说这事儿了，今年辞灶之后，把我们蔚州的灶王善恶记录簿送到东岳七十二司的差事，你能不能前去押送交接？如果你想去的话，我可以去和咱们城隍老爷去说。不想就算啦。”

我说我想去，当然想去。如果能成行，这将是我成为灶王之后第一次去东岳泰山，之前我最远也就是到过京师，而我还是书生的时候，也没曾去过泰山。“行，你准备一下，我还派仓大使、驿丞和你一起去，你也用得顺了。还要一位灶王，是……”我急忙插话：“能不能让铁匠灶王——也就是原来西南堡的——和我一起去？”

高经承又上上下下打量起我来：“行啦，学会和我讲条件啦！我要是不答应呢？这事儿，最后可是得咱城隍老爷定。”

我让脸上挂出更多的笑容：“高经承，谁不知道你的能力？你定了就是城隍老爷定了！你就答应下来吧，这对你来说也就是顺手顺水的事儿。”

“看来，你上泰山还不够，还要上天嘞！好吧，我试试，不过你得好好感谢我——对了，虎骨给我准备出来没有？咱老爷前段时间用着，挺管用。我也跟他说啦，说是曹家灶王送的，他看到你腰不舒服就偷偷送来了虎骨，让我不告诉你——老爷听了也没说什么，我想，他心里还是有数的。对了，田家灶王在你那怎样，你，怎么不带着他去泰山而是想带铁匠灶王去？我也实话和你说，我对田家灶王的印象不怎么好，你大约要防着他点儿——越是表面上对你恭恭敬敬的，越是不那么可信！”

我也和高经承直接谈了这些日子对田家灶王的观察，我对他的约法和拒绝，以及他在门口悄悄塞给驿丞什么东西如何被我看见。

“你记住，有些事儿不要让他知道，他未必会坏你的事儿，但也未必会真心成你的事儿。你去准备吧，我这就和城隍爷说去。对了，折子戏的事儿，我也已经吩咐，三月前大概就能排个七七八八。就交给我啦。”

腊月二十三，小年儿。我在早早到来的田家灶王的帮助下穿好新做好的灶王官服，吃过曹家厨房为灶王准备的珍妃鱼糕、桂花香糕、鹿肝酱油鸡、芝麻灶糖，把带给田家灶王、饼店灶王、土炕灶王、烧鸡灶王的礼物备好交代给田家灶王：“你说……高经承的，城隍老爷的，你是不是也备上一份儿，我给你送过去？”田家灶王露着一副渴望的表情。“你不用管。他们也不会收，别给自己找没趣。”我拍拍田家灶王的肩膀，“把我的灶王记事簿放好了吧？好，我们上路。”

过了蔚州常平仓[1]，我和田家灶王在鼓楼下面道别，他去城隍庙报到，而我则要经过三条街出景仙门，铁匠灶王和城隍庙驿丞、仓大使已经在景仙门外等候。“是你叫上的我？”铁匠灶王问，“待在蔚州多好。跑这么远。”我没有理他，而是径直走上了城隍押送灶王记事簿而备下的车。这不是他的真心话，这么多年，他的脾气我自然是知道的。

一路无话。我们来至东岳泰山，在万仙楼[2]一处专门安置各州府城隍押送灶王记事簿差役的驿馆登记住下。四处都是喧哗，有高有低、有胖有瘦、年老的、年轻的以及看不出年纪的城隍差役、各地灶王和偶尔穿插进来的地府黑皂吏简直是摩肩接踵，我们集中在这个狭

---

1 为调节粮价、储粮备荒以供应官需民食，由官府设置的粮仓，能有效避免“谷贱伤农”“谷贵伤民”，可起到平抑作用，故称为常平仓。现蔚县仍保留有常丰仓旧址、几乎未有损坏。

2 位于山东省泰安市境内的泰山中麓红门宫北，又名望仙楼。传为泰山群仙聚会、议事讲经的地方。在此书中，改作神仙驿馆。

小的驿馆里……我和铁匠灶王分得了一间，二位差役则住在另一间。我将二位差役安顿好，回到我和铁匠灶王的房间，发现他在翘着屁股在榆木炕沿的边上钉钉子。“留一个……纪念。不知道以后还有没有可能来。”他有点儿不好意思，黝黑的面孔里透出了一点点的红。“对了，你看看，我刚写的诗。你知道，我平日里不怎么写……”铁匠灶王脸上的不好意思更有些浓烈，“有感而发，有感而发。”我接过他的纸条：

掠耳松风壮，
轻骑跨岱山。
秦崖生晓雾，
汉柏老重关。
深壑飞云起，
青天过雨闲。
天门聊倚憩，
愧我鬓毛斑。

“行啊，行啊，”我将纸条还给铁匠灶王，“真是让我刮目相看。明日我们一边办事一边向上走，一起爬一爬岱宗十八盘——说不定，你又会诗兴大发呢！”铁匠灶王笑起来：“你别说，我还真想再写几首。到了东岳，这个通往天门最近的地方，万物孕育之所，皇帝们前来拜谒封禅的地方，我还真有些小激动。”他翻了个身，伸着头朝外面瞧瞧，然后又掏出一枚钉子，“我得给自己多留几个记号。”

第二日，我们早早地起来，沐浴，更衣，拿上《蔚州灶王记事目要》、《蔚州灶王户志概览》和《城隍通司牒文》，然后跟在黑压压的肩和踵的后面等候。直到正午时分，我们才排至“掌教签押司”[1]的门口。“慢点，不要挤！说你呢！”一位负责秩序的七十二司差役推了铁匠灶王一把，“靠后一点！”铁匠灶王梗了梗他的脖子，然后退到我的后面去。“还有几位？”他悄悄问我，“三位。”

从“掌教签押司”出来，我们又去排“掌生死司”的队，“掌生死勾押推勘司”的队，等我们排到“掌生死勾押推勘司”队伍的第二位时，天色已经渐暗，而前面那位城隍差役似乎也颇费了一番口舌。终于轮到我了，我将《蔚州灶王记事目要》、《蔚州灶王户志概览》和《城隍通司牒文》递上去，里面的差役一一核对，在概览和通司牒文上盖上审核印：“目要不对。这里有错误。你明日改好后再过来。”

“不会吧？我们到来之前曾一一核验过……”

“这里。这里少一个城隍户房的押角印。”

“是是是，实在抱歉，是我们疏忽了。印章带在……”我回头招

1 掌教签押司，为东岳七十二司（也有作七十六司、七十五司的）之一，负责人间善恶福，因果报应，生死轮回等事宜。自秦汉以来，泰山为帝王封禅之地，也往往做天地沟通和“治鬼之所”。岱宗坊东建有酆都庙，主祀酆都大帝，配以十殿阎罗王；又建有嵩里山祠，塑置七十六司。后面提及的“掌生死司”“掌生死勾押推勘司”等，均是七十六司之一。

过仓大使，“他带着呢，他是蔚州城隍的……”

“你别在我这里盖，在这里盖像什么话，有这规矩吗？好像我要与你们串通欺骗，至少是审核不严！明天再来！”

“可是……”

“别废话了，你没看后面还有那么多排着的么？耽误的可不是一家的事儿！走吧走吧，如果你们再多废话，那明天也甭想办了！”

……我们只好退出来，从肩和踵的一侧朝山下的万仙楼走。“兄弟几位，我们今天晚上再重新核验一下，看看我们还有没有这样那样的小疏漏……拜托拜托，咱们都打起十二分的精神来！”“好吧好吧。”“在我们这些负责押送的差役和灶王中间，只有驿丞你曾来过多次——你熟悉情况，看我们后面怎么做更合适……”“我是来过。但一般都是小跟班，没参与过与各司的交流沟通——也真的了解不多。按我的经验，这种事儿后面我们还得遇到，不是这就是那，挑不挑得出骨头、愿意不愿意挑这个骨头，就看上差老爷们的心情了。”

“不会吧……”

“不信，你可以试试。也许现在不一样。反正我来的那几年，差不多。弄得你一点儿脾气都没有。”

第三日，我们起得更早，“掌生死勾押推勘司”很是爽快地办妥了，然后是“掌斋僧道司”“掌修功德司”“掌诸生贵贱司”“掌三月长斋司”；第四日，“掌勾生死司”“掌取人司”“掌掠剩财物司”“掌增福延寿司”“掌职司”“掌追取罪人照证司”；第五日，“掌词状司”“掌曹吏司”“掌行瘟疫司”“掌飞禽司”“掌走兽司”……各司办事倒也顺利，没有出现驿丞所说的“刁难”，只是跟在城隍差役、押送灶王后面排队所用的时间有点儿长，仓大使曾提议我们四人分别行动，分排四支队伍，谁先排到就先把需要的公文交给他，但被驿丞否决了，“各司审核盖章是有顺序的，这个顺序不能动。如果前面有一章未盖后面的各司都是不会盖的——这个办法行不通，我们早试过。”

第六日，我们从“掌十五种善行司”出来，铁匠灶王把我拉到一边：“兄弟，和你商量一下，要不，明天我就不去了。这几天累得我腰酸背痛，我都想往自己的腰眼儿里钉几根钉子，好让它直一直。反正我在里面也没什么事儿。”我说好吧，你可以在山上转转，到了时间回去就行，别误了万仙楼驿仙处的晚点名。“不会不会。你说，七十二司，每一司都得跑过来？真是要把人累死。我原以为，我们到了泰山把公文关牒交下，把我们的善恶记录簿往仙库里一放就万事大吉，如果有剩余的时间我们还可以爬爬岱岳，登登十八盘，没想到会这样烦琐麻烦。你，是不是也没想到？”

我说我也真的没想到，驿丞路上也没说，“我当时和你想的一样，以为我们能很快就交代下，然后爬山饮酒，作对赋诗，该是一件多美的差事！要不然，我干吗非要拉上你呢。”“拉上我好，拉上我是对的。我要不是腰疼……这样吧，我明天不去了，后天，我再陪你！”

第七日，“掌十五种恶死司”“掌无主孤魂司”“掌行云地分司”“掌风伯司”。第八日，“掌较量司”——在“掌较量司”，我们又遇到了麻烦。“这里，这个定安王氏，祖上或有福荫，生意做得还算可以，今年突然中落迁走是什么道理啊?”我看了看上面的记录:“回司役大人，我们的记事册上写到了原因：他是正统时司礼太监王振一族，服分较远，也少有往来，所以景泰帝下旨抄没王氏一族家财的时候未受影响。今年四月，蔚州知州新任，以为此王家所得财富也应当罚没，由公家管理……”“可你们写得太笼统了，让我们如何处理？你不能让我们七十二司给你负责擦屁股吧？理儿可不是这样讲的！回去，找这个王氏灶王的记事簿来对照，重新填写清楚了再来呈我。下面一个!”

我悻悻回到万仙楼，发现铁匠灶王已经在房间里，伸着他的大脚趾在炕上摇荡。“你怎么这么早……”我问。他坐起来，附在我的耳边:“走，我带你去个地方！保证让你目瞪口呆!”

——“什么地方?”

“到了你就知道了。别叫他们，别和他们说!”

走到斗母宫[1]中院，推开院中向西的山门，沿石阶向下大约百米——我们先是见到一块光滑的暗红色巨石，与泰山其他的石头有许多的不同，在巨石一侧，则是一株已经倾倒的空心卧槐。这株中空的卧槐看上去就是老树，树的顶端似乎遭受过雷击，还有焦煳的颜色。铁匠灶王走过去，拉着我绕树转了三圈儿，然后伸出手在卧槐的树干上敲了三下……随后，我们听到吱吱呀呀的响动，卧槐一侧的枯草中

1　曾名龙泉观，分北、中、南三院，临溪而建，所供奉神祇为斗母元君——北斗七星的母亲。

出现了一条狭窄的、只能容一人经过的栈道——而另一端，则伸向淡淡的云雾之中。“快走！”铁匠灶王小声地说了一句，然后径自走上了栈道，我也快步跟上去。

“你是怎么发现的？”走到平缓起来的山路上，我稳了一下心神才开始和铁匠灶王说话，“我们这是去哪儿？”

“我昨天闲逛，本想去山上，可到经石峪[1]的时候被拦住了，他们告诉我，只有把七十二司的审核印章盖完，完成了记事簿交接的差役、皂吏和灶王才能继续向上。没办法，我只好退回，在经过斗母宫的时候，我看到一位须发皆白的老仙人走进了斗母宫的院子，我也跟了上去，本想和他说几句话，可我看着他推开山门，然后就看不见了。今天早上我又来，想万一能再见到他呢，别说，我还真又看见啦！这一次，我就有了十二分的小心，看着他过了山门又做了什么，是怎么走的，我就悄悄地跟在他后面……老人大约有些耳背，未能听到我的脚步声。我就一路跟着，一直走到了一处关门口，上面写着‘罗汉崖’[2]。此处没人看守，我就又朝里面走——你猜，我看到了什么。”

“什么？”

“胆战心惊。”

---

1 泰山斗母宫东北，有岔路盘道相通，过漱玉桥、高山流水亭、神聆桥即至。峪中有缓坡石坪，上刻隶书《金刚经》，俗称晒经石。

2 泰山景点之一。书中泰山地名均为实名。

崎岖的山路走得我有些喘，一时没能反应过来。抬头，我也已经看到了“罗汉崖”几个字，也看到了关门两侧的对联：时出云烟铺下界，夜来钟磬彻九天。“真是个好所在，”我说。停了一下，我跟上铁匠灶王走过了山门。

真的是胆战心惊。瞠目结舌。呆若木鸡。我突然意识到铁匠灶王在我前面曾说过“胆战心惊”这个词，现在，我真的感受到什么才是“胆战心惊”了，这个词，竟然有那么大那么大的重量。

我们看到了什么？

灶王记事簿。一册册、一本本的来自各地的灶王记事簿。它们杂乱而拥挤地堆积着，从罗汉崖的崖下一直堆上来，把整个山脚都堆满了。“这得……有多少啊。”铁匠灶王发出一声叹息，山谷里竟也回荡起这声叹息，“你看，都是。都是。全都是。洪武三年，永昌曹氏田家；洪武七年，沙洲卫马姓田家……你看看这，你看看这个！至道三年！竟然还有至道三年的灶王记事簿！永嘉丝帛陈家……”铁匠灶王向我抖动着他手里变得脆黄的灶王记事簿，在他的抖动中有一些或被风化，或被虫蛀的纸片落了下来，就像是火焰烧过的灰烬。

他把这册灶王记事簿丢向远处，让它重新落回到纸山里。“你说，我们都做了些什么，这些大老爷们都做了些什么。它们，它们就被堆在这里，没有哪位仙家大老爷在意！可我们呢？我们吭哧吭哧，殚精竭虑不能恍惚，可在那些仙家大老爷眼里……就是这，就是这些！”

——不必激动……我这样对铁匠灶王说，但其实，我的内心里也是波涛汹涌，仿佛有巨大的海浪拍向我的头顶，“也许，事情并不像我们想象的那样。”

“那是哪样？你说！”铁匠灶王竟然跳下罗汉崖跳到了灶王记事簿的纸山上去，用力地踩着，“你说他们重视，看重你所记下的好与坏？你说他们要是真重视的话，会把它们堆在这里，任凭风吹日晒，雨淋虫蛀？我们尽心尽力地记下的这些，他们没看，他们多数只字未看！我们灶王，在他们眼里是臭狗屎，我们所做的一切一切，在他们眼里同样不过是臭狗屎——你说，我说的对吧？”

我俯着身子翻看着那些胡乱堆砌的记事簿，心里更是百感交集—— 一向，我都是一个认真的灶王，一个很是看重自己所做之事的灶王，但此时的所见真的是让我，甚至让我有些晕眩。我不知道该说什么才好。

“是谁？是谁在那里呀？”

听到声音，铁匠灶王急急从纸山上跳上来，和我站在一处。一位白发白须的、个子矮矮的老人慢慢地走到我们面前。“我们，”我向背后的铁匠灶王看了一眼，“灶王。我们是灶王。请问您是？”

“你们是怎么来到的这里？”他盯着我们看。他觉得，他的眼睛里有一团白色的雾。

“我们……也就是这么来的。误打误撞。”铁匠灶王在我背后说道，他从衣搭里掏出他的锤子，“我是铁匠灶王，从蔚州来的。是我，领他进来的。”

“那你们，还想去哪儿?”老人又问。

“不想去哪儿了，我们，回去。”

“你们要回去，我也没什么好说的，我这把老骨头也拦不住。不过，你们在我这里看到的，可别说出去。若不然，若不然……”

我向老仙人拱手，放心，我们不会说出去，这事儿非同小可，我和铁匠灶王知道它的分量。我们可以向您发誓。只是，您还没有告知我们，您是哪路神仙?又为什么看到了我们，又肯放我们走呢?

“实话和你们说吧，我，是这里的土地。你们看到的这些，不归我管，但我也拦不住上差们一年年地往这里倒。我问他们为什么要丢在这里啊，他们说这些都是旧的资料，都已经做好登记了，现在没什么用了。我又说你们怎么不销毁它啊，难道就这么放着……它也放不住啊。他们说那就不是他们要管的了，他们只负责听上边的吩咐做事，至于它们会不会破损，会不会虫蛀，会不会落满鸟屎，就和他们没关系了。我说你们这样也不行啊，我这崖底下的树就没法长了，崖底下的花儿也就没法开了，我老汉想喝崖下的水也就没法喝了，你们让我怎么办。他们说他们也没办法，向上边递折子报告吧——都递了七百多年了，还是没什么消息。我的年岁也一年大过一年，身子骨也不行了，去桃花涧那边取水也不方便，这不，我就在龙泉观那里开了一条仙道——斗母宫，现在叫斗母宫了，原来是叫龙泉观来着——我开一条仙道方便自己出入，你们，是从那边过来的吧?”

“是的是的。”我又回头望了铁匠灶王一眼，“是他发现了您的秘密，然后我们就从您的仙道上过来了。”

“我就说嘛，那边儿，你们上不来，他们不让上。你们现在回去吧，可千万不能跟别的人说呀，若不然他们毁了我的仙道，我可就没地方取水啦……”

半夜里。我听见铁匠灶王止住鼾声，他问我：“睡不着？”“嗯。”我说。“还想那件事？”翻身的声音，“别想啦，睡吧。其实看到了挺好的。有些事儿，还是看见了看清了更好。你就没必要觉得自己做的是什么经国之大业，少不得错不得添不得减不得，就是一份工，对得起良心地做完就得了。不好吗？”我直起身子，外面还真有点儿凉：“我想的不是这事儿。在咱们来泰山之前，田家灶王的夫人，牵牛嫂子找过我——她说，我现在在曹家，有脸有面的，也应当为自己考虑找个灶王奶奶。她想为自己的侄女说媒。”“你答应啦？”“没，还没。我没想好。所以现在才想。”“你可得想好了。哎，你不是让田家灶王跟着你么，做你的二灶王，还分给了房间——牵牛嫂子不应当天天见才对吗？”“田家灶王和你说的？他这张嘴！我是看他没去处，就让他在我那里待着，毕竟一日三餐还能吃得上。我没让他在那里住！原来，我是打算让他在那住的，可我改变了主意。老兄，我能和你无话不谈，但和他，我不能，我还得收着敛着，有所提防——他和你不同。他那性格，加上咱牵牛嫂子那性格，要是在我那住久了，一定能把我排到一边儿去，我的吃穿用度都得由他们来安排，你信吧？那时候再出恶声，对他对我都不好。”“那你怎么说的？”“我说，住，你们自己有房子，西南堡距离这边也不过八九里路，来回也方便，但有女眷住这儿我不方便，上差来查的话我们更是违律违规，所以我给你安排的只是公务房，你就按城隍差役们的时间准时到位就可；我付你薪资，曹家的一切物资款项非经我准许一分也不能动，高经承每月都会派员检查，一旦出现不知去处的亏空我担不起，你受的影响可能更大，取消你的候补直接发回轮回也不一定。”“你呀，还真会说！睡吧，你不睡我先睡啦，你自己接着想！”

其实，我和铁匠灶王说的并不是实话。我就是在想那件事，一想到那件事，我觉得自己的骨头都是凉的。我不和铁匠灶王说实话是因为他的脾气，我不知道要是我再和他就这件事多谈几句，他会不会感觉火的上面又浇上了更多的油，一急，说不定会做出什么样的事来——我将无法收场。当然无关疼痒的劝慰的话我也不想说，说了自己也不信。

第十日，“掌精怪司”“掌魍魉司”“掌门神司”“掌枉死司”“掌索命司”“掌推勘司”“掌行污司”“掌放生司”“掌杀生司”；第十一日，“掌善报司”“掌恶报司”“掌忠孝司”“掌忤逆司”“掌胎生司”“掌卵生司”“掌湿生司”“掌化生司”“掌水族司”“掌长寿司”。自第十日开始我们排队的时间在明显减短，有的衙口，我们把《蔚州灶王记事目要》《蔚州灶王户志概览》和《城隍通司牒文》三册递过去，他们就直接盖上印章，“下一位！”“你们现在怎么这么快?”不出现在排队的队伍中的铁匠灶王也感到惊奇。“能不快么?”仓大使接过话茬，“精怪魍魉和我们有什么关系？胎生、卵生、湿生、化生，加上水族，又和我们有什么关系？我们想管，管得了不？人家阴曹地府能答应，金母木公能答应，还是天官、地官、水官老爷能答应？他们当然也就是盖上个印，表示我们到过也就行了呗！”“那你说……像‘胎生司’‘卵生司’‘湿生司’‘化生司’，归地府管的和归三官大帝管的，就只针对他们不就得了？我们没必要一一地去盖这个章、报这个到。”“行啊，我也觉得这样合理。你和七十二司的老爷们说去啊，你和仁圣天齐王东岳大帝说去啊！你和我们发牢骚，我们可一点儿办法都没有。这规矩，怎么也有几百年了吧！就你觉得不合理？”

铁匠灶王不再说话。他大口地喘了几口气，就像打铁之前猛然用力拉起的风箱。

第十一日。“掌黄病司”“掌毒药司”“掌积财司”“掌还魂司”。我们刚排到“掌还魂司”门口。驿丞在背后拉我——“曹府灶王，你出来一下。队，我们俩排，章，我们俩盖，你快回去吧，你的兄弟铁匠灶王跟人家打起来啦！听说他还用锤子锤了人的脑袋！”

我急忙赶回万仙楼——等我到达的时候争吵已经结束，房间里已没有别人，只有铁匠灶王在窗台那里一下一下地钉着钉子。

“你，刚和人家打架了？”

“没有没有，就是吵了几句嘴。其实也不是因为我，我当时也只是看人家吵……”

“看人家吵？可我听说……”

“是啊是啊，我看人家吵，气不过，就插了嘴，他就转向我了——简直是一只疯狗，见到人就咬！我能让他？”

“你……你们为什么吵架？”

“好吧好吧，我跟你说说，你听听，气人不？我本来不是不想去排队……我就去外面遛了一圈儿。我一回来，好家伙，里三层外三层地围着，我想干吗呢？凑近一看才知道。吵架呢，两个灶王在吵架呢！一个说景泰皇帝自私怯懦，真是无能，可就是霸着皇帝之位不肯撒手，本来他信誓旦旦说只要哥哥能够回来就一定把皇位让出来，正统皇帝回来了，他不但不让还把哥哥给囚禁了起来，不让出门，还往锁眼儿里面灌铅；又当不了家，任由大臣于谦、石亨、许彬等人结党营私，祸乱天下。另一个说太上皇才是昏庸无道、听信谗言的那一个，他要是有智有谋，怎么会亲率五十万人马连人家三万人都打不过，不光打不过，还当了人家的战俘，让人家牵着根绳像牵一条狗一样，今天牵到这里，明天又牵到那里……我就听不下去了，我对他说你可以说正统皇帝的功过得失，但不能这样侮辱，再说现在的景泰皇帝又真的好到了哪里，他不是在都指挥使马顺被杀死在午门的时候吓尿了裤子？说好让位而不让，说轻了是言而无信，说重了就是大逆！我这么说，站在景泰皇帝一边儿的灶王就不干了，他又没理，只好向正统皇帝和司礼太监王振身上泼脏水，要是只这样还好，就是个争呗，可他在得知我来自蔚州之后竟然说我是王振家奴，得了王家什么好处——我怎么能再忍他？”

“那你是怎么办的？拿出了锤子？要砸烂人家的头？”

“当时没有，当时真没有！既然他这样说，我也就……我就说他是见风使舵的小人，魑魅魍魉，无非是谁得势就站在谁的一边……他就急了。竟然动手来抓我的衣领，还冲我挥拳。挥拳我就怕啦？也不打听打听！我就从怀里掏出锤子：你他妈给我放手！再不放手看我不锤死你个小人！我一掏出锤子，他就怕了。”

“这就结束了？”

“结束了？不能！我告诉他，今天我不会轻易放过他。他必须当着大家的面儿，说景泰皇帝无能，是个昏君，而且一定要说三遍，少一遍，我就锤一下，少两遍，我就锤两下！”

“他说了？”

“说了。一遍不少。还要说第四遍来着，我想算啦，放过他吧。”铁匠灶王使用他的肩膀撞了撞我的胸，“还是锤子管用。”

“铁匠灶王啊，我说过你多少遍了，我们不是人世间的人了，不能再为人世间的那些事儿生气，何况还去打架！犯不着。我们的《灶王行事原则》《灶王记事规程细律》也都有规定。真是能惹事儿。这样，你不是没事了吗？腰也不疼了吧？走，和我一起排队去！”

“好嘞！我也正想出去走走。来趟泰山，我怎么也得写三首五首的诗吧？对了，我的那首诗，你说说，是不是还不错。”

“真要我说？你真要我说？那好，先把你的锤子交给我！”

十　放心不下

到城隍庙里交下差，我马不停蹄，立即赶回曹府的厨房，然后直接推开田家灶王的房门——不知道为什么，我有种莫名其妙的预感。这份莫名其妙的预感驱使我径直奔向了田家灶王的那间客房。“哟，哟哟……兄弟回来了啊。”牵牛嫂子一阵慌乱，她急忙用自己的比甲盖住一块肘子肉，“你说你来，也不让你哥哥去接你……”她再用一件马面旋裙[1]搭在一根鹿茸上，“他说你快要回来了，要我来……”

我退出去，然后重重地关上房门。牵牛嫂子追出来：“大兄弟，你说，你说这事儿闹得……”

“他在哪儿呢?”

“他……他说去城隍庙那看看，你要回来了，他就把你接回来，对对对，他就早早过去接你去了，你的事儿他可上心呢！怎么，他没见着你？还是兄弟你没去城隍庙?”

1　元明时期女性服装，由宋代为方便女性骑驴而设计的开胯之裙演化而来。

“他回来了，叫他来这里见我。”我指指灶台上面的灶王像。画像上的灶王很不像我，他戴着穿着的完全是星君的官衣官帽，而身侧的灶王奶奶也凤冠霞帔，没有一点儿下得厨房的样子。

我给自己倒上一杯茶，喝掉。倒上第二杯茶，喝掉。倒上第三杯茶。

敲门声。

田家灶王走了进来。

我没有说话。

他把几日来的记录放在我的桌上，“我记得不够详细。但也没有大的丢漏。你自己誊抄一遍吧，我的字不行。”

说着，他又把一本记录册放在我的面前，“这几日的进出。我把没记上的，也都补上了。你老嫂拿回去的，我下午还过来——是我的错。也不说了。”

一封信，“通州王家灶王送来的。我按照你吩咐的惯例，赏了送信的人半吊钱。”一把钥匙，“那边房子的，你收好。没别的了。”

他转身要走——“站住，”我对他说，“给我倒杯茶来。”我朝茶水上吹口气，用茶盖敲敲杯沿，“老兄，你就没有跟我说的了么？”

“我还能说什么？”田家灶王扭着头，“错，我们犯了，我们认。我们自己走，我们再不来叨扰还不行吗？咱们也这么多年了，你总不能，总不能向城隍……要是那样儿，我也认。”

“要是，”我有意停顿，缓慢，掌握着分寸，“要是我不让你走呢？

你说，你离开我这儿能到哪儿去。你出去了，别人会怎么看你，要是有谁问我原因，我是说还是不说？我该怎么说？你要是真要走，也行，先给我指条路！”

“你……”田家灶王的脸色变了几变，他突然给我跪下来，“兄弟啊，你这是救你老哥的命啊！老哥对不起你啊，我都做了些什么——你大人不记小人过，可我，可我……还是得走！老哥在你面前矮三分，我实在是没脸在你面前晃！我和你嫂子，这辈子都念你的好！”

我盯着他，然后转向我的茶杯。“不在我面前晃，你就解脱了？你就可以忘掉这些事？我还是刚才那句话，你要走，就想好了我在别人问起的时候怎么说！要是没想好，编不出理由，”我敲敲茶杯，再次，“你就得补过。你要把拿走的东西都拿回来，而且我还要扣你三个月的钱，大嫂也不能随便进出——我说过对你我都不好，你是一句也不放心上！”

“我不敢了，我再也不了……我要是再不听你的，再私藏半个心眼儿，我就不是个人，我就是头猪，是只狗，是个畜生！”田家灶王的眼睛里涌出了泪水，鼻孔里垂下了鼻涕，“我向兄弟保证，我绝不再犯错，我……”

门再次被推开，已经打好包裹的田家灶王奶奶也跪到我面前：“兄弟，我在门外也都听到了。嫂子不对，嫂子没良心，嫂子穷怕了！你对你哥这么好，这么照顾，我们却想趁你不在的时候多拿点儿多要点儿……想想真是让人害臊！嫂子也不多说了，我们念你的好！回去了，我天天给你烧高香！以后要是有难处——你也没什么难处，就是缝缝补补，要你嫂子做的你嫂子一定给你做好！”

“嗯，”我把牵牛嫂子扶起，又拉了田家灶王一把，“你们的错，你们是得记得，不是兄弟不原谅，而是哥哥嫂子不能轻易原谅。刚才我也的确是生气，要是那时，田家灶王你在场，我是一定会立刻把你和嫂子赶出去的！好在你不在，当时不在。我自己喝了几杯茶，就想，我是念旧情把哥哥请过来帮我的，现在我把他赶走，他怎么见城隍、高经承他们，怎么见铁匠灶王、饼店灶王这些老弟兄？我哪里是想帮我老哥，我就是想害他不是？”

“别别别，兄弟，你可别这么说……你越说，我越觉得自己不是人……不是灶王。我还记人家好坏呢，我哪还有这个脸啊！”

“我想了，我要把我哥留下来，但你得好好做。对了嫂子，你刚才提到缝缝补补，我还真有个缝缝补补的事儿，这不，前些日子去东岳泰山办差，在爬山的时候这件官服被树枝剐出了一个口子，而那件也弄脏了……麻烦嫂子一下可好？”

“好，好好！只要你不嫌弃……”

我转向田家灶王：“我听高经承说，七月初，上天将有督察使前来检查大同、蔚州城隍、土地和地府的各项事务，土地、地府的事儿与我们无关，但去具体门户、对灶王事务进行检查则是必不会少——城隍的意思是有五家备选，而我们曹府则是必选必到的一家。这事儿得特别特别的上心，高经承说现在就得抓紧。你去替我做些准备，与城隍庙那边做好沟通……”

“放心，包在我身上！我一定甘效犬马，把事情做得漂漂亮亮的。要是有一点半点儿的漏洞，你扒我的皮，抽我的筋，敲碎我的骨头……”

我笑起来：“牵牛嫂子，你看看，我在我哥田家灶王的眼里，原来是个凶狠的屠户——你也这样看我吗？”

…………

此事如此化解过去，我多少有些小得意，也多少有些不甘。我一边抄录着田家灶王这几日的记事一边想，得与高经承好好说说，尽快地安置田家灶王，最好也距离我所在的曹府远一点儿，必要的话也可向城隍老爷去求——他在这，说不定还会生出什么事儿，就是不再生事儿，我的心里也有小小的疙瘩，它们会在不知不觉中繁殖……田家灶王做的记事还算细心，也大致精确。抄录完，我又拿起通州王家灶王的来信——

果不其然。

灶王是在向我告状。

不喜欢学习。小冠的脑子不慢，记东西很快就能记得住，可从不用心，捉弄起先生来却是一把好手，王家家塾里的坏点子几乎都是他出的，哪一次捉弄先生他也都在场，也笑得最为响亮——当然，那些先生们第一个记住的也就会是他。

在先生读的书里，用朱砂印上“血手印”，在“子曰：何事于仁？

必也圣乎！尧舜其犹病诸！夫仁者，己欲立而立人”[1]的上面画上骷髅，下面画上一只没有了头还在滴血的鸡——先生那个气啊！当然，这只是其一，还有接二和连三：

给先生送鱼，说是给先生赔罪，先生看着鱼的样子就感觉不对劲儿，把鱼的肚子用刀剖开，发现里面全是钉子——这些钉子，都是在小冠的怂恿下，几个王家的孩子从鱼嘴里填进去的。小冠还让家仆们到外面说，他们给先生送去的是条金鱼，它拉出的屎都是金子。

某日下午，先生教写大字，发现自己的澄泥砚[2]竟然不见了。他找不到，问学生们，学生们一个个都在摇头——“老师，要不，你先用我的吧！我和他们混着用！”小冠将自己的砚盒恭恭敬敬地放到了先生面前，然后恭恭敬敬地退后：那是个新到王府的先生，对小冠的习性还不太了解，所以看着小冠的样子还有些欣慰——小冠的砚盒有盖，打开盖，里面的砚石同样有盖。先生再把这个石盖打开，啊了一声差点儿没把砚台扔出去：砚池里面是墨，但墨里面爬满了小冠他们捉来的蚯蚓、虫子和蛆。

在先生的靴子里放死掉的青蛙；把尿撒在先生的床角处；给先生的圆领宽袖衫的后面贴一毛边纸，上面画上乌龟或者蜈蚣……“俱有小冠。”

---

1 语出自《论语·雍也》。
2 中国四大名砚之一，由特种胶泥加工烧制而成。具有贮水不涸、历寒不冰、发墨而不损毫的特点。

生在王府，小冠当然不缺吃喝，可以说是锦衣玉食——然而，他却喜欢上了“偷鸡盗狗”，经常带上家丁仆役和王家的子弟，一起出通州到乡下去，偷村上农户的鸡、鸭、狗和猪，杀了在野地里做熟了吃。一般而言他们也吃不了多少，吃不掉的就随意一丢……更为可气的是，他们偷了人家的鸡鸭往往并不走远，而是装出一副若无其事的样子在人家院子外面逡巡，非要听人家的哭声和咒骂，仿佛这才是最大的乐趣所在。

前段日子，小冠迷上了骑马——这当然无可厚非，王家多是行伍出身，学习骑射也是他们必修的课程，可小冠学会骑马不久就开始与通州诸多纨绔子弟、五陵年少下注比赛——这原也无可厚非，开始的时候他们也就是在夜间的官道上跑，但后来不知为何转移了赛场，现在他们的赛场是：三庙一塔[1]前街，那可是整个通州人流最为稠密的地方。受到奔马惊吓的百姓自是怨声连连，就连通州衙门也上门找过几次——衙门一找，纨绔子弟自是收敛一些，但过不上多久便又故态重萌……“现在还没有出现伤亡事件，但很难保证下一次。”

王家灶王说，有的时候小冠很乖，完全是个成熟的、懂事的孩子；但有更多的时候，他又是一个任性、乖张、完全不讲道理、让人头疼的孩子。王家灶王说，他不坏，就是做一些错事儿也并不是出于恶，而可能是觉得好玩儿、新鲜，有恶作剧的快感——“但这些，我

1　也称“三教庙”，为佑胜教寺、燃灯佛舍利塔、文庙、紫清宫的统称。为旧时通州最为核心、繁华之地。

也只能填在坏罐里，你说只能如此吧?”王家灶王说，更让他不安的一点是，这么小的年纪，在他所结交的那些朋友中，有习惯说谎的，有习惯盗窃的，有不断挥霍的，有……

“我知道老兄你很在意这个孩子；而魏判官和城隍老爷也特别嘱咐过我要把孩子看好带好。可我感觉，自己真是无能为力。如果你能抽出时间来，就帮我一起劝说和管教一下这个孩子吧。”

这封信读得我心情凝重。我摊开纸，想给王家灶王回一封信，但提起笔，一个字也写不出来。走出厨房，走进院子，我在院子后边的井台旁站住：说实话我不知道为什么要到那里去，也不知道自己为什么会在那里站住——我只是站住了，望着井台一边湿淋淋的草叶，望着井口六角围三石上雕出的鱼纹，心里是一阵酸楚。田家灶王跟在后面，远远地，在厨房的窗子外面探头探脑。我朝他招招手，他立刻颠着脚步小跑过来。

“像什么样子?”我说他，“晚上，陪我喝两杯。”

他先是点头答应下来，但在我围绕着井台转圈的时候他又用那种颠颠的姿态跑过来找我：“我，我还是回家吧，我要是不回家，你家嫂子心眼儿又小，怕是惦记……”

“好吧好吧，”我点点头，“你早点儿回去。这也没你什么事了。走吧，明天早点儿过来。”

田家灶王应了一声，但没有移动他的屁股，“是不是小冠……不会有什么事吧?我也纳闷儿，你说我们刚从小冠那里回来——好吧好吧，老哥多嘴，多嘴。我不该瞎打听。”

田家灶王走后，我依然站在院子里，等着墙边的余晖变轻，变红，变暗，变得模糊……可我心里依然是一种说不清道不明的情绪，它说不上好坏，也说不上波动或是平静，反正就是……感觉自己的背上被什么东西重重地压着，丢不下也甩不掉，最后连这个丢下、甩掉的念头都没有了，只余下一种说不出的懈怠。我还是想找个人聊聊。或者也不聊什么，就是热热闹闹地喝上几杯酒，然后带着醉意回来——至少是出去走走。

观音堂东肋街，石桥北巷，鼓楼前街，在常平仓门外我略做停留：已是黄昏，黄少昏多，而门外竟有不少进进出出的人影。那一刻，我竟有种恍惚感，回想起的则是自己在人世间的最后时辰——也是这样的恍惚，也是这样的人影憧憧。已经有十几年的光阴了，也不知道他们的境遇如何——一向，我是一个认真的灶王，听话的灶王，灶王的行事律令规定我不能打听生前故人故交，必须斩断前缘，在这十几年的时间里我真的是没有打听过一次，而且努力让自己不去想，不再去想。但不知道为什么，在那一晚，我竟然想起……我摇摇头，将自己头脑里像团雾一样的念头用力甩出去，然后继续向前：我走进了箭道三巷。有一只狗在巷子里不停地狂吠，我又想起在我离开人世间的那一夜，也是有一只狗在不停地狂吠，我想不通它们是否真的具有灵力，能够看见一些人所看不到的东西。经过箭道二巷，我恍然意识到自己距离城隍庙已经很近很近，不如——

我走到城隍庙大门外的柏树下。门口的灯笼已经昏昏暗暗地亮起，它们在风中闪烁着飘忽而脆弱的鸭蛋黄的光，门口外面同样人影憧憧，急匆匆的样子。“怎么啦？平时……”我问城隍门子房的门子差役，他叫我略略地闪到一边来：“曹府灶王，你今天来得不巧，怕是高经承无法陪你说话啦，他现在忙得脚后跟能踢到后脑勺！你不知道，出了大事儿啦。”

“什么大事？瓦剌人又……”

“和瓦剌人没关系！他们自己都杀红了眼，早就顾不上咱们啦！”门子差役在两位走进门内的差役递上的文牒上盖上印，把他们放进去，然后又把头伸向小窗的外面，“是皇帝！当皇帝的弟弟被囚禁，被囚禁的哥哥出来当皇帝啦[1]！这一换，又得有多少人——”门子差役朝我做了个砍头的动作。

“哥哥？弟弟？”

“唉，你呀！哥哥是正统，太上皇！弟弟，就是景泰皇帝朱祈钰！还能是哪个哥哥弟弟！”

“在岱岳办差时，我是听说景泰皇帝生病了……可怎么也不会……”

1　景泰八年（1457）正月，朱祁钰病重，传大学士王文力劝皇帝立襄王的长子为皇储，因而引发纷争，暗流涌动。十六日三更时，左副都使徐有贞提前进入朝房，都督佥使石亨等率家兵1000多人潜入长安门，由太监曹吉祥做内应，进入囚禁太上皇朱祁镇的南宫。朱祁镇在曹吉祥、石亨等人的护卫下复辟。史称“夺门之变”或“南宫复辟”。

“你说不会的，它就会了呢!”门子差役伸长脖子看着我的手，“要不，我给你通报一声？我估计今天咱城隍老爷你是见不到，要见高经承么……”

“不见了不见了，”我冲着他摆摆手，走下了两个台阶之后又转身回来，“兄弟，我本来想要是你们不忙，叫上高经承、驿丞一起吃个酒去，现在看来是真不合适。这样，等你忙完了，你们哥几个自己去吃吧，我就不在这里干耗着了!”

“你说你！干吗这么客气！回头我一定和高经承他们说！让他们空了找你!”

从城隍庙前街向东，右转，再向东，我来至蔚州衙前街——风比刚才吹得更大更响，而昏黄的灯光也摇晃得更加厉害。没有人，蔚州衙门安静平静，和往日没有半点儿不同，街上飘飞的只有一些不知从何处卷来的枯枝和破碎的纸片。正月十九，地处北方的蔚州还是天寒地冻，北风呼号，白天极为热闹的衙前街竟然这么早早地就没了行人。我本想去西芍药巷的云喜楼自己喝一点儿酒，那里吃酒的人或许会有京师的消息泄露个一点儿半点儿，但外面的冷风早已冻透我的大衣和我的骨头。

我在不断的辗转中睡去，睡得很轻，轻得就像是羽毛；我真的像羽毛那样飘起来了，我试图抓住自己的被子不让风把它夺走，但我的力量似乎不够。“灶王灶王，你在干什么？”我回头，出现在我面前的是小冠，白衣白裤，而脸色也像是被霜打过的萝卜那样白……“我没事，没事。”说着，我的被子也已经不再飘动，斜着，垂着，像是僵死掉、被抽空了的豹子皮。“你怎么这样？”我抓住小冠的手想去摸他的脸，他闪避着，他的手有一股刺骨的凉。“灶王，我和你说一声，我得走了。他们催呢。”他向后一指，一个提着灰布袋的黑皂吏从黑暗处飘过来，他用冷冷的眼神看着我，嘴里面，还在向外吐着瓜子，噗，噗噗。“又是你！”黑皂吏并不理我，而是径直走到小冠的面前，噗……小冠被装进了他的布袋里。“去找魏判官！可别喝孟婆的汤！”我冲着无边无际的黑暗大喊，这时我的被子再次飘动起来……

从那个令人不安的睡梦中醒过来，天已经大亮。我坐起来，但不想下炕，我的心还在怦怦地跳着——要知道，在我们脱离了人世间成为城隍、土地或灶王之后是没有梦的，一般而言我们不会再去做梦，除非，除非是接下来发生的预感，是上天有意地泄露给我们。真会是这样吗？我的心还在怦怦地跳着，我怎么样也按不住它。“醒来了吗？”我听见田家灶王的声音，他在敲门。“兄弟，曹府灶王，”他把字咬得清晰，“你还没有醒吗？”

“醒了。”我对着门外喊，“你先等我会儿。”

我喝进一碗完全没有滋味的粥，然后，我把我梦里的梦见和田家灶王说了一遍，“不行，你去给我打听一下……你打听一下，景泰皇帝的情况，太上皇的情况。要是真的的话，这几天，消息也应传到蔚州了。”“好的好的，”田家灶王又给我盛上一碗海参黄米粥，“你是不放心小冠？这样，我一会儿先去城隍庙，要是打听不到什么我就去州衙，要还打听不到消息，我就去醉仙楼或云喜楼，那里南来北往的人多，官员、衙役和商人也多，我就不信打听不到一点儿消息。”“好，你去。你也仔细地听，看他们会不会提到一个人……姓王，官职，不是吏部尚书就是户部尚书……”“吏部尚书姓王！王文王大人，我听人提起过。是不是他？”“对，可能是他。有了他的消息，一定要尽早回来告诉我！”“好，我……要不现在就去？”

“去吧！”我挥挥手。他早点儿去正合我的心愿，那时刻，我就像坐在由针尖铺成的毛毯上一样，坐也不是站也不是。

我实在放心不下自己所做的那个梦。它是警示？预兆？还是别的什么？有没有化解的办法和可能？我怎么做才能……这个小冠！怎么能那么不争气！此时我又想起王家灶王的信。不行，我得先给王家灶王回封信去！

写好信件，厨房里面也已经忙碌起来，脸上有雀斑的张厨师开始指挥：“你，去看一下火，夫人叫了一碗胡萝卜牛肉黄米粥，一会儿小翠姑娘要来，用早上切好的牛肉丁，熬到八分的时候加几片葱段……你，日照乌鱼蛋，切片，以姜丝去腥，把凉水用大火煮沸，熘入乌鱼蛋，捞出，再放入冷水中……歧云师傅，做一道鲍菇佛跳墙，一道东坡肉，我再做一道文思豆腐。”

“你听说了吧？老爷昨天见了三拨信使，他就没睡好觉，吃早餐的时候很是没有精神。要中午的时候清淡一点儿。”

“还不是二少爷闹的？那么多黄花姑娘不要，他非看上……要是真出了人命，怕又得不少银子。”

“不是二少爷！我听说，和二少爷无关！”韩歧云将五花肋肉放进冷水锅口，侧着脸，盯着灶台的火焰，“是皇上。病着的皇上变成了王，而咱们的太上皇，被人们砸开了墙，从洞里救了出来——现在，他又是皇帝啦！”

“不可能！你可别瞎说！是要杀头的！”

“当然不是瞎说，我今天早上出门的时候听了一耳朵，当时我也不信，刚刚路过五叔的门口，又听老于说了一耳朵！”韩歧云将肉从沸水中捞出，然后在砂锅下面铺上切好的葱段儿，“不由得你不信了。”

“要是皇上那么……说走就走，说回就回，说关就关，说当就又当……你当是小孩子过家家？我不信，反正我不信。”

“用不了几天，是真是假自然就都明白啦！我们也没必要替人家操那个心。真龙天子家里的事儿，咱还真的管不着。”酱油、黄酒、冰糖、切成细丝的姜和切成段的葱，韩歧云将它们一起浇在肉块上，然后用文火——“怎么也妨碍不到咱老爷吃东坡肉。他能吃到肉，我们就至少能够喝到汤。”

我支着耳朵，希望能从厨师厨娘们的只言片语中得到一些信息，可是，他们所知的差不多和我一样的少，我无法从中得到……不行，我想我不能再等。吃过午饭，我放下筷子就想到城隍那里看看，至少要见一见高经承——他们应当知道得更多一些，甚至可以比人世间的州府衙门知道得更多、更快：毕竟，有些有法力的神仙可以做到瞬间转移到自己想要去的地方，有些神仙则可以在空中飞来飞去。我匆匆走出厨房小院，经过砖砌的品字抄手长廊，在经过垂花门的时候差一点儿和高经承撞个满怀。

“我正要找你呢。”

“是啊，我也正要找你。”

高经承说，上午时分田家灶王曾到过城隍庙，“你倒是能指使他，我还是第一次，见到他拿别人的事儿这么用心。”我和高经承粗略说了一下前几日前前后后的发生，“怪不得呢。兄弟，你这手段……高。我得从中学一手。”我说我当时那个气啊，一心想把他赶出去——赶出去好办，但仇一定是种下的，而种了仇，以田家灶王的性格，是必然想办法报复的，这个后果我也必须要避免，又不是非得你死我活。“我其实是后怕。给自己留条退路。”“所以说你高呢。就是有些，像人世间官做到尚书、郎中、员外郎的，也未必明白这个理儿。他倒是刚正不阿了，他倒是两袖清风了，他倒是铁面无私了，到头来，往往就毁在……对了，吏部尚书王文、兵部尚书于谦被抓了你知不知道？南宫里的那位爷，又当皇帝啦。”

“不知道，我还真不知道，要不是你说。我是一个认真的灶王，这些事儿本不是我应操心的，可，可是王大人……”

“我知道，你是担心小冠，通州小冠家。他和王尚书是同门，对吧？”

“是的，近支。如果王大人有事儿，他们家很有可能被波及……

一朝天子一朝臣，而这一朝臣的更迭又往往是倾巢覆卵，远的不说，你看看司礼太监王振一族，都是什么下场!”

“哎，你别说，太上皇又出来当这个皇帝，说不定王公公一族，又能有个起色，来个中兴啊什么的，毕竟王伴伴原是太上皇眼中的红人儿……不过，都凋零成什么样了，怕是也难啦。远房的倒是能沾些光了。”

“我们不提王振，现在我更想知道小冠会怎样……”

“我来，也正想和你说这个事儿。这段时间，乱得！我找地府里的一个朋友，他是秦广王手下的一名衙役——我能够着的也都是些小角色，办不得什么大事儿，边边角角的还管点儿用。他告诉我说，小冠，他现在是王鸠盈……就这王鸠盈，至少未来的三年不会有事儿。”

“我记得我没和你说起过，他现在叫王鸠盈。他还记得你呢！去年说，要送你两车鸡爪，撑坏你!”

“你不说我也知道，要打听一个人还不容易！他的性格秉性变了我也知道，刁蛮任性，染了不少纨绔子弟的习气。”

“那，三年之后呢?”

“不知道，他不知道。他说，他是在地府生死司命簿处看的，负责命簿的差役与他相熟，就放他进去了，让他快点，躲着点儿人。他也就翻了后面的三页，有判官进来他也就急忙找个不注意溜出了仓房。后面的不知道。不过我觉得够了，三年都没事儿，你说他们家如何会受牵连？要是有祸，他们连半年也熬不过。”

“可是，我做了这样的一个梦……”我把我的梦和高经承细细地说了一遍，“我听他们说，灶王是不做梦的，做梦，只有一种可能，就是上天的提醒……”

“你想多啦！不是那么回事儿！”高经承站起来，“我也得马上回去，这人世间的皇帝一换，就带来一系列的更换，我们也得跟着一并更换，至少关牒、呈报、文书上的年号要换吧？你也知道咱们城隍对应着的可是三清五老[1]天尊天帝，东岳七十二司，四灵[2]二十八宿，四值功曹，还有地府北阴酆都大帝，十殿阎王[3]，判官、牛头马面、黑白无常，还有你们这些灶王，所有的线都会串到我们这儿，你就是三头六臂也应付不过来！你放心，小冠没事，你的心思还是多放在迎接上差上吧，它更是重要！”他敲敲我的头，“可别给我误了大事儿！”

把高经承送走，我的脑袋里是空空的，里面似乎被塞进了满满的黏黏的东西，昏昏沉沉，它们能阻止的就是我脑子的转动，我感觉自己的空空的脑袋里什么也不再转动，什么问题也想不明白。我想我可能是太困，于是就躺在炕上睡下来，一睡，竟然就是整整一个下午。

“你在啊，”田家灶王见我出门，马上迎上来，“我等你有段时间

1　三清，即玉清元始天尊、上清灵宝天尊、太清道德天尊，为道教中的最高神；五老，即东方青帝青灵始老九炁天君、南方赤帝丹灵真老三炁天君、中央黄帝玄灵黄老一炁天君、西方白帝皓灵皇老七炁天君、北方黑帝五灵玄老五炁天君，为东南西北中五方之天神。

2　又称为四相或四象，分别是东方青龙、西方白虎、南方朱雀、北方玄武。

3　十殿阎王是民间传说中主管地府十殿的十位掌控者，可看作是“阴间的皇帝”，分别是秦广王、楚江王、宋帝王、忤官王、阎罗王、卞城王、泰山王、平等王、都市王、转轮王。

了……我还以为你不在呢，外面这么吵，也没影响到你？”

“吵？”

“不是不是，就是他们在做菜，刺啦刺啦，咣咣当当，声音多响！没有吵，哈哈没什么吵的。”

“你，打听到什么了？说来听听。”

“你不问，我也正准备跟你说呢！我这趟，可真没白出去！”田家灶王向四下瞅了瞅，压低他的声音，“出大事儿了！真是出大事儿啦！”

田家灶王告诉我，太上皇朱祁镇真的又当起了皇帝，而当了七年多皇帝的他的弟弟朱祁钰，又做回了郕王——田家灶王问我，你知道太上皇复位的那天有多惊心动魄不？我讲给你听。

他说，景泰皇帝在去年秋天的时候患病，病得时间不短了，总也不见好转，可偌大个大明得运转啊，大事儿小事儿得有个人杀伐果断啊——太后，景泰皇帝和正统皇帝的娘也着急着呢！怎么办，怎么办？太后着急，于谦大人不急，他对太后说，没有事没有事，天下的事啊，看起来多着急多着慌非办不可的事儿，你只要放一放它就没有了。咱皇帝早有安排啊！在朝里，谁不知道于谦于大人在保卫京城的时候立了大功，谁不知道他拥戴景泰皇帝上位立了大功，当然没人敢惹，太后也不敢惹他，就悄悄地找太子太师石亨商量，他也是兵部的老人儿，立过战功的人——你说，咱皇帝现在身体这么差，我的儿子还在南宫里关着不让出不让进，于谦于大人又说让我等着，等等事儿就没了，可我能等着吗，我听谁的？这个石亨啊，打仗不怎么行，要不是于谦保着他早就给不知免到哪里去了，可一听太后这话，心里就想于大人啊，对不住了，我看还是卖了你得啦！于是，他就这般这般和太后商量了个对策。太后说能行？石亨说没问题你就瞧好吧，万一不成也是我的事儿，我绝不会供出太后来的。

他和太后商量了个什么事？我们一会儿再说，咱们也得卖个关子不是？你听我说！太子太师石亨从太后那里出来就去找太常寺正卿[1]，我一时想不起叫什么名字了，有个彬字——这家伙是个老滑头，石亨说我刚从太后那来，太后如此这般地吩咐我们，你看怎么办？太常寺正卿就说好啊好啊，这事儿要是太后愿意也不是不可行，不过咱们现在就这样做好吗？让皇帝怎么看我们？让太上皇怎么看我们？让于谦大人怎么看我们？让百官和百姓们怎么看我们？要不，我们从长计议，还是从长计议吧！天下的事儿，看起来多着急多着慌非办不可的事儿，你只要放一放它就没有了。石亨一下子急了，从怀中掏出刀子：你说，你办不办吧？你是奉旨还是不奉？那个叫什么彬的太常寺正卿一看你来真的啊，真动刀子啊！好吧我听我听！这样，我一个人不行，我给你再推荐一个厉害角色！让他一起干！他推荐的这个人也大大有名，是谁？左副都御史徐有贞。这人脑子好使！见缝插针、见人下菜碟真是有一套——兄弟，你可别往心里去，我可不是说咱家老

1　古时官职名称，属于宗族祭祀的长官，原名奉常，起源于汉景帝时期。至南朝梁陈与北魏始称太常卿，北齐称太常寺卿，为太常寺的长官。历代沿置。唐制，太常寺卿一人，正三品。朝廷举行大礼时由太常寺卿赞引。

爷！咱老爷和他不一样，徐有贞一听，好嘛，机会来啦！自己一身的本事终于有一个施展的机会啦！徐有贞奉太后懿旨，定当合力报效！他不光答应了太子太师石亨的要求，还主动献计献策，充当起了军师：你们应当这样，应当这样……徐有贞问石亨，这么大的事儿，你们找好内应了吗？总不能让太后跑来跑去吧？石亨说有有有，当然有啊，太后也说让我找他！谁？石亨告诉他，是司设监太监曹吉祥。徐有贞说有内应我们就好办啦！我也总不能就一个人跟你们参与，到时候，我会多带几个人，给你们助力！

——你问我怎么记得住这么多名字？哈，我去衙门的时候、去酒馆的时候都带着笔呢！昨天可能还没有人说，今天可是已经传开啦！就是那个太常寺正卿叫什么没记下了，因为官职名太长，而他被提到的次数也少。我接着给你说！

你问，你一定想问，太上皇在干什么，他被锁在南宫里呢！对对对这个你知道，又不是锁了一年两年，他也就是画个画、写写诗、逗个蛐蛐、遛遛狗给自己解闷儿，心里憋屈啊，那个憋屈啊，可又有什么办法？这一天，正月十六——就是正月十六，太上皇正在院子里遛狗呢，突然天色骤变，漫天的乌云吱呀呀地压下来，不一会儿整个南宫就变成了黑夜，伸手不见五指！太上皇想这是怎么啦，怎么这么奇怪。莫不是，要有大事发生？哎呀不好！太上皇急急地跑回屋里，掌上灯，身边的黄狗也一声不哼地跟进了屋，一声都不叫。很快，他听见门外嘈杂。有人敲门，然后有人砸门。太上皇这时已经不害怕了。

他像几年前在土木堡时那样，坐下来安安静静地等着。

花开两朵，各表一枝，我们再来说石亨和徐有贞。他们在太后那里讨到了什么旨意？太后一看，自己的这个儿子不行啦，那不还有一个么？不是被锁在南宫里么？这样吧，你们想想办法，把我那个儿子迎出来，让他继续当皇帝吧！反正他早就当过！有了太后的懿旨，石亨、徐有贞自然就方便多了，然而他们也不敢大意行事，毕竟，于谦、王文也不是好惹的！他们在朝中的势力已经很大很大，就像当年的司礼太监王振一样……于谦可以只手遮天，但徐有贞也非一般人物！徐有贞，据说曾得仙人传授，有袁天罡[1]那般听风辨凶吉、撒豆可成兵的本事，十月十六那日正午的骤然天黑如墨就是他的所为。当天色变暗，石亨的人马、徐有贞的人马立刻悄悄地来到了紫禁城脚下，里面不还是有人接应吗？司设监太监曹吉祥一见天黑也就悄悄打开了城门。对了，还有一个人需要交代，他就是京卫指挥使——他的名字我也未能记下——迎太上皇复位，这件事最关键的点是什么？得有兵，得有誓死跟随、能掌控局势的兵。等天一暗，皇城内、皇城外都是一片慌乱的时候，这位京卫指挥使就把他的三千军士带到了紫禁城。到了紫禁城，第一件要做的事是什么？当然是要把正统皇帝迎出来啊！于是，石亨、徐有贞带着人马迅速地来到了南宫门口。门是锁

1　袁天罡，隋末唐初天文学家、星象学家、预测家、风水大师、道士、相士，益州成都（今四川成都）人。史说他“善风鉴，累验不爽”，隋时为盐官令，入唐为火井令。著有《六壬课》《五行相书》《三世相法》《袁天罡称骨歌》等，也有将《推背图》归于他名下的说法。后世更将他大大神化，几乎是个半仙。

着的，里面锁着、外面锁着，里三层外三层，锁得是那个严啊！石亨一看急了，“快，打门撞开！”兵士们用了九牛二虎之力，然而大门却始终紧闭，纹丝不动。这可怎么办才好？石亨急得直跳脚，曹吉祥急得直转圈儿，只有徐有贞还稳得住。他说不急不急。都给我闪开！徐有贞念动咒语，只见天空中的乌云突然闪出一条微亮的缝儿，一道天雷，被徐有贞接到手上，然后引向了宫墙——嘭！宫墙立刻裂开了一道大口子。

兵士们一看，正午变黑夜，正月有惊雷——敢情，咱们来迎太上皇是神仙带的头啊！真的是天意啊！你想，那是怎么个激动法！小伙子们身上立刻血脉偾张，早就不怕了，大声呼喊着朝南宫的后院跑过去。

太上皇背对门坐着。徐有贞、石亨和曹吉祥一起来到门外，徐有贞再次念动咒语，黑云立即一点点散去，和煦的阳光从头顶上照下来。太上皇问：“你们是来杀我的吧？其实，不用费这么大的力气。”

——好啦好啦。我终于忍不住，制止了田家灶王的表演：“你是从说书人那里听来的吧？还花开两朵各表一枝，还太上皇背对门坐着！真是。”

“兄弟，我讲得不精彩么？不能吸引你么？”田家灶王有意拉长了脸，貌似有些不快，但我看出的却分明是得意。“你说，我把我听来的编到这样容易么！还不是为了讨你这个主子高兴？你看，”田家灶王从身后掏出十几张纸片，上面有疏有密地写着字，“兄弟啊，今天我可真受累啦。腰也酸背也疼，你说你不夸我编得好也不安慰安慰我，唉。”

“好吧好吧。”我笑起来，“我请你喝茶行不？要不，给你加个夜宵？现在厨子们不在，我们就将就一下，拿几块点心，切几片酱肉……对了，你要不要早点儿回去？”

“你要是心情还不好，我就留下陪你，喝两杯。我知道你担心小冠，王文被抓了你更担心。但我还是要劝你两句……”

“得得得，你还是早点儿回去吧！”我伸出拳头打在他的肩上，“我不想，你也不用劝我。明天，你把我给王家灶王的信送出去就得啦！另外，玉皇上差到来的事儿，你一定要跟紧高经承，听他的吩咐……”

“兄弟啊，我当然会上心，你知道我是什么心态不？就是所谓的戴罪立功！我可不敢再做对不住兄弟的事儿，就是不做，我一想起来心里也是……要不，兄弟，我留下来陪你喝两杯？你不让提什么我就立马打住，多一个字罚酒一杯！怎么样？”

“行。”我又在他的肩膀上打了一拳。

尽管发生了那么多那么多的事儿，春天还是按时按令地暖了，草叶和花儿也按时地长了、开了——尽管蔚州的春天相对京城要晚一些，也短一些。我和王家灶王通着信函，在信中，他告诉我小冠还是让人头疼的老样子，只有在太上皇重新登基、王尚书被抓的那些日子小有收敛，但随后则颇有些变本加厉，愈发骄横乖张——没有谁能劝得了他。王家灶王说：“假如你能得一空暇，最好是过来一下，你和我都不希望他这样下去吧，我极怕，我完成不好魏判官所托。他是要我把这个孩子培养成可造之才的啊。”

我又想起了之前的那个梦；它似乎真的不代表什么，因为从那日之后就再没有做过同样的梦，连梦也没做过。它只是我的一种恐惧？我的梦也只是放大了我的恐惧，仅此而已——我这样劝告自己，但，多少还是会有一丝不安，就像是行路时被蛛丝缠绕住脖颈的那种感觉。我告诉田家灶王，我要去找小冠，不管我的话是有用还是没用。——他没说什么，我知道为了迎接来自天上的上差，这些日子真的让他已经焦头烂额。但，我又不能不去。

途中无话。我找到正在书房里，把蚯蚓一段段切碎，细心按到印泥中去的小冠。

我问，在先生书里用朱砂印上“血手印”，画骷髅和没有脑袋的鸡的，是你吗？

“是我。”

我问，把钉子填进鱼的肚子送给先生的，是你吗？

“是我。”

我再问，把虫子放进墨盒，让先生弄脏了袖子的是你吗？

“哈哈哈，是我。想起来我就想笑！”

在先生的靴子里放进死掉的青蛙，把尿撒在先生的床角处，给先生的圆领宽袖衫的后面贴一毛边纸，上面画上乌龟或者蜈蚣的，还是你吧？

“嗯，是我。”

我说小冠啊，你知道这样做不对吗？你真不该这么干啊！

“我就不想读书！一看到书，我就头疼，我的脑仁里面就爬满了咬人的虫子！再说，他教的都是什么？”

——教的都是什么？

“君子这样，君子那样，这个不许，那个不能干……捆手捆脚的，哪来这么多的规矩？还不如当个木头呢！就是让我们变成木头人！”小冠气哼哼的，一转身，他又变出一个脸色，笑嘻嘻地盯着我：“灶王，其实我也不是光想着捉弄先生……可我不捉弄，他们就不服我，就不听我的啦！”

我说，去乡野偷农家的鸡、鸭、猪、狗，做来吃的是你吗？

“是我。”

非要在暗处听人哭声骂声的，是你吗？不听还不行？

“是我。我不让他们走。”

我说，你们王家在此地已是大户，鸡、鸭、鱼、肉自然是想吃就吃，你为什么非要去偷人家的，你知道你偷走了人家的鸡、鸭、猪、狗，对人家有多大的影响吗？都是些乡野小户，可比不得王家——你还保留了前世记忆，想想在西南堡的时候。

“大不了，我让仆人们给他扔点儿钱就是了。”

小冠啊，这不是钱的问题……

“我叫王鸠盈。我不是小冠。”他再次认认真真地纠正我，“我是王家的三少爷。为什么去偷？我觉得好玩儿，够刺激，在家里吃哪里有在野地里偷偷摸摸的有刺激！灶王，下次我也带你去……”

我不去。

“我偏要你去！我还要你跟着我，听他们怎么哭，怎么骂！”

小冠啊，你为什么非要听人家的哭和骂呢？

“非要叫我小冠？好，我是，我记得以前的事儿。当时，田家丢了一只下蛋的母鸡，非要赖是我偷的，我说我没有我没有，就是不管用！田家那个刁婆子天天堵在咱家门口哭，堵在门口骂，她一哭一骂，我爹就狠狠地打我！我就想，以后我非要偷你们的鸡，你养了我就偷，你养了我就偷，让你骂去！……”

我说，听说你还跟人家在集市上赛马，人哪儿多就偏要往哪儿去，是不是有这回事？

“我见不得他们那样子！屁本事没有，却牛哄哄的，好像除了天皇老子谁也治不了他们——不就是自己的爹当了个小官儿，有俩糟钱儿，这就装不下啦？王家三少爷，凭什么让那些崽子们比下去？他们算什么东西，呸，在三少爷面前凭什么让他们人五人六儿地踋上天？看我不跑死他们！撞死他们！摔死他们！”

我说，王鸠盈啊，你……

十一　迎接上天来使

天还不亮，我和田家灶王就早早地站到了曹府门外。“灶台，擦好了？没有土吧，没有锈了吧？”“放心吧。”“到厨房的路，是不是又扫了一遍？”“放心吧。”“你注意没注意长廊上面……前天刚下了场雨，可别弄得花了，你有没有用湿布擦一遍，再用干布擦一遍？”“放心吧，已经做好了，绝对的一尘不染。”

“灶台前的筷子。”

“放心。”

“三样供品，它们的位置……”

“放心，鱼、肉、鲜果，三个镶银青花鱼纹盘，它们之间的距离，与灶台的距离，与供桌桌角的距离，我也仔细量过。刚刚合适。”

“苍蝇，蚊子，老鼠……”

“更要放心啦，我一天的时间都查八百遍。没有，它们不会出现。”

“好罐，坏罐……”

“就像新的，没用过的那样。所有的文字也都仔细检查过，规范无丢落，无错字——有涂改的那些，我也一一更换成新抄录的，放心吧。”

“《灶王行事规范条律》《灶王记事规范条律》《蔚州灶王户志概览》……”

“放心吧，在书架上，书架上的尘土也不曾有一粒，我在刚刚过来的时候还又检查了一遍。”

“我的，《曹府灶王事务前结疏》《曹府灶王事务规虑疏》《蔚州城隍审定议评疏》《大同府城隍审定议评疏》……”

“放心，等上差一到，我先呈给他看。都放在你的书案上啦。昨日，高经承和户吏衙役也都查看过了。他们看得可仔细啦。”

“对了，《笑林广记》和《郭氏玄中记》可不能出现在书架上，你……”

“放心吧。如果我不告诉你，你自己找三天也不会找出来。它们在别处。”

“那，给城隍那边送的鸭血、北虫草、虎鞭和牛肉……”

“放心。全部按照高经承的单子。我这里自然不敢有半点儿折扣。”

“那……我的帽子，你看看正还是不正?”

“正，正。放心吧。”

我是一个认真的灶王，有时认真得都让自己感到有些委屈；然而那个空气里已含有一股湿漉漉的燥热的早晨，我竟是那样的忐忑，不断地怀疑自己，于是就一遍遍地询问田家灶王：这个做了没有？那个做了没有？这个，做得是否仔细？那个，是不是在我检查过了之后，你又做了检查？我知道自己弄得他也不厌其烦，但我忍不住……我是第一次做这样的迎接，在成为灶王之后。我也是第一次迎接来自上天的使者，在我成为灶王之后。就连高经承都说他也是第一次。上天使者都很少会到大同府，他们多数时候会去泰安、杭州、京师这样的地方，“大同对于他们来说过于偏僻，而蔚州则更偏僻了。”高经承反复地嘱咐，正因为我们是第一次接待上天来使，才更要万分地小心，万分地注意，千万千万不能有半点儿的疏漏，“一粒灰尘、一片枯叶都关系重大，你懂吗？”

说实话我并不太懂，但我是个认真的灶王，我认认真真地按照城隍高经承的吩咐、各位差役的吩咐认认真真地做就是了，我真不知道把过廊边上的藤条一叶一叶地擦拭，和上天来使的城隍事务检查有多大关系，真不知道使用驿丞送来的药剂把路边略有枯黄的叶子染绿，和城隍事务检查有多大关系，但我还是和田家灶王一起认认真真地做了。

“你看……”我想了想，话只说了小半截儿，后面的部分则被我咽了回去。没什么可问的了，有的话我都已问过三遍了——万无一失，我对自己暗暗地说，已经万无一失，没有什么可以不放心的。不会有半点儿纰漏了。我对自己说。

鱼肚渐白，暖洋洋的太阳高过了安定门的门楼，高过了南安寺砖塔的塔刹，不时刮过的风也变得更为溽热。城隍庙一位新到任不久的驿丞骑马过来："上差有事耽搁了，他们刚从大同出发，上午肯定不会到曹府——高经承让我来通知你一声，上午不用等啦，再仔细检查一下有没有疏漏和不足。对了，这是城隍那边中午宴席的所需，高经承要你们早早准备，快点儿送去。"驿丞从袖兜里掏出一张纸要递给我，田家灶王的头和手却已早早地伸了出来，他看了我一眼，又将自己的头和手悄悄地朝后边缩着。"你给他吧，"我说。"不不不，你看，你先看。"田家灶王急急地收回手，放在自己的头上做了个擦汗的动作，"这天儿，才几天，就这么热啦。"

正午时分，我和田家灶王用过午饭，换上新的灶王官服（半上午的时间，太过严谨的官服里面已经全是汗），继续来在大门口，望着鼓楼街上的车马和人影。"灶台，擦拭好了?""放心吧。""到厨房的路，是不是又扫了一遍?""放心吧。""你注意没注意长廊上面……前天刚下了场雨，可别弄得花了，你有没有用湿布擦一遍，再用干燥的抹布擦一遍?""放心吧，已经做好了，绝对的一尘不染。""灶台前的筷子——老兄，你可别嫌我烦。我实在是，有些紧张。""不嫌，怎么会？我也紧张。你问吧，你问我，我就会想一下——万一真有疏漏，万一这个疏漏正好被人查到，可就……""对对对，我就是这个意思。"

——二位，灶王爷，你们怎么都站在这里？有什么事儿？

我和田家灶王的眼睛都盯着前面，耳朵都听着前面，心里想的则是院子里面，所以那个背着硕大包袱的土地公公在后边出现，我们俩都没能看见。“在等上天使者的检查，你有事吗？”田家灶王代我回答。

——我是来找他，曹府的灶王。土地公公再向我的身边凑了半步，我想问问我的那事儿。现在蔚州大同宣化延庆也都平静了，瓦剌人也不再骚扰，我的要求也不是什么过分的。

“我们曹府灶王帮你问着呢。你也得容上边时间，你说你这么急……”

——我不急哪行啊，都多少年啦。唉，求人难啊，不是落在自己的身上谁会那么上心。不是说上天使者会来么？我也和你们一起等他，我要他们帮我想想辙。

“哎，你这是……”田家灶王看了我一眼，“我说布袋土地，你要是非这样我可也丑话说前头，你的事儿我们曹府灶王再不过问，已经疏通的关系我们也再打个招呼，谁也不用再管不用再上心！我们帮你，你是一心想害我的兄弟，想害帮你的人啊！你尽管在这里，我看你能不能见到来使，能不能让你搭得上话！”

——我怎么是害你们？我就是想办自己的事儿。

“你们去一边儿说去。”我沉下脸，“田家灶王，你也不用强求，他如果非要这时候找事儿就让他找。我没对不起他的，在哪儿和谁说我都不亏心。”

我伸长脖子在等。下午时分，阳光更为灼热，空气里黏黏的、有股淡淡草叶霉味儿的气息也变得更为强烈。不一会儿，田家灶王乐颠颠地走回来了。“劝走啦?”“走啦。”田家灶王也伸长脖子向鼓楼街上看，“你就不问问，我是怎么舌战的，他又是怎么丢盔弃甲落荒而逃的?”“不问。你做得好，相信你，我不必都知道。”

“我跟你说，和他说事儿，真累。他就带了一根筋来，就是一根筋，你怎么说他都会绕回来，还是最早的想法、最早的话。我也真是。”

远远的，一匹城隍衙门的马。“曹府灶王，田家灶王。刚才，大同府城隍跟过来的差役特别告诫，你们俩，只能曹府灶王在，只能让曹府灶王迎接，田家灶王必须回避。高经承让我来通知——他们大约还有半个时辰就到曹府。”

“哎，兄弟，我们俩可是一直……你看，能不能通融一下……”田家灶王拉住马缰，抬着笑脸和差役说话。

“不行，人家说了，一户人家两个灶王，该如何向星君交代? 弄不好大同和蔚州的城隍都要受责罚，目无法规、私自变通、塞责敷衍的罪名是有的。”

“可……”田家灶王一脸的委屈、不甘、悻悻，他在原地来回，“你说……”

“若不然……”我不知道若不然之后还有什么，还能是什么。

“我走，我走。”田家灶王的脸上沁着一碗的水，我觉得那碗水就要流下来了，“上差不愿意见我这个候补灶王，我就离得远远的。兄弟，事儿我都给你料好啦，咱们不会出错，半点儿纰漏也不会有！你就自己在这等着吧！”

田家灶王背起手，弯着腰，径直离开了观音堂街，朝着柳林巷方向重重地走过去——他的身体里有一股撒不出来的气，我感觉得到。在那时，我身上那股“小人得志”的心态又开始作祟，我竟然有点儿小小的得意——你得知道分寸，你得知道谁才是这家真正的灶王。要不是大同府城隍的差官老爷，这个提醒我还真不好自己去做。

半个时辰已经过了，一个时辰也已经过了。东边的院墙上已有了夕照，橙红的晚霞悄悄变动着高度，颜色也在变淡。我朝着鼓楼大街的方向继续伸着脖子，而田间灶王，已经几次从柳林巷那边探出头来，变换口形向我询问，我也用夸张的口形向他回答：没有，还没有来呢。

黄昏已过一半儿。两匹枣红色的马嗒嗒嗒嗒地奔跑过来，停在曹府门外石狮的侧面，又一匹藏青色的马跑过我面前，马上的驿丞低声说了句“到了到了”，然后将马停在石狮的左侧。我看到几顶轿子和呼啦啦的旌旗，轿子停下，驿丞在后面继续低声提醒：“走两步……停！停，可以啦，再走两步……过去，快点儿快点儿！”

一位面色红润、大腹便便的官爷在众人的搀扶下走下轿子，“这位就是曹府灶王，”然后又对我说，“快，见过高元星君[1]。”“这二位上

1 道家五斗星宿（东西南北中）西斗星中的一位神仙，按照道家说法，西斗主掌纪名护身，计四宫：一宫白标星君，二府高元星君，三典皇灵星君，四将巨威星君。

差是西斗星君的上差，也过来见过。”“这位是大同府城隍的上差，快快见过……”大腹便便的官爷倒是和蔼，然而西斗星君的两位差役却板着面孔，瞧也不瞧我一眼，就跟着高元星君、蔚州城隍快步向前面走去。

“这家曹府，在我蔚州也算个大户，祖辈向来是以诗书传家，出过不少忠义之士，蒙上天恩典，也是人丁兴旺，小有余庆。曹府灶王，一向勤恳认真，刚正无私，恪守本分，因此上……”星君微笑着走在前面，他看看长廊上的雕花，摸摸爬在屋檐之下的紫藤叶，和另一侧的仪仗差役摆摆手，蔚州城隍的话大约并未真正进入他的耳朵，“此处可有……可有……”城隍和我们都愣在一边，不知道星君要的“可有”是什么。

星君的一位差役挤至城隍的背后，“茅房，星君要去茅房。快点儿!”“好好好，我前面带路!”我说。

从茅房出来，我将早已准备好的熏香缎面毛巾递到星君面前。“院子不小哟。不错，收拾得干净爽利，窗明几净，很有朝气啊。好好干。”我引着星君与等候在长廊边上的众人会合，“星君，我们现在去厨房看看?”“好吧，我们来到人家灶王的地盘上，不去看看，似乎说不过去对不对?”星君笑得灿烂，“还没去呢，我一听你们谈到厨房，就感觉闻到肉香啦！我高元星君，不会有这么长的鼻子吧?”

“星君您看……”城隍老爷将桌案上的《曹府灶王事务前结疏》《曹府灶王事务规虑疏》《蔚州城隍审定议评疏》《大同府城隍审定议评疏》

递给星君，星君随手哗哗哗哗地翻了一下然后交给跟在背后的天宫上差，“嗯，环境不错，看来我们灶王平时一定是熟读诗书啊！”

“是啊是呢。”城隍老爷说。

“不敢不敢，学生才疏，自是希望……”我说，我的话没说完，星君已经转向了下一个地点。

“星君您看……”城隍老爷说着，他朝我招下手把我叫到星君面前，“还是让我们灶王来介绍吧，他熟悉。别看离得如此地近，他这厨房我也是第一次进来。快，你来给我们好好地说说……”

“简略点儿，”星君带来的一位上差在背后叮嘱我，“把关键说明白就行。”

绕进小院，天色已暗，星君停下他的脚步：“很好很好，该看的我们也看了，他们比我仔细，我不懂。这样，城隍，我们是不是该回驿馆了？”

“哦，星君大人……”

“星君大人，小小灶王有一个斗胆的不情之请，不知道星君大人是否……愿意一听？”

“哈哈，灶王啊，你说你说。”

“您是天上星君，是上差，一般来说应也很少会在小民百姓的家里用膳。故而我这个小小灶王特意恳请星君留下，容我们略备薄酒……”

“不好吧，城隍，我们这样是不是扰民啊？”

“怎么会怎么会！我这傻呵呵的书呆子灶王，没想到还挺会来事的！既然他说了，我们就在他这里啦！不然他会觉得没面子。我倒要看看，这个书呆子，能拿出什么花样儿来孝敬星君和诸位来使！”

“可不能铺张啊！”星君说道，“在人间，在天上，我都粗茶淡饭的日子过惯了，现在既然到的是百姓家，就更得简约，把他们平日里吃的上几个就行啦。”

星君、城隍和天上的差役、大同的差役落座入席，城隍驿丞他们在一旁照应，高经承把我叫到一侧，然后把早已溜进了厨房、正在一旁探头探脑的田家灶王叫过来：“我说的你们都准备好了么？”

“准备好了，菜已经走着，礼盒也已按您说的弄好，等会儿您安排人放到车上。”

“再加两道菜。这是我刚跟上差们打听出来的，你们必须办好——这事儿，我还是交给田家灶王吧，他脑子活，也认真。跟你说，不让你出现可不是我和城隍老爷的事儿，是上边！你不许记恨我们……好啦好啦，你先去盯这两道菜，必须给我盯紧了，千万别出疏漏！一道是……另一道是……”

我被安排了坐在筵席下首，可星君老爷却非要我坐上来坐在城隍老爷的一侧，“咱们来叨扰人家，还不给人家安排好位置，他心里，是会怨我的。”周围的嘴巴都跟着笑起来，可我一时竟不知道该怎么应对才好，才更为得体。“星君要你坐，你就坐过来吧。”城隍老爷笑呵呵地给我解围，“不过这个位置，可得多敬大家几杯！”

……酒宴上的推杯换盏略去，看得出，星君老爷对我们的安排应是满意的，尤其满意的是，我们仿佛不经意间上到席上的两道他爱吃的菜——“嗯，用心啊。这，可是我爱吃的！哈哈我和灶王请求，再给我添一份儿行不行啊？”“行，当然行！”我急忙站起，不小心碰掉了面前的筷子，高元星君哈哈哈哈地大笑起来：“你着什么急啊！城隍啊，我们这位灶王，心可是真的实诚！”

我们将高元星君他们送走已是很晚时分，城隍庙里的几位衙役帮我们收拾着碗筷，高经承又从外面返回。“行啦。都妥啦。”他冲着我和田家灶王挥挥手，“星君高兴，上差们也高兴。你们不知道，他们从来到咱蔚州脸儿就没开过晴！大同府的他们也说，高元星君没半点儿架子，可二位差役，鼻孔都能伸到天上去！可不嘛，人家本来就是天上的！可吃完这顿饭，收了咱的礼盒，行啦！辛苦，辛苦二位啦！”

田家灶王的脸上有着红彤彤的光：“不辛苦不辛苦，有您这句话我这心里就透进了光！能为城隍老爷和高经承您做点小事儿，能得我兄弟的不弃和照顾，我这心里……”

“刚才我也说了，不让你出现你也别往心里去，这对他好我好，对城隍老爷也好，其实对你也好。我和城隍老爷可都记着呢！你是精是滑，是憨是直，我们当然心里清楚，只是未必非要当面说，非要说你做了这事儿，我看到了；做了那事儿，我看到了——没那必要，是不是？等都忙完了，我也和咱城隍老爷再提个醒儿，是不能让你总是候补！”高经承指着我，“咱这兄弟和你说过没有？他过几天就去追我，好像我的职位比城隍都大，天下的事儿都由我一个人决定似的！我都被他缠得，烦透啦！”

田家灶王伸出手来：“我就知道，我兄弟对我，那可是……我给兄弟当牛做马也报答不过来啊！”他竟然哭起来。他哭得实在难看。“怎么还哭上了呢？”高经承推推他的头，“你是要下去轮回，做一匹马？行，我好好找找地府的兄弟，让你做一匹大公马！回到曹家来好好干活！是这个意思不？”

“哈哈哈哈……”我们三个，一起大声地笑起来，“一会儿，”我对田家灶王说，“我给高经承准备了一份礼物——是另一份儿！这是我和田家灶王共同的心意。你把它拿出来暂时放你屋里，什么时候方便什么时候给高经承送去。二位兄长，我实在是不胜酒力，有些晕……我先回屋躺会去啦！”

“不坐了不坐了，我也走……礼物我不要，心领啦！”

送走高元星君一行上天来使的第三日，城隍庙的仓大使前来找我，一是问我《上使驿接情况呈报疏》是否已经写好，二是“城隍老爷说请你过去一趟，他没说什么事儿。似乎也不很急。”我答应下他马上就去，然后和田家灶王说上一声，让他知道我去了城隍。正准备出门，仓大使从影壁的后边迎过来拦住我，略有吞吐地对我说，有点儿小事要我帮忙。“什么事？”他再次吞吐了一下，“就是前几日，为了迎接上天来使，我们天天忙乱经常吃不上饭睡不好觉，错过饭时实在是个常态。有的时候，我就觉得吧城隍差役们都挺辛苦的，不该总是有事的时候想到，无事的时候就当不存在，时间长了谁心里不多出点儿什么，你说是吧？有这么两三次，也就是两三次，我们在你曹府帮你们收拾完检查完，就一起去云喜楼吃了点儿饭。是我招呼的，我也是想为你的以后铺路——你说你心里想着弟兄们，以后弟兄们给你做事，那还不着急红眼地往上扑？”

我故作惊讶：“怎么，田家灶王还没给你处理妥当？他跟我说了，我早就让他去处理了啊！这办事——真不让人放心！”

“不不不，不是，”仓大使的脸色变得涨红，“那个，那个已经办啦。我是说的云喜楼的这些……”他见我不搭话，“要是你为难，那就算了。没事没事，算我没说。”

“兄弟，我实话告诉你，老哥还真是有点儿为难。曹家是大户不假，甚至是我蔚州最大的大户也不假，可是他家的万贯家财是他家的，我能调配的也就是属于厨房的这一小点儿，我也总不能人家进来什么我就都给人家挥霍出去是不？再说，要平日里还好，放在往年我也不会太在意，可这一迎接上天来使你也知道，我几乎是耗尽了我的所有，还有不小的亏空，只得下个月开始从牙缝里一点点地省。兄弟，你的面子我可以不驳，你放我这，等我把前面的账抹平了……”

“不用，不用！咱们兄弟，我哪能让你为难！”仓大使摆着手，从我的角度看过去他的鼻子竟有点儿扭曲，“你快点儿去城隍庙吧！城隍老爷还等你呢！”

说完，他头也不回地打马绝尘而去。

走进城隍庙，门子把我引到老爷的书房，城隍老爷正在翻一本《中庸》。见我进门，城隍老爷放下书："人一老吧，脑子里面就记不住事儿……那么熟悉的一句话，可我就是想不起在哪里来。我记得是出自《中庸》，可竟然没找着！坐吧坐吧，这些日子，也累坏了吧？"

我对老爷说没事没事，真正辛苦的是您、高经承和衙役们，若不是有这么一次经历，我绝想不到城隍庙里的差役会这般辛苦，这般能干。若不是他们的提点，他们事无巨细地检查，我还真不知道该怎么迎接上天来使，不知道能不能做得好。

"你啊，比我想象的聪明、能干，也有果断！这是我原来没想到的。最近我也在想，一个人，或灶王、土地，或差役、城隍，他在没有机会的时候总是觉得他还弱一点儿、差一点儿，不是这不行就是那不行，而当他有了机会，有了施展，你就又发现原来他行，他能做而且做得好。我听了高经承的这个建议，用你是用对啦！要是有机会……我们先不承诺，你也知道我城隍从来不做那种轻诺寡信之事。对了，这次迎接星君，星君对你的印象可是不错！临走的时候还多次提及你，说记下你啦。你，也让咱在大同府那里都被刮目相看！"

我站起来："城隍大人，我能有今日，全是您的提点栽培，此时的曹府灶王自不敢有忘。而迎接上天来使一事，我也是……"

"不用跟我这样说！我清楚，都清楚！对了，这次，让你有不小的亏空吧？我也和高经承说了，也不能都让曹府一家来担！其他各家，尽管接待星君上使的重任没落在他们头上，他们也要替你分一分，毕竟，你的所做是为了整个蔚州，代表的也是整个蔚州的灶王啊！喝茶喝茶！别光站着听我说。”

一边喝着茶，我一边问城隍，您唤我来，是不是有什么事儿需要我做？

“没事儿我们就不能坐坐啦？我是难得有半日的清闲，把迎接上使检查的事情忙完，心里面吧竟然还有些空落。我就想到了你。我把迎接上使的事儿都安排给你，是不是，让你觉得难做？”

我说，是城隍您信任。

“当然是信任，不信任，我怎么能那么跟你交底，让你做那些事儿……曹府灶王啊，我这个城隍，当得难啊。我们是个边缘的小衙门，上边每年拨付的银钱都不充足，还七克八扣的，而我不是那种善于周旋、左右都能逢源的官儿，更不是那种能够雁过拔毛、取民膏民脂毫无羞愧的官儿，自然咱们衙门的日子过得清水一些，好在高经承有些能力，我们才不至于事事太过寒酸。但迎接上天来使，单靠蔚州城隍的这点儿家底就不行了。我们也是第一次迎到上天的来使，总不能让人家不高兴不是，总不能让大同府其他地方的城隍看笑话不是——你也知道，有些事儿，我们按律不能做，做了也不能出现在城隍的开支记录里……这事儿啊，只能让自己最最放心、最最亲近的人为难，它啊，就落你头上了。你，不会怪我吧？”

不会不会。我说。

“不怪就好。再说啦，我这么做，也不是单单为了我城隍，为了我这个不咸不淡的位子……几百年了，我在蔚州城隍这个位子上，看清啦也想清啦。可我不能让我城隍庙里辛辛苦苦的衙役们跟着我一起受拖累不是，不能让蔚州十七万的灶王跟着我受拖累不是？我反复地对你们说，要刚直要清廉，可到我这里……曹府灶王啊，此事一点一滴你也都清楚，我城隍并没有从中截取、中饱私囊吧？”

城隍老爷凑到我面前，盯着我的眼睛看。

我急忙站起身子——

十二　求见龙王

说来话儿长。

有那么多的故事要讲：我所经历的，我所听说的，我所记下的；从别人的口中传出的，从他人的书中得来的，经历过几番的曲折、添加又被讲述出的，浮在表面上的，沉在水中央的，露着一个花苞和一个花苞都没露的，在水底下石头缝中游的；直线的、迂回的、起伏的、中断的、炸开的，以及我从中发现的，从中品出的，联想出的和想象的……它们有太多的线头儿，它们真的是纷乱如麻。但我只有一张嘴和一条舌头，我只能抓住手边距离我最近的那条线，一点点向里面掏，向中心掏，然后把另外的线头也顺带着掏出，再抓住这个新线头……或者，有话儿则长、无话儿则短，干脆削掉枝杈、枯叶和太过茂盛的部分，只留下树干和令人垂涎的苹果，让所讲的故事更为集中，更为发人深省……好吧，我决定略过其中的九年，从成化三年（1467）正月初九的夜晚开始讲起——需要承认，被略去的九年里发生过许许多多的事儿，譬如大同总兵石彪[1]的被抓和凌迟（这在大同、蔚州引起了不小的震动）；冲进南宫、把正统皇帝迎回宝座的曹吉祥、石亨竟然在天顺三年起事谋反；年纪轻轻的天顺皇帝（也即是复位之后的正统皇帝）薨逝于天顺七年（1463）；蔚州衙门发生一次奇怪的失火，烧着的竟然只是牢房，七名狱卒和十一名犯人均被烧死，模糊成黑炭的尸骨已不可辨认；曹家二少爷涉及一桩强抢民女、迫人至死的命案，不只如此，他还叫自己的仆人将前来问罪的女孩父母、兄嫂一起抓住，脱了人家的裤子……虽然事情最后被压了下来，但曹家老夫人一病不起，她的舌头也似乎被什么东西紧紧拴住……再譬如，田家灶王已成为鞋帽灶王，店铺的位置在关帝庙的东北，一直和我断不了往来；饼店灶王迎娶了一房灶王奶奶，小他七岁，多少有些任性刁蛮，饼店灶王与我和铁匠灶王的关系也有点儿渐行渐远。说来话儿长，有那么多的故事要讲，世事沧桑，波谲云诡，种种不定的起伏也应是见怪不怪的常态……好吧，我略去其中的九年，从成化三年的正月初九开始讲起……

要讲的是什么？为什么要选择这一天讲起？

你听我说——

锣鼓响起，男人的、女人的、老人的、孩子的、卖糖人的、卖糖葫芦的、卖糖瓜和甜糕的、卖头绳和卖鞭炮的喧杂开始慢慢地低下

1　忠国公石亨的侄子，渭南人，官至定远侯。天顺四年（1460）二月，以谋反罪被杀。

去。幕布拉开，戏台上，四名跑龙套的当地演员举着四面小旗，依次两两出场，最后一名扮作差役的人明显走错了步子。他们在戏台的两边站定。

——啊呀！

随着这一声，锣鼓的节奏有了变化，一位穿着皂色龙袍的翎子小生[1]从戏台左侧迈步向前。

（引子：）鳞光闪金，长须若银，圆目彤彤，吐雨吞云。生于水泽，曾跃天门，晃眼去，桑田星辰。

（定场诗：）

翻江倒海御神兵，
布雨行云任我行。
长入蔚州听疾苦，
一枝一叶总关情。

（念白：）我，蔚州江河龙神敖琼，乃西海龙王敖顺之子孙，今日得玉帝之命前来蔚州布雨，怎奈此处久旱，禾木枯槁，五谷难收，裂

1　翎子生，也称为雉尾生、鸡毛生，为戏曲中小生行当的一种，扮演的多是青年能武的角色，主要表现青年的阳刚之美。

我河床。见饥民弱瘦贫苦，哀声斥野，面含悲情。我本欲广布甘霖，雨袋倾囊，怎奈下界时上有交代，只可依量而行，不得增减……哎呀呀，这可如何是好？罢了罢了，民生多艰，苦厄星随，我敖琼怎的麻木不仁，冷眼莫救？今日，我就索性来个江河盈满，禾谷解渴，雨润千山！既来日上有责罚，我敖琼自当领受，又有何怨也——

台后，有人敲击大鼓，然后是锣，用它们来模仿雷声。然后又是一遍，待锣声散去，又是一遍。

一个翻着跟头、兵士打扮的人扯着令旗从戏台右侧翻滚而上，停在皂袍翎子小生的面前：启禀龙王，大事不好。

何事惊慌？

大雨三天，势如倾盆，山脚小村，积水已经过膝，有数间民房也已倒塌，恳请龙王爷住雨。

哎呀呀闯下祸了。快快下去，给我住雨啊。

（唱：）

我本欲囊倾解民厄

怎料想躁急与愿违

哎，急令虾兵快住雨

莫在罪上又加行

详书经过我与上苍报

愿领责罚我胆战又心惊

台后，一名负责敲锣的人伸长脖子，半躲在幕布的后面：蔚州龙王敖琼听旨！

台上，皂色龙袍的翎子小生朝着台后的方向跪下：龙王敖琼领旨。

“是你写的词？”一同前来的饼店灶王碰碰我的肩。“不是，”我摇摇头，“这一段，在我写的那部分里根本没有。不过，这样一来，我觉得就更完整了些。只是，龙王跟我们可没说过他是因为想要为蔚州布雨才受的责罚，他说的是度劫……”

“是人世间编出来的，是龙王的人编出来的，是城隍庙里编出来的，还是你或田家灶王编出来的，肯定不一样。”铁匠灶王说。

“有什么不一样？只要你参与了，它最后是什么样儿你都得负责，你说我说的对不对？”饼店灶王偏着头，吐出一片瓜子壳，“我觉得词不错。咱们在人世间的时候，不就是盼有个为民做主、甘愿冒险的清官儿？让人有盼头，心里暖。我喜欢这个龙王，不喜欢你说的那个。”

“就你话多！”饼店灶王的新妻子在远远地插话，她穿了一件灰色狐狸皮的长袖披风，很是亮眼，“说来看戏，陪我来看戏，好好看戏不行嘛！”

我们都不再说话。另一幕也已开始，一个穿着一身白衣的娃娃生从戏台左侧蹦蹦跳跳上台，背着一根短竹子当作鱼竿。

“小冠？”铁匠灶王低声问，“他那时，比这个可是胖一点儿。矮一点儿。”

戏中的小冠赤着脚。跳至台中间，将短竹子甩向后面。

（京白：）前日下雨今天晴，无事闲来捉蜻蜓，蜻蜓一只没逮到，看我下水给你抓条龙。什么？你问我是谁？我家住蔚州西南堡，父亲姓谭，我也姓谭，他是卖豆腐的，人家叫他谭豆腐，我是他家的孩子，名叫小冠。这不，我今日闲来无事，本来在河边捉蜻蜓来着，忽听护城河边巨雷山响，阴云密布，此时却又云散天开，红焰如云……

“这一段不好。小冠当时才六岁。这个小冠，十岁不止吧，要不然他怎么能说这么长一段，还文绉绉的。不像。”饼店灶王忍不住又插话。

“演戏演戏，它得是个演！你看哪出戏是我们过的日子，和我们经历的一模一样？要是从正统十四年（1449）一天一天演到现在，那样的戏，谁看，谁爱看？我倒觉得这样好，起码让我们清楚到底发生了什么，故事也抓人！”田家灶王从饼店灶王的衣兜里掏出些瓜子放进自己嘴里，“我去年的时候看过，我告诉你吧，等咱们的谭豆腐灶王出来，得乐死你！”

……戏中，小冠救下了龙王化作的红鱼；他看到西南堡火光冲天，急急围绕着戏台跑起来，跑了两圈后停下（第一圈大，第二圈略小），做一亮相的动作然后接着跑，第三圈则更小了些。

（唱：）西南望，路还遥，如火煎，似油浇，想娘亲，可已逃？耳听得刀剑如雨暴，眼见得它，它黑烟若去罩。呀！吓得我汗津津身上如汤浸，急煎煎心中如药熬。老父亲今可在？老母亲恐丧了……

一个擎着灰色旗子、上面写了一个“瓦”字的士兵侧翻着跟头，一路由右侧向左侧翻下，另一个嘴里叼着“明”字旗子的士兵则以后空翻的方式翻着跟头，从右侧向左侧翻下——

“好！”有人在人群中喊。“好！”又有人喊。

“好什么！别喊！”戴皮帽的那人对前面的人说，“看不懂什么意思吗？明军败了你也喊！”

接下来，又一个打扮得怪里怪气的兵士上台，他的手上提着一把木头刀，刀涂成了银色——只见他的身体和刀一起飞快地旋转着，锣鼓急促，然后在小冠的面前停下，做个亮相的动作，然后朝小冠挥刀——小冠的身体一下子变得僵直。他一低头，用右手的衣襟遮住自己的脸，锣鼓在这时变得平缓，像是在等待什么……突然，锣重重地敲响，只一下，戏台上的小冠急促地把遮挡的手臂挪开：他的脸上，像是扑了一层白色的面粉，变得惨白。

“呀！”我不自觉地喊了一声，感觉自己的胸口像是重重地挨了一拳。

眼泪也跟着不自觉地汹涌而出。

“你怎么啦？”在云喜楼，饼店灶王一边倒下茶水一边问我，“有这么感人？真把自己带进戏里去啦？演戏演戏，它是演的！都结束这么长时间了，还没完。”

“就是就是。行啦老弟，知道你重情重义，但看戏么，你得有个度。对了，直峪的粟子灶王本来说一起来，但后来有事儿，得连夜赶回去，说他们那有个风俗九月初十开庙会请灶王，就被布店灶王给拉走了——真有这档子事儿？不都是正月十六么？”

“就算有吧。我不清楚。”我和田家灶王说着，眼泪不自觉地又涌了出来。

“不至于吧，就是因为写了你的故事，演了你写的故事，你就这么激动？”铁匠灶王轻轻敲着他的锤子，“我原以为，你进到曹府，去过泰山，见过大场面，没想到还这样。你不是不以物喜不以己悲么？我真是快不认识你了。”

“不是你们想的那样，当初的田家灶王应知道，我和他说过。戏中的小冠，白衣白袖，然后是那张白脸——多年前在我梦里出现的就是这个样子，一模一样，它让我一下子想起了那个可怕的梦……”我把我的梦给他们重新讲述了一遍。“是的，你讲过，你要不说我还真忘记了。”田家灶王也想了起来，“我说你怎么会那样失态……不过，一个梦算得了什么，都七八年了吧？不是什么事儿都没发生么？”

“不能太大意。我也听说，灶王无梦，有梦，就是提醒。对了，我听说前些日子小冠来过？”铁匠灶王插话，“他都多大了？”

“十七八了。他爷爷给他在浙江都司定海卫[1]找了个闲职，已经赴任去了。这不，临行前来和我们辞行——他还回过咱们西南堡一趟。魏判官关照，没在地府中销去他前生的记忆。”

“哎，他记得上辈子有什么用？别说他只有六岁，四十岁又怎

1　定海卫，卫所名，今属于浙江镇海。

样？你觉得记得多了是好事吗？我倒不觉得。”铁匠灶王摇摇头，“他还是那个脾气？”

“还能咋地？变本加厉！我跟你们说吧，他来找咱兄弟曹府灶王，当时我也在场——得得得，我就是他家的狗又怎样？要不换你来当！兄弟对我好我这辈子记得，下辈子还记得！好啦好啦咱不说我。他来了，硬往里闯，问你找谁他说小爷找你们家灶王爷！你想曹府看门的能让他进？找猫找狗都可以有，可有谁听说过有找灶王爷的？不就是找事嘛！要不是咱兄弟出来得快，这小爷要么让看门的打一顿，要么他把曹家大门给拆喽！咱兄弟出来了，这小爷还不依不饶：灶王爷，你替我出出气，给我打断他们的狗腿！咱不光说这一出儿，小冠还去了城隍庙，去城隍庙干吗？感谢高经承。要说这小子也算懂事儿，他还记得他去地府的时候高经承帮过他，说过他以后发达了要送鸡爪的事——这小子，竟然拉了三马车鸡爪，把城隍庙的庙门都给塞住了！他还说，你们蔚州真是不行，小地方差远啦，搜罗了所有的店也就只有这些！半年多了吧，就是现在，我去城隍庙那边，远远地还能闻到一股放臭了的鸡爪子的味儿……”

“这小子！是让人担心。要是以后碰上什么硬茬……”

我说：“田家灶王，小冠是学了不少纨绔子弟的坏习气，但本质上不坏，而且我觉得他也在改，或许遇到怎样的挫折之后更会改。你知道么，他来我这里告别，是怕我不知道他去了定海卫，再去通州找他找不到。他这次走，身上带了他爷爷给他抄的半首诗，‘愿为五陵轻薄儿，生在贞观开元时。斗鸡走马过一生，天地安危两不知。’[1]——我其实也这么想，他纨绔就纨绔点儿，无能就无能点儿，无赖就无赖点儿，生在了富贵家，只要不杀人不放火，平平安安斗鸡走马地过下去，我也……”我又一次激动，眼泪不自觉地流了下来，“我是一个认真的灶王，做什么事儿都……我在这边儿，没妻儿没父母，没亲没故，从人世间是只身到此的，小冠是我第一次当灶王的时候看着长起来的孩子……我心里，真的是，把他……”我捂着自己的脸，一句话也无法再完整地说出。

一阵唏嘘。“要当时，把他留在你身边，交给你……”铁匠灶王拍拍我的肩，“说这也没用啦，我们看后面，看后面吧。”

“对了，上次你说，高经承找他的朋友看了小冠的生死簿，说他三年没事儿……要不，请高经承的朋友再去看看，这样，这样你不也就放心了吗？”田家灶王给我斟满了酒，“你说你请大家，有这样请客的不？扫不扫大家的兴？年还没过呢，你这破嘴就该受罚！多大个事儿！别说没事儿，就是有事儿，你找找龙王找找魏判官——我不相信魏判官不好好地审一审，会让小冠做个短命的鬼儿！呸呸呸我这是什么话！掌嘴！”

第二日一早，我就去找高经承。把昨日的事儿和他又讲了一遍。他说行，我再找找试试，这么多年他们联系也少，真不知道这家伙调没调职，是不是还能接近生死司命簿处。“不过，我还有别的渠道——

1　出自王安石的《凤凰山》一诗。

你放心，我一定能打听得到！你回去等我消息！”

我等着。五日后，高经承到曹府的厨房里找我。“怕是，不太好办。”他拿起一根鹿茸，放在鼻子上闻了闻，然后又丢回筐里，“我也想不到。”

“怎么？”

“还有两年。不到两年。”

“为什么会这样？”

“我怎么会知道为什么会这样，去找魏判官的又不是我，别说我，就是咱们城隍也见不着魏判官是不是？你还问我，我还想问你呢！”

“这，这可怎么办？”

“你先想着！我觉得解铃还须系铃人，魏判官和龙王中你得选一个。当然魏判官是最合适的，可他，和你我没有真正的交情，我觉得我们搭不上话。直接找他不行，那就间接一点儿，找龙王去！我们给他做了这么多事儿，我觉得他总得要给点儿面子吧。再说，你和小冠是他恩人的事儿天上地下的神仙也都有所耳闻，要是他不肯帮……让他自己看着办吧！”

“可是，已经确定的，能改么？”

“我也跟你直说了吧，不能改。改了就是违天条，会有一系列的严酷惩罚，甚至会革掉所有的职务，发配，流放，或者堕入轮回，再也不许回到仙班。没有谁会为你冒这个险——甚至连你自己也不会。”

“那你还让我找去！”

“兄弟，你不是也看什么《洞冥》《枕读神魔趣闻》之类的书么？在人世间的时候，我吧不怎么爱读《论语》《中庸》《文心雕龙》这类的正经书，就爱看一些传奇志怪之类的书，还真看过不少。这样，我给你讲个故事你听听。一个是说，彭祖[1]的父亲陆终老年才得了彭祖，可彭祖一直多病。一日，一位相师看到彭祖父亲，就告诉他说你家儿子是个夭寿的命，活不长。那怎么办？有办法。你得这么这么办。陆终疼儿子啊，不管这方子有用没用都得试一试啊，于是他就来到了铜山上，真的看见两个道长正在下棋。他也不说话，就在一边烧水倒水，道长的茶喝干了他就满上。两个人下了一阵儿，有位黑须的道长突然意识到身边有这么个人，就问，你来干什么啊？陆终听到道长问就跪倒在地上按照相师教的一五一十地说给道长听。道长说这不太好办，但你倒了这么长时间的水沏了这么长时间的茶，我不为你做点儿什么也不对，这样吧，你拿这粒药丸回去，切一小块给他吃，保你家儿子得长寿。陆终回到家，想，要是万一药丸没那么有用呢？干脆，一颗都给他吃下吧！彭祖吃了这颗药丸不仅身体变得异常强壮，而且一直活了八百岁。彭祖的阳寿岂是随便能更改的？但不光改了，还一下子改得……你想想我说得在理不？试试吧，万一能行呢。”

也只有这个办法了，我想，即使不能改变什么。将记录日常的事宜交给田家灶王代理，我去城隍庙填写了《灶王因私暂离上呈疏》递

1　道教传说中，以长寿而著称的老人。据说一直活了八百余岁，经历了尧、舜、夏、商等诸时代。为上古皇帝颛顼的玄孙。

给门子，然后坐在吏房的椅子上和两位空闲着的差役说话。不一会儿，仓大使走过来，用一种相当漠然的表情对我说："城隍老爷叫你。"我本想再和他多说一句，然而他已经走开了。

城隍老爷让我再次带上他的拜帖，他嘱咐我，去见龙王一定要恭敬客气："这些闲散的王，不归属天庭六部管理，可一个个都手眼通天，敬怕都敬不来呢。"在两杯清茶过后，城隍老爷叫来门子，"去，告诉驿丞，将我们的马车交与曹府灶王暂用。给我们曹府灶王助助声威。当然，"城隍老爷转向我，"曹府灶王，用也不是白用的，我这里吧，也有个事儿想拜托你呢。"

我急忙站起："大人，您说。"

"可能吧，让你会为点儿难。不过你我之间，我还是说了吧。我来至蔚州做这个城隍，有个一百七十多年了，虽没做出多大的成绩，但也算兢兢业业，恪尽职守，如履薄冰，从不敢懈怠，也没犯过什么大错。我是江苏常州人，来至北方苦寒地，一直不是特别适应，近年来一坐时间长了腰就酸疼，而我们公文如此多、事务如此重，又不能不认真负责……我打听到（其实也不是有意打听，就是偶尔地听大同同僚们说了一嘴），蔚州龙王一向与东岳城隍司的威灵公[1]交好，颇有渊源，应在父辈时就多有走动，到他们俩那儿就更为亲密。你找准机会，或间接或明确地与龙王说上一声，看能不能将我调回江浙一带，

1　威灵公，全称为"鉴察司民城隍威灵公"，为明皇帝朱元璋在洪武二年正月"封京都及天下城隍神"时所封的"正二品官员"。

我也不求有所升迁，能够平调过去依旧担任州府城隍就好，对他们来说也不算是什么难事儿。曹府灶王，你是一个认真的灶王我知道，憨介耿直我也知道，但你还聪慧，洞察世事懂得进退……这件事儿，交给你来办我是放心的。”

准备妥当，我乘坐城隍的马车，与驿丞一起赶到龙王庙的后院。

“找谁?”

“我们想找蔚州龙王。”

“不在。”

“能不能烦请您帮我通报一声……”

“都说了，不在。”

“那，您是否可以帮我找一找河神？就是头上有一绺特别的白发的那位。”

“他也不在。”

“那，能否请您将我们蔚州城隍的拜帖收下？也请您转告龙王大老爷，就说他认识的那个豆腐灶王来过，如果他再问，您就告诉他这个灶王说他大概曾救过您一命。”

门口小洞里的眼睛闪里去了，然后是一阵叽叽喳喳。门，终于开出了一条缝，有张脸探出了半张，缩回，门缝里出现了另一张脸，“你是蔚州的灶王？是城隍让你来的？不好意思，刚才，是新来的门房，不太会说话，多有得罪。但他说的也是事实，龙王不在，河神也不在。”

“能否告诉我他们去哪儿啦？什么时候回来？”

“上边的事儿，我们怎么知道。爷们也不会与我们知会。”

“那，您收下城隍大人的拜帖、我的拜帖，等龙王回来您最好是与他说一声……”我自然地沉下了脸——不过是个门子，却有股狗仗人势的味道。

“哟，灶王爷，你看这事儿，我还真有点儿做不了主。”他自然也看出了我的不快。

“这话，怎么讲啊？”我肚子里的怒气都要把我的肺和脾都给炸开了。

“他们这一走啊，我们还不知道能不能回得来。我也告诉灶王老爷，我们都是新调过来的，情况也不太熟悉，也怕给你耽误了事儿，你要是愿意呢，就在前门儿那，按照拜会的程序一项一项来。”

“你说什么？回不回得来？”

“这位灶王老爷，我只得言尽于此。我曾在应州城隍庙当差，负责水务闸门，也算与你和城隍有些渊源——若不是如此，我也不会与你说这些。我们小差役，管不得大人们的事儿，要我们过来这边的时候上边严令，无论是谁，一律不接待不放入，等新龙王到任后再说。你还是请回吧。”

“我，我们怎么不知道有这事儿……”

“刚刚发生不久。我们来换岗，也不过半个月。你要是非要见龙王与河神，你就从前门儿那递条子，不过我觉得你还是不要递了，没用。”

“好好好。”

离开龙王庙往回返的一路我真的是怅然若失，先是我心脏里空了，后来是肝、胃、肠子，然后是大脑、耳朵和眼睛……坐在马车上，我渐渐地就成为了一个空空荡荡的躯壳，而这躯壳，也似乎就要像融化着的黏糖一样化掉。“曹府灶王，城隍庙到了。”驿丞和我说话，而我的耳朵还在融化着。“曹府灶王，你是来城隍庙还是回曹府？”驿丞又和我说话，他提高了自己的音调。“哦，到了？我下，我在这里下。”

我带着那种继续融化的感觉走进了城隍庙。门子让我先等一下，城隍老爷正在与大同府城隍的上差说话，大概不会很长。“看你的样子……怎么这么无精打采？脸上都没了血色。”门子让我在一边坐会儿，“是哪儿不舒服吗？”我说不是，不是。没什么事儿，我先进去找一找高经承。

“真的？真有这事儿？”高经承也非常惊讶，当我和他说出蔚州龙王可能不会再回到蔚州的时候，他竟然也像我一样有些怅然若失，像是被什么给抽空了似的，“你说，我们经营这么多年……算啦算啦，一会儿你自己和城隍说去吧！”高经承的脸色也有些丧失了血色的黄。

“你说，小冠这事……”

“先别和我提小冠这事，兄弟，你懂吗？咱城隍老爷是不是还拜托你一件事儿？那事更重要，更关键！——当然，这事儿也不能全怪你，我要是早一年半年……”

不知道为什么，我空荡荡的心突然又回到了身体，它多出了几分的忐忑。

送走大同的差役，安排他们去驿楼住下，城隍召唤我到他的书房。“怎么样？怎么这么快就回来了？顺利不？”我将前前后后和城隍老爷言说了一遍，说完，我盯着城隍老爷，而城隍老爷则端着茶杯，一言不发。

“大人，此事怪我。如果我早知道您有此想法……之前，我知道您时常腰疼，所做的也就是为您准备上好的虎髌骨泡酒……”

“不用说了。我当然早就知道，虎骨是你送我的，要不然，高经承上哪儿弄虎骨去——也难为你有这个心。咱这个蔚州龙王，敖琼，我也是有点儿耳闻，不过依仗父兄的荫护，志大才疏、事事张扬，做了一就一定要吹成十，反而更让自己显得有点儿蠢。他这做派，自然不会受上天言官们的喜欢，若是低调收敛大约也没什么事儿，唉，不说他啦。但求他能吃一堑长一智，闭门思过，历过此劫后再有新的发展吧。这件事儿，也就这样算啦。哟，我这腰……”

我跪在城隍的面前：“大人，请您帮我。小冠只有两年的时间，我不能让他……”

“曹府灶王啊，你的意思是？我怎么帮他？帮他篡改生死，让他成为另一个彭祖？还是陪你去地府疏通，找魏判官，让他下次的轮回托生在一个富贵不到头的人家，让他可以任意地胡作非为、为非作歹而不遭受任何的惩罚，平平安安长寿一生？曹府灶王，你也知道我一向对你高看，因为你身上有我的影子，有些地方特别地像我。不过，我还是想提醒你一下，你啊，别太感情用事了，别忘了你做灶王的本分和职责。小冠，那孩子我也喜欢，我也早帮过你，可这个帮不能没完没了，也不能完全没有原则，是不是？你得提醒你自己，你是他们家的前任灶王，你是在他们家记录他们的生活、记录他们做的好事坏事的。如果现在小冠在你身边，你会不会修订对他的记录，把他做错的、不好的事儿轻描淡写，或者变成好事呢？”

“那自是不会……”我说。

“我看难啊。你想啊曹府灶王，这几年，你为了饼店灶王的事儿找过我，为了田家灶王的事儿找过我，为了一个直峪土地的事儿找过我——结果人家还不领情！说他不知道！……现在，连小冠的命数你都想改一下，那些轻飘飘的记事又如何改不得？我可是多次提醒过你啊，曹府灶王，防微杜渐，你可得战战兢兢才行。你，是我在蔚州最为看重的灶王之一，我也多次向上边保荐你，你，可不能因为这样的小事儿失了本分，而自毁声名啊。我的话，你再仔细想想。”

从城隍的房间里出来，我想再与高经承打个招呼，然而门敞着，房间却是空的。我在门口停了一盏茶的时间，然后退出来，绕过二门前的松木牌楼，仓大使从门子房的角落里闪出来：“曹府灶王，谁惹你不高兴了？来，到我这里坐会儿？”“不了不了，”我摆摆手，“我得回去，天色不早了。”

“是不是去龙王庙那里，吃到闭门羹啦？称你是恩人的龙王，出事啦？”

我停住脚步：“你听谁说的？”

“都这么说啊，三五天前，我就听龙王庙那边的朋友说起过，只是当时没在意，觉得跟我有个啥关系，后来你带着城隍老爷的车出门，我就想，咦，他会不会是去找龙王啊？对了，戏排得不错。你还是挺厉害的么。”

“承蒙夸奖，不胜感激。”我冲着仓大使拱拱手，“有机会，请兄弟去我曹府吃酒！”

“一定去，一定去。曹府的酒，这几年我喝得有点儿少，我自己都觉得亏得慌呢！”

十三　叫他小冠，还是王鸠盈？

见到小冠的时候，他正在卫所一间僻静处的房间里打麻将——他们几个赌徒的在，使得原本的“僻静”变得喧哗嚣张，房间里面竟然还飘满了淡淡的烟。“灶王爷，你来啦!”他回头和我打个招呼，“先坐会儿先坐会儿，我们忙着呢，顾不上。要不这样，哈哈，你到那个王八蛋的后面去，把他的牌看了告诉我！小爷的钱都让他给赢去啦!”

尖嘴的“王八蛋”朝着空中看了看：“至于吗？输这点儿就输疯啦？灶王爷都出来啦？”

“前几天，他也犯过这病，自言自语，却说是和常平仓的土地聊天！你要是和阎王爷聊聊多好，让他封你个判官，先把那个不干人事儿的指挥使勾走……”

“你小子怎么跟小爷说话!”小冠嘻嘻哈哈地假装愠怒，然后又回头，对着我：“你怎么到这里的？他妈的，不如通州好玩，又热又潮，还有一股子阴气！小爷我早就待得够够的了！不过这里的白汁鲳鱼和舟山绞酥还不错，等我结束了牌局，我带你去吃！不带这几个烦死人的家伙！”

我从他们的房间里退出来，坐到树荫下面。阳光灼热，打了卷儿的叶子闪着白亮亮的油光，仿佛继续下去，叶片中的油脂就会晒得滴下来，在空中悄悄地把自己燃尽。周围的一切都是白色的，即使那些绿，那些红，那些灰和青，也是白色的，强烈的阳光使劲儿地晒透了它们，让它们变白，变得恍惚，仿佛有一股白色的汽在空气中蒸发着那样。即使坐在树荫的下面，我也被晒得晕晕的，不自觉地产生出困倦来。

恍惚中，我看到一个人影，拄着根拐杖，从大门的一侧进入到院子。“哎！”我远远地和他打个招呼，略有驼背的人影似乎并没注意到，而是在一栋营房的后面消失了。正在打盹的时候，没想到他从我的背后冒出来：“你是谁？神仙？肯定不是天尊，不是三官大帝，不是星君，也不是雷公电母，当然不会是电母啦。也不是岁神太岁，他们都打扮得特喜兴，尽管我就见过两个岁神太岁[1]，别的太岁也差不多吧，要不怎么会在神仙里面区分出来。不是魁星，魁星我在庙里见过，长得不是这个样子，当然魁星是不是长得像庙里的一样我也不太知道，反正我就不像土地庙里的土地，你说是不是？”这位土地喃喃地说着，滔滔不绝，“看上去你也不是六丁六甲，他们是降魔伏鬼的护法神，应

1　太岁，即摄提，原始干支的别名。太岁神又名岁星、顺星、太岁星君等。在当年当值的太岁谓之“当值太岁”，是一岁之主宰，“犯之则凶”。

穿着武将的盔甲才对，你没有，不过你的衣服的面料不错——四值功曹？不是不是，值年值月值日值时的功曹应当在天上，到这个偏僻苦热的地方来干什么，又没个人说话。你是灵官[1]？真人？”

听他说着，我竟然完全没有了困倦。

“我是灶王啊，土地公公。”

“灶王？不像不像，看上去不像，要不然我早往灶王这边猜了，我见过的灶王有四百三十一个……四百三十二个——四百三十三个，是四百三十三个，都和你不一样。你也知道我们这片地儿主要是屯兵，和州府啊，村堡啊都有些距离，所以见到的灶王不是太多，你可别以为我这土地就管这么小一块地儿，才四百多户——主要是我这里兵营多、荒地多、河流多，人烟少。听你口音是外地来的吧，让我猜猜你是哪儿的，原来我对人的口音特别敏感，现在不行了，我也不知道是什么时候不行的……”

如果不打断，我想这位话多的土地会一直自言自语地说下去，就是明天早上也未必打得住，“大同府。蔚州。我在人世间的时候，是在河间府。”

“是啊我也听出来了，是有些那边儿的口音，但不重。我在人世间的时候是淄川人，咱们离得应不很远，成为土地之后我就一直待在南方，最初的时候是在长乐灵峰，你知道那里吧？多是丘陵，平地儿

1 道教中的神灵名，为护法尊神，有五百灵官的说法，也有地方将他们看作是火神。

很少，蛇虫特别多。再就是风多，有这么个俗话叫‘六月风初，七月风半’——一场大风刮了两个月还没到头呢！我从那时候啊……对了不知道你发现没有，你也可能没注意过，你接触得少——在偏僻的地方，多山岭少人烟的地方当土地的，有一大半儿是话痨，有一小半儿则是一句话也不说，你说什么他再着急也答不上来……我的话有点儿多你别怪，我是怕自己一个人在这边值守一直没人和自己说说话，时间长了脑子就木了、舌头就短了……”

我说你不会你不会，你是我所见过的土地当中最最健谈的一个，原来我在直峪当灶王的时候遇到过一个话多的土地公公，是我很好的朋友，但他也绝没你的话多。

“你说的土地不认识，我每年参加的土地尾迓[1]也多局限于州府为界，所以没见过。对了，他们总说我们土地是神仙中职位最卑微的那个，我觉得不对——说句话你可别不爱听，我们至少能比你们灶王强一点儿是不是？一位灶王只能负责一家，是一家之主，而我们土地公公即使是山野中最偏僻的地方的，也能有十户八户不是？再说，有明以来，我们土地的地位也有所上升，毕竟洪武皇帝生于盱眙土地祠，建文帝在修筑应天府铁塔的时候特别要求要建土地堂……就是官职未变，责权未变，我们也比灶王受到了更多的重视，是不是？”

“是是是。”我笑了一下，“所以我们灶王见到土地公公，一直都是

1　尾迓，也作“尾牙”，是每年农历十二月十六对土地公公的岁尾祭拜，相对于农历二月二的头牙。

敬三分的，都会……”

“你还真别笑。我知道你心里不服气，我和这边儿的灶王们说他们也不服气，可你想啊，你们灶王，能管什么，能做什么，不过就是负责记记事，记录每天这家人的情况，他们家婚丧嫁娶用不着你们，过得好坏你们也帮不上忙，遇到什么头疼的事儿你们其实也毫无办法……我说的对吧？我们土地，至少知道这里地下三尺有什么，哪里有铁哪里有金，哪里有老鼠洞哪里有刚刚埋下的死人，哪里该长什么花什么草我们也知道，谁家的羊吃到了人家的稻我们也知道……怎么啦，你不爱听吗？”

我睁开眼睛：“不是不是，我在听，我在仔细地想你说的这些话。”

“你想就对喽！我也告诉你，就是这里的这些人，这些事儿，我也知道得不比灶王们少！不过就是我不愿意记到纸上罢了。我跟你说……”

——那，你跟我说说小冠吧。他在这里怎么样？

“哪个小冠？你让我想想……我怎么……你是说，卫所指挥使？他现在去府里办事了，说是办事儿，我告诉你吧，是去环采阁啦，他那点儿爱好在卫所这里无人不知。‘十年一觉扬州梦，赢得青楼薄幸名’[1]啊。”

“不是，”我摇摇头，“他现在叫王鸠盈。”

“那你说小冠，到底是小冠还是王鸠盈啊？王鸠盈我认识——你

1　唐代杜牧《遣怀》中的诗句。

别说，这小子很有些特别，他能看到我，他也能看到你吧？我实在想不通，他又不是神仙，不过就是一个人世间的大户人家的孩子，为什么他就能……”

土地公公滔滔不绝，他的嘴里有一条太过漫长的河流，而有些浪花则变成了他口中的唾沫……说着说着，土地公公就会伸出自己的手来，把自己嘴角积攒的、泛白的唾沫擦下去。我们一直说到了黄昏，而这其中，我几乎没插过几句话，而插话的原因无非是，他口中的那条河流漫渗得太过宽阔，我希望他能收拢一点儿。“我能记起来的也就这些啦，要还有想到的，我回头再跟你说，你明天回去不？大老远地跑了趟也挺不容易的我也知道你们灶王也都苦哈哈的不一定雇得起好一点儿的马车，有的灶王如果分在一个穷人家怕是差一点儿的马车驴车也雇不起只能用步量来走过来……时候不早了我得回去，倒是离这不远你有时间也可以去我那坐坐我家的土地婆婆不怎么爱出门你就是拉她拽她也没多少用，她就喜欢围着自己的那片地儿转一有来土地庙烧香的她就高兴。我说有啥啊哪个月的初二、十四不都有人烧香么她说不一样不一样只有不在初二和十四来烧香的人才是真的敬土地公公土地婆婆的人……”

辞别了土地公公，我依旧在树荫下面坐下，卫所后院的喧杂声依然不绝，直到天完全黑下来小冠才和那几个牌友勾肩搭背地走出来。“等急了吧？灶王。”小冠笑嘻嘻地冲着我大摇大摆地走过来，“我说早点的，结果这几个王八蛋就是不说散，直勾勾地盯着小爷兜里的钱！

没想到啊没想到，小爷的手气上来了！”

“赖皮！无赖一个！”有人在小冠的面前解开裤子，朝着墙角。

“谁赖皮？”小冠在那个人的屁股上踢了一脚。

那人尿完，提起裤子：“说别人对不起王鸠盈！”

“别管他们，这些狗一样的东西！”小冠拉着我，我们来到距离卫所大约二里路远的一家酒馆。

“我听说，你和来视察的都指挥佥事吵了一架，还想动手打人——结果被带到衙门里关了三天，有这回事不？”

“有。但不能怪我。谁让他什么都不懂还敢横挑竖挑，找我的毛病。要是有下次，我还不会让着他。”

“我听说，你和你们卫所指挥使经常一起去青楼……”

“没几次，去是去过。灶王，刚开始吧，我还劲头挺足，隔上几天自己闲着就心里发痒，现在不了，觉得吧，也没什么意思。不就那点儿事，小曲吧，我也不怎么爱听；小酒吧，喝着喝着也就没味儿了；女人们吧，换来换去，就觉得吧像一个人一样。等回来的时候，整个人都他妈是软的、塌的，更觉得没意思。后来我就不怎么去了——指挥使叫我，其实就是想让我替他花钱！我知道，他当我傻啊！要不是前半年经常陪他，你以为我和都指挥佥事吵架，能那么轻易地从牢里出来？还啥事没有？灶王，我王鸠盈是有些浑，但真不傻，玩儿他们还不像是玩儿小老鼠似的！”

“小冠，我听说，你趁着吏目微醺的时候往吏目的酒杯里倒墨汁，人家发现了你还逼着人家喝下去……他是不入流的小官儿，恰恰如此，你也更不能欺侮他……”

“灶王爷，我再说一遍，我是王鸠盈不是小冠，我还真不高兴你那么叫我。对了，这些事儿不是这边的灶王说的吧？你们认识？这个搅屎棍，看我不揪烂他的舌头！”

我说：“不是，我没见到你们这的灶王。是这里的土地公公。”

“哈哈哈，他呀！不奇怪，他的话可多啦！你要是被他缠住能黏死你，有的时候我都想上去踹他几脚，谁让他的话这么多！我觉得吧，辞灶时的糖瓜应当喂给他吃，粘住他的嘴才对……”

“别岔开！你先说，有这么回事儿没有？”

“都猴年马月的事儿啦！我们俩早好啦——今天打牌，坐我左侧的那个就是他啊，这家伙太抠，说好赢了钱喝酒，可到他那里就一毛不拔，我也能让他？算个屁啊，跟小爷玩！”停了一下，小冠忽然又想起来，“灶王，这么一下午，你着不着急？要是我，我早就掀桌子啦！哈哈哈当然你是灶王你也掀不动！”

我说，我还真没着急。要是之前吧，我可能会着急……

“现在为什么不着急啦？你的肝被人捅破了，还是脾让人捅破了？”

“唉，你这孩子。”我盯着他的下巴，心里突然有种悲凉。

“有什么事儿？你说吧！小爷给你出气！”见我并没有应声，小冠换了个口气，“灶王爷，你说，真要有事儿，我绝不会缩头，谁要是缩一下头、皱一下眉，谁就是孙子！”

我说没什么，我没事儿。就是觉得你长大了，已经不像在通州的时候。

“我跟你说，用不了三年，我会把这里变成通州，小爷我就是定海的第一霸王！我要让他们都知道小爷的厉害！”

——小冠……

“灶王，我说了我是王鸠盈，不是小冠！我不想当那个谭豆腐家的小冠，吃不到什么、穿不到什么，还总是挨打挨骂的小冠。我不想当那家里人在外面受气，而自己必须要受家里人的气的小冠。我不觉得当小冠有什么好，虽然我忘不掉。我知道你对我好，一直对我好，咱们就不说这个了，喝酒喝酒！”

不知不觉，我喝得有些醉了，这还是我成为灶王以来醉得最深的一次，脑袋里面有一个巨大的车轮在不停转动，偶尔会突然地撞到什么，然后是一阵晕眩。小冠扶着我出门，我推开他，冲着路边的树直扑过去……“吐了几次啦？”“三次。”话刚刚说完，我不得不再次推开他——

我不知道自己是怎样上的床。半夜。头疼欲裂的感觉还在，我感到口渴。

坐起来，我伸出脚去够床下的鞋子，未能够到——这时我才意识到我不是在蔚州曹府，我现在睡着的地方是木床也不是火炕。我是怎么到这里的？我不得不坐在床上好好地想了一下，自己是怎样离开的蔚州，怎么坐的船和怎么坐的马车，又是在什么时间来到的定州卫，什么时间见到的小冠，又是什么时候喝的酒……后面的情景依然不是很清楚，不清楚干脆也就不想了，我打个哈欠，用手在床边去摸索火镰。

灯亮了。坐在桌子一侧的小冠点亮了灯：“是不是口渴？你等着，我去给你沏茶。”

“你怎么在这儿？”我问，“你怎么没回去？”

“我怎么回去？我和店小二说，我给灶王开个房间，你看不见没关系，让它空着就好了？”小冠递给我茶水，“他们一定把房门偷偷开八遍，或者去报官，把这个房子封起来。对了，官府的封条对你灶王的出入有没有影响？”

“有影响。”我晃着脖子，“道士的符咒、和尚的偈语也有影响。”

“我和他们说我在这里睡。”小冠又给我倒上茶水。

“你上床来睡吧，”我对他说，我听到外面二更的梆子，“你也累了吧，喝了不少酒。王家少爷没受过这罪吧。我在桌上就行。你知道灶王攀向高处就能让自己的身体缩小些，而且也没什么重量，不怕把桌子压塌。”

“我不困。”他说。

“我也睡好了，基本。你要是不困，我们说说话。”我说，“小冠，不不王鸠盈，你能不能再给我倒点水？我还是浑身乏力，头晕得厉害。”

“是啊，你喝得太多了。”小冠又给我倒来一杯水，然后坐在椅子上。似乎有些怪怪的——我盯着他上上下下：这哪里还是那个纨绔的五陵？

“王鸠盈，你怎么啦？不是也喝多了吧？”

“我没事，那点儿酒。你也太小瞧我了。”

接下来很长一段时间，我们俩都在沉默当中，一个侧卧一个侧坐着，气氛有些莫名的诡异。为了打破不断叠加的尴尬与诡异，我只得找个话头儿，努力让自己像下午时分见到的那个驼背的土地：“半年多没见你真的是变了，我在曹府的时候想啊想啊，想到你长得高点儿胖点儿，可就是没想到你会有现在的变化，你看你也会处理事了，也会照顾人了，还肯给我一杯一杯地倒茶水……我在通州见的小……王鸠盈可不是这样，你自己还记得吧，当时的王鸠盈是个什么样儿。有一次我去你们家还没进门就听见里面有什么东西在那么惨地叫唤……”

“我没变。”小冠突然插话，“灶王爷，我没变。至少，在我们喝酒的时候还没变。你说，我现在变了是吧？”

“啊……”我犹豫了一下，不知道怎么回他。

“那你告诉我，你睡觉之前和我说的是真的吧？你要我找我爷爷，尽快把我调回去，调到山西行都司、威远卫、榆林卫甚至高山卫都行？你说我在明年七月初九这天千万千万不要出门，一出门就可能有祸事发生，是真的？”

“我……”我的大脑一片空白，我真不记得在酒醉之后说过什么，是以什么方式、什么表情和什么样的情绪和他说的。但我无法否认——因为，我来，就是想和他说这些的，只是我不知道该怎么开口，可以用什么样的方式来告诉他。

“我……”刚刚变好的晕眩感又重新回到了我的身体里，“小冠——啊王鸠盈啊……”

“灶王，你可以叫我小冠。我知道你为什么总是叫我小冠。但我真的不喜欢小冠，不喜欢那个生活。你可能感觉不出来，我当时是有多委屈……他们不在意一个孩子的委屈，你当灶王，也不一定在意。我当时其实想过，不止一次地想过，我早早地死掉吧，我离开这个家吧，下辈子托生到一个不挨打、不挨骂、不拿你出气的好人家吧……可真死的时候，真死了的时候，我害怕。”

“小冠小冠，你也别着急，我们还是有可能……哪怕这种可能只有万一。你先按我说的方法躲一躲，我，我和高经承、城隍爷再去求情再去商量，只要能让我再进地府一次就行，我只要能见到魏判官一面就行——一定是他搞错了，一定是他的问题，他是会纠正的，我相信，他一定能纠正过来……”

“还真不是他的问题。这事儿，他没有问题。你知道，他为什么要让我能看得到城隍、灶王和土地么，不让我喝孟婆汤？一方面，是为了让我和你联系，我知道，你更像是我的父亲，这一点儿我一直知道！所以在我那么浑、那么坏、那么不听人劝的时候，我都没有和你争吵过，反驳过你……而另一方面，另一方面是，他让我记得这个命是我自己选的，什么时候都不能怨别人！当时，马面拿了六户人家的新生册子要我选择，我就问他哪一个是最最富有、最有权势的人家？我真的不想再到穷人家了，你看看西南堡的那些穷孩子们，都是什么样！过的是什么样的生活！我当时一心一意想到最最富有、最有权势的人家去。马面指给我，魏判官先拿过去看的，他说不行，这人短寿，不得善终。我说我不怕，我就要这个！魏判官说不行不行，绝对不行，我说我偏要这个，要是不给我，我也就不走啦！——我敢那么说，也是想，龙王的面子他总得给吧，他应当不会让我真的再成一个野鬼吧？他被我缠得没办法，说行行行，你自己选的自己得认。这样，我把你上辈子和现在的记忆也都保留着，以后要是我的朋友责问说我不近人情，你可得把话给他说清楚！我当时只图……没想到自己的命会这么短。还有一年，一年多一点儿。我得想想，这一年……”小冠捂住了自己的脸。

“我，我们……”不知道是什么东西，把我的嘴巴堵住了，把我的心脏也给堵上了。

“出生在王家，我还有六岁的记忆，所以，我还在那么大的时候就开始想，自己要来的这辈子该怎么过。我不想读书，是真的不想，好不容易没人那么管我、没有拿自己的不顺心来教训我了，我还非要把自己捆成一个木头人干什么？而且，我想我反正也得早死……我以为这个早死怎么着也得三十岁四十岁，以为还早着呢——读书，为的是功名，一个短寿的人拼死拼活地求功名还不一定就求得上，就是求上了又有什么意思？我想，反正也得早死，那我就早早地吃够了、玩够了、闯够了、闹够了，这样才不亏不是？……

“我记得和你说过，我做那些偷鸡摸狗的事儿，一是找点儿刺激、乐子，二是报复，我真的是受够他们了！你在我们家待着又不是不知道，天天因为个鸡毛蒜皮，这个和那个不痛快啦，那个和这个打破头啦，丢一根针，就像是被挖了祖坟！你们不是爱哭吗闹吗叫吗，那我就让你们哭、闹，让你们叫个够！我还不走，你们就是知道是我做的又能怎样？打我啊，拿斧子来砍我啊！他们又不敢！

“和那些无赖浑蛋们在闹市赛马，是我不对。可我看不惯他们那副臭德行！一个个都是草包，不就是仗着家里有点儿钱有点儿势，就觉得自己怎么不得了——看小爷怎么教训你！他们不知道自己的寿限，撞死撞伤别人可能不在意，可他们怕死，我不怕啊，我知道我不会在那时候死——我就非要玩惊险的，就要玩吓人的！怎么着，一个个不都成了孙子，叫他们什么时候撅着屁股，他们就得马上撅起来！这帮三孙子，你不让他见到血、不让他见到墙，他就绝不知道这世上有血有墙，一旦让他看到自己会流血、会撞到墙，立马就会屃下来！

“爷爷想收拢住我的心，给我说了门亲——亲是早早定下的，我也看到过，人嘛，说得过去。但我不想。我还没玩儿够，还不够本，我也想知道女人到底是什么样儿，要不要在自己身边留那样一个女人……灶王，还有一点是，是我最怕的：我怕像我在西南堡的爹娘那样死去，而孩子在一边看着！我受不了，我实在受不了——魏判官说，我的死不是善终啊……”

小冠趴在桌子上呜呜呜呜地哭泣起来，那声音听上去，就像是六岁的孩子，“当年，我是看着我的父亲和母亲，是被火如何烧死的……我一直忘不掉。我一直不想承认自己是小冠，其实也有这个原因，我不想记得之前的事儿，一想起来我就，我就……”

……天渐渐地亮了。小冠擦擦眼泪，突然咯咯咯咯地笑起来：“灶王，我可没想要这样！这哪里是小爷王鸠盈的做派！还有一年，我起码比那些只开几个早晨就得凋谢的花过得值吧，比那些进不了冬天不知道这个世界上有冰的虫子要过得值吧！有什么可哭哭啼啼的？还不如去裹个小脚呢！”他有意模仿着扭捏的女人，“灶王，你怎么还不笑啊！”

我也笑了起来：“不管怎样，我都会再想办法的。小……鸠盈啊，我在这边无亲无故，在心里面，你，你……”我又说不下去了。

“灶王爷，你当灶王的时间长了，生死见得多了，应当就能放下啦。我觉得吧，你应当给我找一个灶王奶奶，有个伴儿。那样，我明年走的时候——我先喝了你的喜酒之后再走，你能答应不？”

“好，好好。”我又擦了擦眼泪。没想到，我远比我以为的要脆弱。

“还神仙呢。真不像话。”小冠摇摇头，“你等我一下，我先回一下卫所。还有一年的时间，我得用得好一点儿，可不能让他们小瞧啦！从今天起，我要让他们记住我，一辈子念我的好！”

我听着，小冠噔噔的脚步离开了酒楼。我也走下楼去，在楼下的水池边停下，看着水里的鱼和自己的、柳树的倒影。倒影中，一个拄着根拐杖、背略有些驼的老人一晃而过——哎……我转身，抬头，四周已经没有了他的影子。又在水池边站了一会儿，让自己更稳定一些，我决定重新返回楼上。打开房门，我发现小冠已经在房间里坐着了。

银袍，银甲。和我在梦中梦见的穿着竟然是一模一样。“灶王，你看看我这身，怎样?”他还学着戏里的样子，亮了个相——“你说我是该叫小冠，还是该叫王鸠盈?”

我的眼泪，立刻又变得汹涌。

十四　仿佛热锅上的蚂蚁

好罐：

张厨师早早地来到厨房。他认认真真地检查了一遍灶火和木炭，食材和各式各样的配料，然后系好围裙，准备做菜。

负责烧火的小厮来了，他的眼角还挂着眼屎。

负责来回跑腿儿的小厮来了，他拿起笤帚，到厨房屋檐下掸了掸衣服上的灰。

负责灶台清理的小厮来到，他向大家点头，从井台那里打来了水。

二十九岁的赵厨娘来了，她已经嫁人，却一直没有孩子，待在曹府厨房里的时间远比在家里的时间多，不做糕点的时候就爱蹲在灶台前发呆，盯着跳动的、没有规律的火。

十九岁的李厨娘，进门之后就朝着每个人点头，然后闪到赵厨娘的身后去，帮助赵厨娘系好围裙，然后再系好自己的。

厨师韩歧云来到厨房。他认认真真地检查着煨着的鸡、炖着的肉，用长长的大勺敲敲放满酱肉的缸子，敲敲堆放炸鱼的坛子，仿佛他可以通过敲击的声音判断肉是多了还是少了，鱼是熟了还是没被炸透。

负责沏茶抱墩儿的小厮到来，他拖着一个大筐，里面是新鲜的蔬菜和还滴着水的藕。

夫人房里的小翠到来，她一来，就蹲到了小灶的一边。

个子高高的邱希明，他向身子更有些胖的张厨师递上一张纸，然后凑到小翠的耳边一阵耳语——他是二少爷身边新来的小厮，而原来的“二总管”常欢则再也没有了踪影。

刘管家来过，他最近患上了哮喘。

“五叔”刘乐亭来过，他的话依然不多，也不会多在厨房里停留。

坏罐：

“鳜鱼，给我捞那条略小些的，我看它最是欢实。把虾仁和春笋给我备好，水发的香菇切成丁，豌豆和绍酒……老爷这是又请谁？怎么催得这么急，不知道你注意没注意五叔的表情……”

“快点儿吧，燕窝焖好没有？不是早让你准备吗？给我十二个汤匙，废话，清汤柳叶燕，清汤柳叶燕，就是那十二个，把鹌鹑蛋打在每个汤匙里面！你没听说？老爷要请的是，詹事府[1]的谭主簿。听说，还备下了厚礼……”

1　詹事府，中央机构之一，创设于明洪武时期。主要从事皇子或皇帝的内务服务，其中置詹事、少詹事、主簿等官职。

“詹事府主簿？至于这么……不过是个七品官儿，还不如老爷在告老之前的官儿大！哎，光顾说话了，火大了点儿，好在还有补救……”

“小心小心！今天这宴非比寻常！刚才我听后院里的小厮说，老爷已经成了热锅上的蚂蚁，他还从来没有像今天这么焦躁不安……你没听说？那个院里，都乱成粥了……”

“我听了一耳朵，大少爷出事儿了？有啥事儿？他一直顺水顺风，也那么有城府，可不像这二少爷……”

“什么事儿不知道。听说，是北镇抚司的镇抚使带人抓的，带的人都是飞鱼服！——你的嘴快，这事儿可别向外乱说！”

“这么大的事儿啊……可是，詹事府主簿又有什么用？他能主锦衣卫的事儿？去去去，把炸过鱼的油给我倒掉！洗干净了，别留半点儿残渣！”

“我听说是，老爷走的是一条曲线——谭主簿与锦衣卫[1]的指挥同知是儿女亲家，再说，詹事府，也常见皇上太子，别人也敬三分不是……”

（背后议论是非，坏。）

“不要做了不要做了，把烧好的海参倒掉，把那碗鲍汁炖鸡也给我

1　锦衣卫是明朝的军政搜集情报机构，前身为明太祖朱元璋设立的“拱卫司”，后改称“亲军都尉府”，洪武十五年（1382）改制锦衣卫。主要从事侦查、逮捕、审问等活动，也有收集军情、策反敌将等职能。

倒掉！栗子酱牛肉，把牛肉和栗子挑着分开，牛肉还可以再用……”

“为啥啊？为什么刚刚做好就要倒掉？老爷知道不知道？”

“老爷不知道我怎么有这么大的胆子，我全身都是胆也不敢啊！客人不来啦，老爷请的六位客人，一个也没到。刚才小厮去前面请示，老爷还冲着他发火——他说现在他还能感觉自己的肝儿在颤。倒掉，全部倒掉，一个菜也不要，就是老爷的原话，我能有什么办法？咱的老爷，真的像蚂蚁爬到了热锅上……”

“真他娘的！少爷在吏部红的时候，老爷宴请，他们一个个屁颠屁颠地早早跑来，现在有事儿了，躲得比猴子还快！就见不得这种东西！”

“见多了就不怪啦。其实也别说人家，当年，都督同知曹钦[1]的外甥从大同左卫逃出，投奔咱老爷，咱老爷又是怎么做的……”

“那不同！他那是谋反！咱老爷打断他的腿再去送官也是迫不得已……”

“那他们不来，是不是也可以说是迫不得已？你以为锦衣卫要是真的收监了大公子，会不盯着咱们？我听说，上次詹事府的谭主簿也没下车，在门外和老爷说了两句就去衙门了。”

（背后议论是非，耗物浪费，不敬上主，坏。）

“赵厨娘，准备杏仁白果糕一份儿，桂花栗饼一份儿，参丝山药

1　曹钦（？—1461），太监曹吉祥的嗣子。天顺五年(1461)七月，其与曹吉祥起兵谋反，在与守城禁军厮杀兵败后投井而死。

糕一份儿，赤豆猪油松糕一份儿。歧云，管家点的是青椒牛肉粒、鲨鱼皮脍、精肉豆腐团、鹿茸老鸭汤……刚过衙门口，听好事的在那里议论，东下关那边儿都饿死了两个？这还有完没完啊。”

“天这么旱，去年的收成就不好……那块牛肉不要了，一看就不新鲜，把下边的那块牛肉给我拿上来。”

“二位师傅，我刚才也听说了，不过我听到的可不是饿死的，是上吊死的，两口子吊死在一根房梁上。乡约去催粮，敲了半天的门怎么就是不开呀，他就觉得不好……”

“去去去，没你插话的份儿！烧你的水去！小兔崽子，你记住，我们说的话你一句也听不见！听到没有！对了，管家前天就说让我们熬粥布施，怎么说完了就没动静了？”

“你还说呢！为了这事儿，老爷急得啊，气得啊！就像是热锅上的蚂蚁一般！本来我们老爷都安排了，门外也贴了告示，结果衙门来人说，不允许。”

“没听说这事儿还有不允许的！每次有灾，他们不是都要鼓动各大户人家……”

“去把那个漏勺拿来，把炸过的素丸子端到外屋里，别和松子鳜鱼串上味儿。他们今年也鼓动了，别人家已经开始，可就是不让咱家，唯独不让咱家。”

“他什么东西啊！这些踩低攀高的货色！他妈的昨日我还和邻居说了，让他今天一大早儿过来……我，我回去怎么见人家？他家断粮也有三四天了……”

（背后议论是非，耗物浪费，不敬官府，坏。）

“夫人没了……”

“刚才，小翠还来过……她怎么没说？”

“刚刚。我上井台那提水的时候，听到那边院子里有人哭。我就……”

“唉，就这么一个大好人。别看她就在炕上躺着，不说不动，这个家就还是个家……”

“屋漏偏逢连夜雨。我看，曹府应当请个先生来看看风水，不知道哪儿出了问题，一定有问题。你听，你听到哭声了没？”

“都别支着耳朵在这愣着啦！那边，赵厨娘李厨娘你们揉面，你，把火弄得大点儿，多烧点儿热水，说不定有用……”

“二少爷这下，更没人管喽！”

“他还能飞上天去？他是没人管了，给他罩着的树荫也快倒尽了！我觉得吧，留给这个败家子的好日子也不多啦。”

“你怎么说话！也不怕被他们听见！你要是让二少爷知道了，他非要拔了你的舌头，然后让我们做一道菜一起吃进去——他一定做得出来！”

“他不是不知道么，反正你也不会和他去说。”

（背后议论是非，坏。）

“昨天下午怎么回事儿？你的头，怎么破的？”

“我……摔的。”

“怎么摔的？”

“管家，是这么回事儿，他端着一盆刚刚炖好的鸡朝外走，我让他端出去凉会儿，要不然别的菜也都是炖鸡的味儿。盆太热，他个子又小，出门的时候又不小心，踩上了不知什么时候丢在那里的一小段儿葱皮……”

“我问你，是这样不是？”

“是是是，就是这样。张师傅一直看着呢。”

“我听说的，可不是这样。好吧，以后手脚麻利点儿，眼睛勤快点儿，耳朵也给我灵性点儿。这次就这样，要有下次，当然不会有下次了。你俩也听着，家里出了这么多的事儿，你们最好别添乱，传到正在气头上的老爷耳朵里……”

（说谎，胁迫说谎，坏。）

“准备四干三鲜，把牛头蒸好、羊头蒸好，然后上一层蓖麻油，看那些狗啊猫啊耗子老鼠的还敢来偷吃不……大同黄糕、广灵豆腐干、阳高杏脯、蒸炖扒肉条……赵厨娘，做十二个烧饼，不放芝麻，烤硬了放三五天不坏不裂就行；十二个面人儿，四男四女；另外要两个小童子，两个长胡子仙人，太白星君[1]和太上老君[2]……”

1　太白星君是道教中掌管金星的星君，又称太白金星、启明星君、长庚星君等，主战事吉凶。在民间，太白星君的形象是慈祥而富有智谋与口才的老者。

2　即道德天尊，道教“三清”之一。

“我说老张，我看别人家送葬，就没这么做的。一般来说，是……”

“这是咱老爷点的，你要觉得不对你自己和他说去。你看看咱家老爷，都是什么样儿啦！不是热锅上的蚂蚁，就是那什么什么的苍蝇……什么对不对？大户人家有大户人家的风俗，小门小户有小门小户的办法，就咱们知道的那些对？要是咱们的对，我们怎么过不到人家曹府这样？”

“老张，你怎么不明白！这真的不合礼法，要是老夫人到了地府那边，阎王和判官怪罪……现在这个家，在什么势头上你也不是不知道，哪禁得起哟！”

“我也知道这样不对，可我去纠正老爷？我说不能把太白星君和太上老君捏成面人，老夫人担待不住——现在老爷的脾气，有一点儿火星他就能着起来，我可不敢去惹他！算啦算啦，我们按老爷的吩咐做吧！”

“你说，这么长时间了也没大少爷的消息，咱家老爷会不会疯掉……”

（背后议论是非，坏。）

一点儿都没错儿，曹府上上下下，都仿佛是热锅上的蚂蚁，最像热锅上的蚂蚁的应当是从没有进过厨房的老爷，我从厨师们、进入过厨房的管家、仆人、丫鬟和小厮们的嘴里都能感受到炭火的灼热、锅沿儿的灼热，以及从脚底下升腾而起的空气的灼热。

“你说，都这样了……我们该怎么办？”

“什么该怎么办？等着吧，你还能咋样？你觉得现在离开了曹府，立马就能寻到一个好去处？还是准备和灵丘、北口关的灾民那样，坐在州衙的门前，张着大嘴喝西北风？再说，曹府待咱们可也不薄，咱们也不能那样。是福不是祸，是祸躲不过，你就在这里等着吧，大少爷的罪又不是谋反……”

“那你知道，他是什么罪？为什么会是锦衣卫的人来抓？”

“反正不是谋反，要是谋反，咱老爷这儿能看不出一点儿异常？只要不是谋反，那就不是什么能株连的大罪。”

“平时，咱老爷那么多好朋好友，有那么多的枝枝蔓蔓的关系，怎么到了这时……”

“人情从来比纸薄。你还记得吗，那个胡经历？每次来我们曹府必然喝醉，醉了必然会大声呼喊‘谁要敢对曹家不敬，谁要敢在我面前说个不字，我胡某某一万个不答应！我一定把他的脑袋砍下来当球踢！’的胡经历？你哪里还能寻得见他的影子。还有什么王大人、牛大人、朱大人，去年的时候还三天两头儿来，现在呢，现在，你在咱家的院子里还能不能见到那些戴乌纱的、戴忠敬冠的，穿绯袍、皂袍、青袍的？”

“也是。不过，前天晚上那些蔚州的秀才、举人们不还是来给老爷祝寿，还和老爷一起吟诗作对？老爷亲点的黄焖雏鸡和开屏鳙鱼蒸，被他们吃得骨头都没剩！”

“他们并不知道详情！还以为老爷是原来那个老爷，大少爷还是吏部发紫的红人儿……老爷再心焦再心急，也不能让他们看出来，始终都是面带微笑，显得有那么好的兴致！真是做大事的人！”

“你又没在旁边，你怎么知道老爷好兴致！我倒是听说，老爷当着那些人的面儿……”

“快，快起来，起来喽，葱爆羊肉，粉蒸排骨，银耳酸汤鱼……”

“谁呀谁呀，这都大半夜了……刚才你说什么？银耳酸汤鱼？你说把银耳放在酸汤里……”

“二少爷的夜宵，他让你怎么做就怎么做，银耳也一定要放多一些，免得他捞鱼的时候见不到银耳回头冲我们发火。快点儿快点儿，二少爷屋里的小邱还在院子外面等着呢。”

“二少爷又……你说，夫人尸骨未寒，老爷都烦成什么样儿了，躁成什么样儿了，他一点儿都不上心，好像和他一点儿关系都没有似的，天大的娄子，拍拍屁股就交给了别人，然后继续我行我素……真不知道他的心是怎么长的，你说他们家怎么能出这么个东西！”

“小心点，小声点吧！我们当厨子的，老老实实做菜、把菜做好才是我们的本分，你又不是县太爷，用不着你判案。花椒、辣子、葱、姜、蒜，多加一点儿，这时候了，少爷口重。把鸡蛋打了，蛋黄抛掉只留蛋清……小青，换上上次老于在磁州买的碗和盘，也挺细，花花绿绿的——可别用定窑的！咱少爷不心疼，我这个当厨子的心疼。”

“都什么时候啦，还磨磨蹭蹭，快点儿吧！咱老爷那边——”

十五　百叟宴上见到了玉皇

暂时不提发生在曹家的烦心事儿啦!

坐在天马拉着的车上，我的心一直跟着忽忽悠悠，它不能落回到原来的位置，也不能恢复到平静。一路上，我不断地回想田家灶王的脸，饼店灶王的脸，高经承的脸，铁匠灶王的脸，年轻驿丞和中年驿丞的脸，门子的脸和仓大使的脸，饼店灶王妻子的脸，田家灶王嫂子的脸……以及城隍老爷的脸。

“曹府灶王，要知道，这样的机遇……也实话告诉你吧，出乎我的想象，我都不敢想！就我的所辖，就有四万多名灶王，而大同府就有数十万之多，而整个人世间……我听说至少有两千万灶王，还不能算候补灶王。玉皇大帝的百叟宴！要请的也就是一百多名年老的神仙，加上观礼的赴宴的三官大帝、十方天尊、北斗七星君、南斗六星君和各路神仙代表，也就二百名左右——可这获准上天的、参加玉皇大帝百叟宴的，就有你曹府灶王！而且在灶王中，你应当是唯一的!

怎么样，这个消息……”

这个消息让我恍惚，让我陷入失眠。从蔚州城隍告诉我“要作为玉皇大帝百叟酬老宴的观礼群仙代表”前往天庭赴宴的那一刻起，我就没能好好地睡上一觉，即使我躺下，即使我告诉自己什么也不用想立即睡觉也起不到任何作用，就是睡不着，尽管有的时候我已经很困。从那一刻起，我觉得失眠是白色的，我在那么黑暗的夜晚闭上眼，眼前也立刻出现一大片的白色来，就像是漫长的、没有终点可到的大雾。

坐在天马拉着的车上，我的眼前，又是那样一片白色的、没有终点的大雾了。我不清楚自己已经走了多久，也不知道现在已经到达了哪里……在泰山万仙楼的门外上车的时候，我听见有声音在黑暗中提醒：不要向外看，到了地方，是会叫你们的——所以我一直都没有向外看，连那样的念头都没有过。坐在我对面的那位神仙也是这样，他闭着眼，闭着嘴巴，一动不动，仿佛和我说话也是禁忌，也是不被允许的。我张张口，随后把涌到嘴边的问话又咽了回去——在这样的时刻聊得热火朝天，似乎真的是不对的，我还是安安静静地听从吩咐吧。

又不知道过了多久。车停下了。“下车。”我听见有人在外面喊。我看了看我对面的那位神仙，他也看了看我——我们两个都试图谦让让对方先下去。“下车啦！”有一个更近的声音在车外面喊，然后我听见有谁在敲车门，“快点儿！”这一下我们就不再谦让，而是一起奔向车门，头和头轻轻地撞在了一块儿。“你请。”我说。“你请。”他说。

按照次序，我和那位神仙隔着半米的距离在城门外站定，站定之后，我才注意到脚下起伏着的云朵。前面的那位神仙也注意到了，他回头看了我一眼，用手指了指轻得像纱的云，然后又指了指霞光缠绕的城门。我冲他点点头，表示我也注意到了，真是漂亮。在这个过程中我们始终没说半句话，不知为什么，我竟然暗暗地感觉说话应当是被禁止的，如果我不经允许说了一句什么话，就将会被某个神秘的、看不到的神仙记录下来，然后递回给我们城隍——“你要记得，你的一言一行，人家都会当作是整个灶王群体的言行，当作是我们蔚州乃至大同府城隍们的言行，千万大意不得。灶王，在神仙谱系中本来就是最最弱的一环、法力最小的一环，很可能别的神仙对于灶王自然就带着一点点的轻视——要是你再不在意，那他们就更会觉得你们这些小神真的是没素质没教养啊……曹府灶王，说什么也不能给他们留这样的印象。”

终于轮到我了。我恭恭敬敬地把我带的关牒、文书和来自天庭的诰令一并呈向了里面。

“你是谁？”

我愣了一下：“回大人，我是大同府蔚州城隍庙隶管的曹府灶王。”

“只要回答是谁就行。你是从哪里来的？”

“哦，大同府蔚州城隍庙。”

“要做什么？”

“我……”

“你就回答，应邀参加昊天金阙无上至尊自然妙有弥罗至真玉皇上帝耄耋百叟酬老宴的下界诸仙观礼宾，记住了吗？后面还会问到你的！”

“是是是。下仙一定谨记。”

我们来到第二道门前。霞光更加明亮，而脚下的彩云也仿佛洒满了金箔。我再次把我带的关牒、文书和来自天庭的诰令一并呈向了里面。“你是谁？”“你是从哪里来的？”“是哪里要你来的？”我按照上次的经验一一回答了里面的询问。“好吧，把你所带的物品一一送进来。我们要按天规进行检查。”

第三道门。头顶的天空变得湛蓝，霞光万道仿佛是奔跑着的金凤，而起伏于脚下的云朵则平静得像雪，踩上去也有雪的感觉但不会有一点点的冷。门的两侧，各生着一株粗壮的桃树，细细的桃花开得正艳。“你是谁？是从哪里来的？是哪里要你来的？”回答完毕，检查完毕，一位穿着盘领右衽金丝袍的上天差役将我们引向一所容仙驿馆，让我们按照已分配好的号码认领自己的房间，领取钥匙。“各位下界的神仙，你们听我说！我只说一次，如果你走神儿错过了可不是我的责任。你们现在都拿到了钥匙，两位神仙一间房，钥匙，是你们各自一把。我们早上、中午和下午都有例行点名，大家最好不要到处走动——有些神仙可能是第一次来到天庭，自然会有太多的新奇，但我也奉劝大家多多少少克制一下自己的新奇感。天庭是最讲规则和程律的地方，也是执行规则、程律最为严格的地方，因为自己的好奇心遭受惩罚应是天庭不愿见到的，也是各位下界神仙不愿见到的。分在我们这个容仙驿馆的下界神仙，多是第一次进入天庭，只有极少的下界神仙是第二次。所以，从明日早餐后开始，将由天庭容仪教化司、下界神灵观礼行规司、仪礼具答司来负责教习大家在参加昊天金阙无上至尊自然妙有弥罗至真玉皇上帝耄耋百叟酬老宴的各项礼仪，下界的各位神仙一定要打起十二分的精神来……你们记住了吗？”

我们回答，记住啦。“好，今天大家休息一下。我的建议是，最好不要出这个院子，我们的院子也不小，也够大家观赏的——我还要提醒大家遵守天条程规，不要乱摸乱摘园中的鲜花鲜果，之前有过这样的事例，当然我们也理解，毕竟这里有的下界没有，好奇么。可天条程规不会因为你只是好奇而网开一面。对了，明天我们教习礼仪的地方在后院儿，到时候那里有引领，准时到就是了。”

我和同车来到天庭的那位神仙分配在同一房间里。他依然是一副谨小慎微、不愿多言的样子，这一路的同车并没使他与我有半点儿熟络。

一切都方方正正，整整齐齐。无论是床、桌，还是木椅、床榻和灯盏，都是细致而简朴的样子，如果不是在天庭见到，我很可能会以为它们只是普通人家的用物。如果铁匠灶王在，他一定会在厚厚的木床、厚厚的桌子下面钉上钉子，做上自己曾经来过的印记。

——可能也不会：天条那么森严，在下界有些不管不顾的铁匠灶王应也会多出些谨慎和顾忌。还真有点想念他啦。

“挺胸，抬头，目光下移，盯下前方——别向上看，告诉你们千万不要向上看，要是每个下界神仙都使劲儿盯着昊天金阙无上至尊自然妙有弥罗至真玉皇上帝的脸，成什么体统？有没有敬畏？所以大家一定要记住，向下前方看，下前方！如果你是在第一排，目光最上方，也只能到达玉皇身侧护法丁卯神司马卿、丁巳神崔巨卿的膝盖之下……

“双手并于肚脐，右手在前左手在后，有笏板[1]的下界神仙握笏板，笏板与身体保持垂直，没有笏板的下界神仙只要保持双手并于肚脐就够了，别把手上移！要保持整齐，一定要整齐划一，松松垮垮、稀稀拉拉的，哪有点儿神仙的样子！你们这些下界的神啊！算了算了，都按我说的做！

“都做好了没？下面，我们向前——动作的要领都要给我记好！看我和容仪神司教习的示范！迈左腿，带动左脚，正前方——一定不要偏了！你一偏，别的下界神仙即使正的也显得偏了……先抬着！别落下！脚抬的高度，要与下边的云面保持半个靴底的距离，不要高也不要低……好，就这样……

“向前一步……落下。保持同一频率步幅，你们要在自己的心里

1　笏板，又称手板、玉板或朝板。是古代臣下上殿面君时的工具。文武大臣朝见君王时，双手执笏以记录君命或旨意，亦可以将要对君王上奏的话记在笏板上，以防止遗忘。《礼记》中记载“笏长2尺6寸，中宽3寸”。

默默地对自己提醒，给自己打个节奏。你们听我拍手，嗒嗒，再听一遍，嗒嗒，我的第二拍落下你的脚也落下。现在我们完整地来一遍，挺胸，抬头，目光下移，盯下前方，双手并于肚脐，右手在前左手在后，有笏板的下界神仙握笏板，笏板与身体保持垂直，迈左腿，带动左脚，正前方……稽首[1]……”

从上午到下午，我们一干“下界的神仙”在天庭容仪教化司教习的教导下直着身子迈了一天步子，每次最多只迈三步——没想到它竟然让我腰酸背痛，疲惫不堪。用过简朴的晚饭之后，我与同屋的神仙（他自称，自己是三茅真君[2]的小茅君茅衷，之前他的二位兄长都已来过天庭，而他却是第一次）聊了会儿天，竟然很快就睡着了。那是我自从接到上到天庭的消息之后第一次入睡，睡得实在香甜、结实、沉沉。凌晨的时候我才醒来，而同屋的小茅君也早早就醒了。他见我醒来似乎异常地高兴，“灶王灶王，哎呀！你睡得真香啊，到了天庭，你竟然也能睡得着！我就不行，我就……四百七十年了，我还是第一次上到天庭，而且直接可以见到昊天金阙无上至尊自然妙有弥罗至真玉皇上帝！你，难道不感动、兴奋，不是不可名状地感动、不可名状地兴奋么?”我告诉他，我当然也有，而且……很羞愧，我似乎更是不可名状地感动、兴奋，一个小小的灶王，能得这样的殊荣，我的心里

1　指古代跪拜礼，为九拜中最隆重的一种。常为臣子拜见君主时所用。跪下并拱手至地，头也至地。

2　三茅真君，即大茅真君茅盈、中茅真君茅固、三茅真君茅衷，出生于汉景帝时期的咸阳南关，为三兄弟，后经修行皆列入仙班。

再是一池止水到了天上也会沸腾的。我是……从接到消息的那天，就没能睡好过一觉，一直失眠，直到昨天……

“我说呢！我说你不应该吧！像我们这种散仙很难受到上天的关照，而你们灶王啊，土地啊这种小神——我可没有轻视的意思，我说的是上天的看法——小神们能被关照到的机会就更少啦！灶王啊，不瞒你说，来到天庭的这两天……一天半，我看哪哪儿都新鲜！也越发地感觉天恩浩荡，灿若阳光，而统管三界、十方、四生、六道一切阴阳福祸的天界至尊之神、万天帝王，行天之道，布天之德，造化万物，济度群生……也越发地让我感动不已、敬仰不已啊！”

说着，他早有准备地从桌上拿过两页纸：“这两天，我有感于上苍之德、玉帝之德、天道之德，和自己难已的激动与感动，写了两首诗——其中至少有三处绝佳的句子，若不是来至天庭，我估计即使绞尽了全部脑汁儿也想不出来！你看你看！”

登昊天金阙弥罗天宫有感

轻履叠云步舒盈

笏板皂衣至龙廷

云开金阙能揽月

霞披琼楼可摘星

念合八荒心波涌

身瞰四海意气生

小仙遥稽泪欲下

安敢倦忘玉皇情

昊天金阙无上至尊自然妙有弥罗至真玉皇上帝耄耋百叟酬老宴赞词

三清无上妙严庄，

玺诏频颁训炳煌。

玉宇澄清将万圣，

神灵统御定千纲。

乐游最美连宵有，

珍味偏同百叟尝。

已遂小仙平素志，

因擒翰藻颂吉祥。

“我来给你解释一下。我们现在还没有进入到昊天金阙弥罗天宫不是？没到，但我们可以想象，不一定是已经到了才能写，当年《岳阳楼记》[1]不也就是看到了一张图么？我这样说你就明白了吧？诗是可以这样写的。你看，轻履，说的是靴子的轻，但内在的却是说心情，

1　北宋范仲淹于庆历六年九月十五（1046年10月17日）应岳州知州滕宗谅之请为重修岳阳楼而创作的散文。

是说我们到达天宫时的愉快而欢畅的心情，所以整个句子都有种轻快的感觉……加上叠云，是为了强调这里是天宫，不是别的宫殿，它是天宫的独特代指——这个妙不妙？既不显得突兀又做出了强调，貌似轻描淡写但其实别出机杼。你再看第二句，是写我想象的进入天宫时的状态，它是过渡，但这个过渡可不能轻易就滑过去……你明白吧？要是没有这句的介绍交代，很可能别人在阅读的时候就没有在场的感觉，就跟不上你。你再看颔联这两句！灶王，你再读一下，再读一下，慢慢地咀嚼……云开金阙能揽月，霞披琼楼可摘星，妙不妙？你想象一下，那个场景，那个气象！写昊天金阙弥罗天宫，一定要有庄严浩大，要宽宏鸟瞰，要有一个大，大，是必须的！你说对不对？……”

我当然要频频点头：“确是好诗，气韵浩瀚，妙句迭出，让我有身临其境的感觉，却又是自己想说又说不出的……小灶王实在佩服，真的是佩服啊。”“灶王，看得出你是懂诗的人啊，在人世间的时候你是秀才？举人？不过我写得匆忙，有些地方还是值得回头仔细推敲，譬如这里两个‘云’字距离有点近，也不是不可以，但若是更换一下可能更好——当然，也不能因为语词的漂亮合理而对要表达的真意有损伤，那是更不能忍受的，你说对吧？”

我打了个哈欠。“对对对，我没想到小茅真君是个中高手，你的诗写得真是不错，道前人之所未道，言诸仙之所未言，除了佩服我真的感觉自己词穷，不知道该怎么表达才更合适了。”“我明白你的意思！

你懂诗！对了，你平时也写吧？在这种境遇下你怎么能不写呢，要写，你写完了我给你看看改改，如果不写几首诗，我们来天庭一趟岂不等于是白来？现在……现在有点晚了，今天晚上，晚上的时候你就写！我也再写，嘻嘻，我的情绪还未能完全抒发够呢！我觉得诗，正在我的怀中向外面拱呢！”

我又打了个哈欠。

接下来，我们又用了一个整天的时间，练习走路和行礼。“记住你自己的位置！千万不要乱！第一排的，你最要稳住，前后左右用余光扫一遍——自己给自己打拍子，嗒嗒嗒嗒，后面的各位下界神仙，用余光，一定要用余光，也别贼眉鼠眼地乱转，我们要庄重、大方，好好地想着，我们要庄重、大方、规矩、得体……”

第三天。终于，不用再走步子。这一天我们训练的是天庭大礼。“下界的神灵，你们大约也都知道，人世间的三叩九拜，一曰稽首，二曰顿首，三曰空首，四曰振动，五曰吉拜，六曰凶拜，七曰奇拜，八曰褒拜，九曰肃拜——下界的礼俗是对天界的模仿，略有变化，当然这变化很可能是把天庭礼仪带到下界的神灵未能记得清楚细致而导致的，也可能是根据个人习惯做了调整。大致相仿，这一点，各位下界的神灵也就有了方便，特别是在人世间曾做过官员、能见到皇帝的下界神灵们。好啦，现在我们开始……”

第四日，天庭大礼。

第五日，依然是天庭大礼。中间要加上行进和转身。

仪礼具答司的两位教习，教授我们如何根据昊天金阙无上至尊自然妙有弥罗至真玉皇上帝的发问回答问题，假若昊天金阙无上至尊自然妙有弥罗至真玉皇上帝问这个问题我们该怎么回答，假若昊天金阙无上至尊自然妙有弥罗至真玉皇上帝问那个问题我们该怎么回答，假若昊天金阙无上至尊自然妙有弥罗至真玉皇上帝问我们所有的人，我们又该如何回答……“大家一定要记住，不要说错了，不要答乱了。一定要按照我们仪礼具答司的安排来，要体现自然、得体、亲切、感激、敬畏。如果，万一昊天金阙无上至尊自然妙有弥罗至真玉皇上帝问的问题不在我们刚才仪礼具答司和大家商定的这些问题之内——我是说万一啊，大家也不要慌，一定不要慌，你们只要按我们告诉你的基本原则回答就行啦。我们的基本原则是……”

上午。我们按部就班，从集中登车开始，模拟如何上车、下车、走向大殿、接受检查，如何上殿、走路，进入昊天金阙弥罗天宫，如何有秩序地寻找自己的位置，如何坐下，如何按照天庭大礼拜见昊天金阙无上至尊自然妙有弥罗至真玉皇上帝……下午，下界神灵观礼行规司的三位教习教授我们天庭餐饮基本礼仪：如何举杯，什么时候举杯，昊天金阙无上至尊自然妙有弥罗至真玉皇上帝将杯子放下你已经将酒喝完了该怎么做，喝到一半儿该怎么做，一点儿没喝该怎么做；筷子如何放，放在什么位置上，吃菜的时候筷子的使用方法和注意事项，汤匙的使用方法和注意事项，碗的使用方法和注意事项，盘的使用方法和注意事项……

依然是下界神灵观礼行规司的三位教习教授我们天庭餐饮基本礼仪，他们将我们这些下界的神灵分成六组，分别演习，分别检查和纠正。

“灶王，你仔细听过没有，他们始终称我们为‘下界的神仙’或‘下界的神灵’，是不是有什么特别的用意？”第八天，在结束了一天的礼仪教习之后，小茅真君在散去的路上悄悄拉了拉我的衣襟。

我说没什么吧，应当是一种习惯，因为天庭的这几个司主要是负责和下界神仙打交道，所以不自觉地就使用了全称。

“不对吧？他们是有意和我们区别，是提醒我们，别忘了自己的身份。”小茅真君悄悄将花盆里的一块晶亮的黑色石子丢向水塘，能看得清每根骨头的透明小鱼儿立刻四散，“不要得意忘形。”

我也从花盆里拿起一颗石子，摸了摸，然后又放回花盆，“小茅真君，他们或许有这样的意思，但也不必太在意，是吧？我现在所担心的，是我真的到达昊天金阙弥罗天宫的时候，万一出现什么样的疏漏，那可就丢大人了。丢人不说，很可能还会因此受到责罚，如果这么荣耀的事儿最后变成了责罚……”

“是啊，冤不冤啊。我也再认真背诵一下各项细则。对了，你这几天写了诗没有？我昨天下午又写了一首，等会儿我再给你读一下！在下界，我几乎就没有遇到过什么懂诗的人。他们竟只对我大哥随口吟出的、连他自己都觉得无聊的‘春日才看杨柳绿，秋风又见菊花黄，荣华终是三更梦，富贵还同九月霜。’赞不绝口，而对真正的好诗视而不见！以后，我们到了下界，还要一起谈诗作对，说古论今，该是件多快乐的事儿！你这个诗友我可是交定啦！”

第九日。我们又经历了一上午的练习，吃过简朴的午餐之后，我们被告知：下午将至昊天金阙弥罗天宫，进行最后的练习；晚上，昊天金阙无上至尊自然妙有弥罗至真玉皇上帝耄耋百叟酬老宴将正式开始。

下午的练习环节在这里略去，我还是从天庭的晚宴入场开始讲起吧：

上车、下车的部分同样略去，等我们从车上下来，天庭的台阶上已经站满了准备进入大殿的人。熙熙攘攘的，站在略远的地方看过去仿佛是一群大大小小的蚂蚁。

天已经慢慢地暗下来，但云朵瑰丽，星光辉灿，一团团淡绿色的、如同翡翠的闪光的光晕在昊天金阙弥罗天宫的上方起伏游走，仿佛其中是一条条的彩色蛟龙，一条条的彩色凤凰。

台阶漫长。我们每走一步，脚落下的地方就出现一个淡淡的光晕，恰好让你能看清前面一点儿。云朵像流水，顺着昊天金阙弥罗天宫的方向向下流淌，它的流动使高高的天宫更为恢宏壮丽。我和我周围的下界神仙都不曾开口说话，可耳边还是一大片听不清楚内容的嗡嗡声，也不知道它们究竟是来自哪里。

“你是谁?”

“哪里来的神仙?”

“把你的名牒和天庭邀函递上来。”

“有无携带？笔墨纸砚和其他器具也不行。”

我随着听不清内容的嗡嗡声走进大殿。

灯火通明。然而，我却看不到任何的一盏灯，似乎金殿上的云朵，柱子，台阶，桌椅，带有花卉图案的地毯，守在四角的天王的盔甲，以及安静地趴在台阶两侧几乎不肯瞧我们一眼的红毛孟槐，立于餐桌后侧、有着人的面孔独腿站立的神鸟橐蜚[1]，都是有光的，它们共同的存在使得昊天金阙弥罗天宫甚至像白天那样亮。我们这些来自下界的神仙按照下午已经明确过的位置早早地站到餐桌的后面，而后，那些须发皆白的耄耋百叟也前前后后地走过来，他们都穿着白色的圆领大袖的常服，头戴通天冠，那种整齐也煞是好看。

天上的神仙们也陆续到来，我从他们的面目和服饰穿戴上猜测，有四大金刚，四灵二十八宿，北斗七星君，十方天尊……突然，我在碌碌入场的群仙中认出了面色红润、大腹便便的高元星君——“高元星君！”我冲着他兴奋地喊出了声来，然而他却仿佛并没有听见，而是紧跟着前面的神仙一路朝前面走去。“你认识高元星君？哪一个是高元星君？”坐在一侧的小茅真君按照下界神灵观礼行规司所教的规则直着身子，微低着头，却从牙缝里挤出声音来小声地问我。

没等我用眼神和下巴将高元星君示意给他，高元星君已经走远了，宽阔的大殿使他们的身影变得很小。“怪不得，你一个灶王也能

1　红毛孟槐、橐蜚等均为《山海经》中所载的神兽与神鸟。

来。我就觉得，你得有些本事。”小茅真君又从牙缝里挤出他的声音，这一次，更为尖细。

“他曾作为上天使者，去过蔚州，并到过曹府的灶房。”我也把声音从牙缝里挤给他。我不想多说，而且按照下界神灵观礼行规司的规矩，私自说话是违规之行，是应受到惩罚的。

天上的神仙们在一起拱手寒暄。大殿里的嗡嗡嗡嗡变得更为宽阔、荡漾。他们聊了好一会儿，然后各自拱手，去寻找自己的座位，然而那种嗡嗡嗡嗡还在。十八位穿着灰色锦衣的、军士模样的少年从大殿的一侧走出，分列在两侧，嗡嗡嗡嗡的声响立刻小了下去，一两个还在与人聊天的天宫神仙也急急拱手，回到自己的位置那里，那些只有一只脚的仙鸟们一起发出长鸣。接着，几十位着鲜艳的红衣红裙的仙女从大殿的两侧轻盈地飘出，她们的脚始终踩在光闪闪的白云里，每个人的手里都托着一个金色龙纹的红漆托盘……

我的面前，开始出现：

四小碟干果，分别是红杏仁、野生小锥栗、金皮花生、南海介寿果。四小碟鲜果：切成片、摆成莲花状的蟠桃，三粒仙翁葡萄，三粒蓬莱紫色樱桃，四片北极冰藕。我左侧的一位个子矮矮的神仙悄悄伸出手去，将一片入口即化的北极冰藕飞快地塞进自己嘴里。“不懂规矩。能有这么饿么?”在我右侧的小茅真君依然在牙缝里嘟囔着，但明显，左侧的下界神仙也听到了。他有些尴尬，低着头，坐直了身子。

松仁玉米、鲍鱼芥蓝、酱烤鲱鱼、松茸香草腩虎丁……

我们这些下界的神仙来至天上，在容仙驿馆住下，每日所吃的真的可以说是简朴，米饭、馒头、栗子糕，小米粥或蛋花汤一碗，一荤一素，多也是平常的菜品，偶尔有一两小碟醋藕或盐焗花生米，此刻，见到如此的菜肴，尽管还多少有些普通但已经令人垂涎欲滴，从心里、胃里、肚子里甚至脚后跟涌出的都是满满的饥饿感。我用力地咽下两口唾沫。右边的耳朵似乎听见小茅真君也是如此，他咽下了唾沫，而左边的那位矮个子神仙则略侧着身子，正盯着小茅真君看。

直直自己的腰，我让目光离开飘散着香气的菜肴，按照下界神灵观礼行规司的标准角度盯着前面的云朵和青玉地面。进到昊天金阙弥罗天宫这么久了，我还是第一次这样认真地看一看它的青玉地面和略有凹凸的龙鳞花纹。远处，嗡嗡嗡嗡的声音再起，或者早就已经再起了只是我没注意到而已。

“怎么还不来……”左边的神仙伸长脖子，他仿佛是自言自语，并不需要回答。

“应当快了吧。”左边的神仙再次伸长他的脖子，自言自语。他试图再次伸手，抓上一粒红杏仁，但手伸到半空又悄悄缩了回去。

时间在一点一点地过去。我能感觉到时间的流速，它怎样涌到我的面前又是怎样从我的旁边侧身——或许，并不完全是因为诱人的菜肴摆在面前而按照天庭的规矩不能动一下筷子的缘故。前面的嗡嗡声起伏不定，而我，也能在轻微的喧杂中听见自己胃的蠕动。

“来了来了！”有人在说话，而另外的人则跟着重复。嗡嗡嗡嗡的声音随即小下去，果然，一队黑衣的兵士、一队青衣的兵士、一队蓝衣的兵士和一排银甲的兵士，以及十数位身着白色羽衣的仙女簇拥着一位头戴通天冠、身着红衫袍的男人和一位头戴九龙四凤冠、身穿深蓝凤纹袆衣的女人缓缓走来。作为参与耄耋百叟酬老宴的下界观礼宾，我的位置极为靠后，距离大殿前方实在太远，以至于对昊天金阙无上至尊自然妙有弥罗至真玉皇上帝及上圣白玉龟台九灵太真无极圣母的面容看得并不清楚——从我的位置看过去，昊天金阙无上至尊自然妙有弥罗至真玉皇上帝和上圣白玉龟台九灵太真无极圣母都只有曹府灶台前祭祀用的蓝釉金丝花瓶一般大小，和善而有些柔软。

“我等天界、下界、冥界诸仙，恭迎昊天金阙无上至尊自然妙有弥罗至真玉皇上帝大驾，恭迎上圣白玉龟台九灵太真无极圣母大驾……”所有刚刚坐好的神仙们，一起起立，弯腰拱手，向后倒退两步（每步一个鞋跟的距离），再屈膝，左腿跪下，右腿跪下，双腿外打开成八字，掌心向内，左手放于右手上，向前，缓缓地平于地面，头也跟着叩下去……

昊天金阙无上至尊自然妙有弥罗至真玉皇上帝挥手。他说了一句什么，因为距离的缘故我并没有听得太清。

只听见前面的神仙在异口同声地回答。这个答词，是仪礼具答司告知我们的第一个标准答词。

玉皇大帝和王母一起坐下来，刚刚退下的几十位着鲜艳的红衣红裙的仙女再次从大殿的两侧轻盈地飘出，仙乐响起。昊天金阙无上至尊自然妙有弥罗至真玉皇上帝端起面前的酒杯。因为距离的缘故，他说的话我又没能听清。

但，神仙们的回答我是听清了的。是仪礼具答司告知我们的第二个答词，我与左边的神仙、右边的小茅真君响亮地跟着说了出来。

在我和我们的面前，又多出了几道新菜：

椰香凤肝鸡豆花、龙鱼冬瓜盅、天葱烧三鲜、鸡茸鱼翅。

“玉皇大帝真是威严……他的威严，都藏在他的和蔼里面，真是春风化雨，不怒自威……你看，他抬手，招手,都是多么多么地得体，有力，果断，别有深意……”左边的那位矮个子神仙又在自言自语，他见我眼睛里的余光正在看他，立刻朝我笑笑，让我看见他眼眶里旋转着滴下的泪水，“激动，真是让人激动。”

我冲着他点点头。不得不承认，我的心里也是波澜起伏，有着难以表述的激动——我，一个灶王，一个散落在人世间的最小的、最没法力、最是无能的小仙，竟然有这样的机会来到天庭，而且是在昊天金阙弥罗天宫，参加的是昊天金阙无上至尊自然妙有弥罗至真玉皇上帝的耄耋百叟酬老宴……不知道在我作为灶王的整个生涯中还有没有第二次这样的机会，这样的机会，就连我们的蔚州城隍老爷也从未获得过，他说他至今也只参与了一次京都城隍的城隍酬谢宴和一次东岳大帝的诸仙百老宴……

正想着，昊天金阙无上至尊自然妙有弥罗至真玉皇上帝已经再一次举起了杯子。我略有忙乱，竟然忽略了应有的规程而将自己酒杯里的酒一饮而尽。

“啧，”小茅真君很有些不屑，“你已经错啦，还不——”

玉皇大帝又说了一句话，这句话，我竟然听得清楚，他的问话，也与仪礼具答司提示给我们的一模一样。群仙又一次异口同声。

噼噼啪啪的筷子声响。我们严格按照下界神灵观礼行规司教习教给我们的方式，一筷，两筷，三筷。

群仙中，有一位星君出列，按照规程向玉皇大帝和王母敬酒。之后，一位金刚打扮的天上神灵出列，按照规程向玉皇大帝和王母敬酒，他们饮下。再然后，受到宴请的耄耋老叟之中站出一位须发全白的老神仙，他的身体和手都在打战。他再次三拜九叩，按照规程向玉皇大帝和王母敬酒。昊天金阙无上至尊自然妙有弥罗至真玉皇上帝和上圣白玉龟台九灵太真无极圣母步调一致地起身，朝着耄耋老叟的方向敬酒，老人们则再次起身，拱手，向后倒退两步，稽首跪拜——

在这个过程中我们作为下界观礼的神仙按照下界神灵观礼行规司的要求，只能直直地坐着，微含下颌地坐着，手绝不能伸向筷子更不能伸向盘里的干果鲜果——“你们说，当仙人们按照预先的安排向昊天金阙无上至尊自然妙有弥罗至真玉皇上帝敬酒，我们观礼的下界神灵根本不去观礼而是只顾自己吃吃喝喝，是不是不成体统？是不是有碍观瞻？下界的神灵们，你们说，你们自己说，这样的行为能被允许吗？不能，当然不能！所以，你们都给我记住喽，观礼的时候都给我腰板挺直，身体略有倾斜，都给我自然些！倾斜方向是昊天金阙无上至尊自然妙有弥罗至真玉皇上帝的方向……”

向耄耋老人们敬过，玉皇大帝又朝向我们。于是，我们起身，拱手，向后倒退两步，稽首跪拜，拜过之后再端起酒杯：我们的这个动作做得并不整齐，多少有些散乱。接着便是噼噼啪啪的筷子声响。我们严格按照下界神灵观礼行规司教习教给我们的方式，一筷，两筷，三筷。

当我把第三筷的菜放进嘴里，昊天金阙无上至尊自然妙有弥罗至真玉皇上帝与上圣白玉龟台九灵太真无极圣母已经站起了身子。他们又一次显得步调惊人地一致。昊天金阙无上至尊自然妙有弥罗至真玉皇上帝朝耄耋老人们挥手，朝我们挥手，然后在黑衣的兵士、青衣的兵士、蓝衣的兵士、银甲的兵士以及十数位身着白色羽衣的仙女簇拥下离开了酒宴。我们也随之起身，穿着鲜艳的红衣红裙的仙女再次从大殿的两侧轻盈地飘出，她们依次收走了我们面前的碗、碟、酒杯和筷子。

仙乐换上了另外的一曲。

“你说，玉皇大帝和王母……他们吃饱没有？”躺在床上，小茅真君在来来回回地辗转，他又一次转过了他的身子。我发现，他在提及玉皇大帝和王母的时候，没有像他之前也没有像上天的教习们那样，用全称来称谓。

“你是不是觉得饿？”我问。我告诉他，我也是有些饿，中午的时候想着百叟宴的盛大，就略略地少吃了些，没想到晚宴结束得这么快。

“教习他们不该规定得那么严。他们要是不规定筷子先夹哪个菜、后夹哪个菜，我也就能吃上一口凤肝和天葱烧三鲜了。这是我在做西河太守和小茅真君之后从来都没有机会品尝的菜。可惜，实在可惜。”

我说，不知道你发现没有，别看天庭容仪教化司、下界神灵观礼行规司把天规讲得那么严格严肃，真到开始之后……也就没那么严了，有许多人都有这样那样的违反，也没什么事儿，譬如我左边的那位神仙就没按规程教条来，他吃了不少的凤肝和鸡豆，我可是看得到的。

“什么人没有啊，什么样的神仙没有啊。”小茅真君摇摇头，“我都想回头参劾他一本，有些过分。后来想想，为了一口吃就如此地大动干戈，似乎很不值得——可我还真是有点儿生气！”

我对小茅真君说，我也是有愤愤不平，倒也不是为了吃，而是为了天条秩序，“他有些太不顾忌。这样的仙人，怎么给人世间的人们做出表率?”

小茅真君不再说什么。他翻过身子，我似乎听见他肚子里的饥肠在发出轻微的咕噜声。我也转向另一侧，将手搭向床的外沿——突然，我在床帮的内侧摸到了一枚钉子。它不是用来固定什么的，完全无用，就是有意地将钉子钉在暗处，像铁匠灶王在东岳泰山万仙楼住宿时那样做下的记号——铁匠灶王！我一惊，但随后立即否决了自己：不是他，铁匠灶王从未来过天上，他不曾有这样的机会。那，这里怎么会出现这样一枚钉子？是不是说，之前，下界来的神仙中，无论这个之前有多晚还是多早，都曾有过一个和铁匠灶王有着类似习惯的神仙？他们之间，还有没有别的相似呢？

胡思与乱想中，我渐渐地睡着了。

十六　查抄了曹府

在离开天庭的车上，小茅真君又恢复到刚来天庭时的那个状态，闭着眼睛，不再说话。

我也闭起眼睛。我的眼前晃动的是铁匠灶王的脸，田家灶王的脸，饼店灶王的脸，高经承的脸，年轻驿丞和中年驿丞的脸，门子的脸和仓大使的脸，饼店灶王妻子的脸，田家灶王嫂子的脸……以及城隍老爷的脸。说实话在天上的这段不长不短的日子里我很少想到他们，除了两次想到过铁匠灶王和他的钉子，两次或三次想到城隍老爷临行前的嘱托。我是一个认真的灶王，我不能说谎，自从到达天宫之后，我的全部心思几乎都在天上：如何练习走好每一步，如何练习天庭大礼和如何回答昊天金阙无上至尊自然妙有弥罗至真玉皇上帝的问题，如何才能做到没有疏漏、合规得体，余下的，则全部都是沉浸于欣喜、不安、感动和小小的自得上，沉浸于对晚宴的种种想象上。晃动中，我的眼前也出现了小冠的脸，他白衣白袍的戏曲亮相和那种有些纨绔气息的笑——在天上的这段不长不短的日子里，我竟然也完全地忽略了他，我认认真真地搜索了一下自己的记忆，想到过小冠的时候只有两次，一次是赶往天庭的车上，一次是突然见到高元星君的那一刻，而第二次，也只是念头一闪，消失得比电光火石还快。我悄悄睁开眼睛，瞧了两眼认认真真闭目养神的小茅真君——他没看到我从脸上溢出到外面来的羞愧，还好。我想起自己在定海卫与小冠离别时的痛哭流涕，想起自己对小冠所说的那些话，则更是无比的羞愧……

晃动中，我还想起曹府厨房张厨师的脸，他似乎越来越发福，眼袋也越来越厚；想起厨师韩歧云的脸，赵厨娘的脸——这么多年下来，她脸上的光早已经消失，而换来的是呆滞、倦怠和麻木，我想起她的脸的时候也就想起了灶台前的火苗，她总爱死死地盯着火苗看，也不知道里面能看出些什么。我想起夫人房里的小翠，厨房里的人不止一次地念叨，说她在夫人死去之后就离开了曹府，不知是嫁人还是跟着哥哥去了南通，反正送走了夫人她就没再回曹府的院子。我还想起那些小厮们的脸，不知道为什么他们的脸竟然是模糊的，原本，我那么地熟悉他们……想想，在曹府当灶王的时间是最长的了，然而我却没有像在谭家豆腐房时那样建立起亲近关系来，我似乎与他们每个人都不那么亲，从来没有把他们当成是家人。对于很少露面的曹老爷更是，我觉得他与我有着那么远那么远的距离，我这个曹府的“一家之主”也从来没有将自己当成过一家之主，我一直都把自己看作是一个偏居一隅的记录者，而已。大少爷曹铖明就没来过厨房，所以他是一个更为遥远的人，甚至是一条淡淡的影子；二少爷，至于二少爷，不提也罢。在小冠八九岁的时候、十几岁的时候，我最最担心的就是他会和同样是富贵人家、同样有着深厚背景的二少爷脱自同一个模子，我最最担心，小冠会亦步亦趋，不自觉地踩着二少爷的脚印走下去……

去路迢迢，返回的路程也同样迢迢，一路上，我用不间断的胡思乱想来占据自己的时间，我不知道还有没有别的办法——不知道为什么，小茅真君一路上始终闭着眼睛，一言不发。有几次，我试图开口，发出呼唤，可是他竟然完全无动于衷，一副拒人千里的样子。于是在我的胡思和乱想中，也就不得不增加一项特别的内容：我得罪他了？我在哪儿得罪他了？我是怎样得罪他的？

思前，想后，我找不到半点儿曾得罪过他的地方，无论是语言、动作，还是表情。我一直赔着笑脸、小心，也一直在夸赞他的诗，尽管多少有些口是心非。就在离开天庭之前的那个晚上，我们也聊得热烈，他一遍遍地给我读他新写的诗，一遍遍给我推敲、讲解——不至于是我睡着的时候发生过什么吧？应当不能啊。后来，我干脆就不再想这事儿，人家小茅真君是散仙中的大仙，而我灶王则是世间神仙中最为末端的小仙，一返回人间这种地位感立刻就显出来了；或许，人家是怕我到了下界之后给他出什么难题吧。想想，还是不讨无趣了吧。

终于返回到地面。我向小茅真君告别，他冷冷地点点头：“这就回去？哎呀，你就是在泰山多盘桓几日我也陪不了你，我要去大茅真君那里，他不太习惯我引领生面孔进门。希望你能理解。”我说是是是，也是正常，毕竟你们负责司命、保命、定禄这样事关重大的事儿，自然想去求你们的人和神仙是多的。在这里，我们就此别过吧。

“好吧，就此别过。你看，我们去的时候泰山脚下白雪皑皑，而现在已是绿柳厚荫，鸟鸣婉转，似乎已到炎夏。看来天上人间的时间不同是真的啊。”

他没提写诗的事儿，我也就没提。

回到蔚州城隍庙。城隍要我到书房，我将去天宫的一路和在天庭中的礼仪培训以及参加昊天金阙无上至尊自然妙有弥罗至真玉皇上帝与上圣白玉龟台九灵太真无极圣母的百叟酬老宴的过程仔仔细细地向他介绍了一遍。我有意，按照在天宫时的规矩，提到玉皇大帝时一定使用“昊天金阙无上至尊自然妙有弥罗至真玉皇上帝”，提到王母时则一定要说“上圣白玉龟台九灵太真无极圣母”。

“羡慕啊。真是令人羡慕啊。”城隍老爷摇摇头，“我当城隍的时间也不算短了，履职情况你也清楚，我也不多说什么为自己表功，可到如今我也没有过一次能上天庭的机会。好不容易有了这次，还是你的——你知道自己肩上的担子有多重了吧？你也明白，‘灶神职重，秉下民倚伏之权’这句话的重量了吧？若不然，怎么会特别要选一名灶王去上天参加玉皇大帝的百叟酬老宴呢？这里面肯定有诸多的衡量比较——对了，你见到高元星君没有？”

我告诉城隍，见到了，可是没有说上话，而按照昊天金阙弥罗天宫下界神灵观礼行规司的要求，我们也不能凑上前去，擅自离开自己的位置。本来我想如果能够逗留一日，哪怕只有一日，我也会想办法求见高元星君表达感谢的，然而，我们参加完了昊天金阙无上至尊自然妙有弥罗至真玉皇上帝的耄耋百叟酬老宴的当日夜晚，下界神灵观礼行规司就通知我们明日一早收拾行李离开。

“见不到啊也是正常，高元星君是不会怪罪的，恐怕他还怕你找他呢，好像他是出于私心，利用了自己的职权为你谋了这样的机会。我觉得吧，你就是有时间有机会，也未必能进门。你记住，在过年过节的时候，在他的庙宇里多上几炷香，多奉上点供品也就是了。”

我起身，向城隍老爷告别，曹府里面一定有许多的事儿需要料理，因为我离开的时候曹家出了一档连着一档的烦心事儿，现在不知道怎么样了——“快走吧快走吧，我也正要催你快走呢，记住啊，前面的记事可不能疏漏，也别敷衍潦草，秉下民倚伏之权的职责可来不得半点马虎啊。”“对了，还有什么新鲜事不，要是想起来，一定要和我聊聊。我可是，想多听听呢。”我说，好的好的城隍大人，我想起来一定会和您细说——我本还想和城隍老爷说说小茅真君莫名其妙的变化来着，但话到嘴边又打住了。

出二门，正巧碰到刚刚送人回来的高经承。“回来了？好，到我屋去一下，聊会儿。跟我也说说天上的事儿！去不了天宫，听一听也过瘾啊。你现在，你现在又胖点了吧？天上的饭食，一定都是美味佳肴，想想都让人流口水!”

“饭食还行，刚开始的时候四碟四碗，有荤有素，就是不太吃得惯……”

“看你烧的！竟然说天上的饭菜都吃不惯！啧啧，见过大世面的灶王就不是一般的灶王！好吧，你给我说说，都有什么新鲜的?”

我向他描述我在天上的那些经历，当然有添有删，有些也做了小小的夸张，不知道是不是出于虚荣的缘故……我讲到第三天，我们的礼仪练习，城隍庙的门子前来敲门:“曹府灶王，你的老朋友鞋帽灶王来找你，很着急的样儿——”话还没有说完，田家灶王的脸已经挤了进来:“快点快点，你们家，出大事儿啦！高经承别怪，他得马上跟我走——”

远远地已经围了很多人，包括许多灶王、土地和散仙，更远处的树枝上，还有两个变幻成乌鸦的孤魂在向下张望。我们挤到前面，只见到有几辆马车停在门口，两名头戴铁帽、身穿布面甲的兵士立在门外。我和田家灶王从人群中挤过，听到后面与侧面的人们在一阵阵私语:“这下惨啦。咱衙门都插不上手，人家根本就没知会咱们州衙，据说知州大人才得到消息……”“犯的什么罪？还值得调榆林卫的兵?”“不知道，不过应当小不了，说不定是死罪。”“他们曹家可是大门户，根深叶茂、手眼通天的主儿，大公子还在吏部当差，怎么能……看着吧，用不了三五天，人家就又出来了，官府还不是人家的!”“哼，官儿越大，越容易不小心倾巢覆卵，没事儿是没事儿，一旦出事儿，就是大的！”“听说，是那个二少爷惹的……”“那个祖宗，要不把天拱个窟窿他也不能散伙啊！你说这下他能老实不？”“他老实？他老实了，这个大同府还能算是大同府不？除非……算啦算啦，不咒人家啦，都已经这样啦！”

我和田家灶王从一侧靠近门口，突然听见里面一阵叫唤：“别别别，你他妈的别……疼疼疼！呀，呀呀，哎哟哟……”两个兵士提着已经绑好的二少爷出了大门，然后将他甩进了马车里。他的一只鞋子落在了车轮一侧。接着是几个仆人，也被绑着，送上了车，又有两个头戴铁帽、身穿布面甲的兵士。有人朝着没有关门的车里甩进了一团什么东西，“强盗们！臭狗屎！”那两名兵士立即拔出一半儿的刀，“干什么！退回去！再乱扔，我们把你也抓进去！”

人群拥挤着向后倒退。又有两个仆人被押出来，送进第二辆车里。

“老爷呢？他怎么还不出来？”“就是就是，不能饶他！把他也押走，斩草要除根！”“你说，你知道人家犯了什么罪，就要斩草除根？有你什么事儿？”“他不犯法，能有这么多的兵来抓他？他怎么不抓你不抓我啊？反正有事儿！要没事儿谁敢动他曹家？”“我听说，都是他们家老二惹的……”

我拉拉田家灶王，再向门边靠了两步，要知道，如果官府的人封了曹府，在厨房的门口也贴上封条，我们想再进到里面就有些难了。“看到没，前面那个……就是曹府的灶王！当年气傲得很，连咱城隍老爷都不放在眼里。”“真的假的？看不出来。现在，看他还有气傲的资本不！”“你说，他把这个家弄成这样儿……还有脸从正门进？要我说……”“得得得，这跟他有什么关系！我可是听说……”“就他？不可能吧！凭什么啊，我就一万个不服！”“还不是人家曹府家大业大，能拿得出，加上灶王事事周全……”“一直踩低攀高，平时见我们……现在难堪了吧？报应不爽啊。”

“你也别听他们乱嚼，”田家灶王拉着我衣襟向里面走，“刚才我出门的时候，更难听！说我鸠占鹊巢还十足得意，也不照照镜子看看自己脸上有几两肉！你要是听这些无聊的废话……”田家灶王把我拉进门内，“快进厨房！”

我看到了张厨师的脸、韩厨师的脸、赵厨娘的脸、李厨娘的脸，看到了两个小厮的脸——他们在角落里站着，低着头，摆弄着自己手：我没有想到，他们在这样的时刻竟然是那么统一地摆弄着自己的手指，仿佛自己的手上沾了洗不净的干面、洗不净的鱼鳞、洗不净的炭灰、洗不净的油脂。两个士兵站在门口，一名穿着褐黄色飞鱼服的锦衣卫校尉正在四处翻找，我看到，他把两支黄皮的辽参悄悄揣进了自己兜里。

呸！田家灶王明知无用，还是忍不住朝着那个飞鱼服的脸上吐了口痰。

我收拾好自己的好罐、坏罐、衣物、用品和一些积攒下来的钱两，也悄悄地将两块虎骨、两支高丽参放进包裹，放在《庄子》和《春秋》的中间。田家灶王手里捧着两角鹿茸："兄弟，给我找个包儿，要是外面那帮红眼儿灶王看到，还不吃了我！你嫂子说，让我拿……她气血虚，身体弱，我给她也补一补。"

包好之后，我把他拉到厨房外的院子里："路上你就是不说——到底怎么回事？是大少爷的事儿还是二少爷的？""我不是不跟你说——"田家灶王将刚揣在衣袖里的三七和灵芝也塞进包裹，"是这事儿一下子说不清楚，而且我也是在厨房里听他们议论，只言片语，我也得给你好好梳理一下不是？再说，"他又从怀里掏出两块鬼仙朱砂，看看我，笑着将其中一块小一些的塞进我的包裹，"我也怕自己叨叨叨，说个没完，影响你及时赶到不是？"

"那现在，你终可以告诉我了吧？我离开的时候，据说大少爷的事儿已经有了转圜……""等我们出去了再说！我说兄弟啊，现在你要想的是我们怎么出去！这样从大门里出，外面的那些红眼儿灶王、红眼儿土地和红眼儿散仙们怎么看我们俩？他们要是非要检查我们的包裹，那么多人我们也不好就是不让看不是？"

我们正说着，就听见厨房里一片混乱和叫嚷，田家灶王在院子里看着包裹，我返回到厨房：此时的厨房里又多出了三个兵士和一个平民打扮的瘸子。"大人们，这个，是张厨师，是这里面最坏最坏的坏人，老爷少爷都听他的话，他对这个家里的情况比刘管家知道的都多！你们一定要抓了他，要把他打得拉到裤子里他就什么都说了！""温玄！你这个恶狗，你这个赖皮！"张厨师冲着最近的那个士兵跪下来，胖脸上的雀斑在不停地抖动，“大人大人，他净瞎说，他的话可不能信！他是因为偷厨房的食材、老爷房里的东西才被赶出去的啊！他，他还和二少爷房里那丫头有一腿！他这种人的话大人千万不能信啊！”

“是你们合起伙来陷害我，你们看我不顺眼，因为我不愿意和你们这些狗眼看人低的家伙们同流合污！我偷食材，那鹿茸、燕窝、牛肉都是我偷的？你拿的少还是他们拿的少？大人，他们偷东西是有窍门的，就是你们来搜也未必查得出来……”

“废话少说！”一直侧着身子盯着窗外的飞鱼服校尉摆摆手，“哪个，还是知道得多的，能参与点事儿的？”

“他！他叫韩歧云，他干的坏事儿也不少，一向喜欢嚼舌头根子！”温玄的脸上露出一种恶狠狠的表情，“还有她。大人，这个人也绝不能放过。”他的手指指向赵厨娘的脸，“她是二少爷的，二少爷的蒲团。”

“温玄！你这个不要脸的东西！看老娘不撕烂你的嘴！”

“是我不要脸还是你不要？你们做的那些事儿当我不知道，当我看不明白？想到二少爷房里当个小，想给二少爷铺床叠被，是不是？”

“你才去给二少爷当小呢！你才去给二少爷铺床叠被呢！”

“赵厨娘啊，二少爷拉着你，就在厨房里做好事儿的事儿别当我不知道，我可是亲眼看见的，我看见了你也看见了二少爷——要不是我撞见你们的好事儿，你也不会那么狠毒非要和他们一起合起来要把我弄走，你家的二少爷也不会非要打断我的腿！赵厨娘，要不要当着大伙儿的面儿，我把当时我撞见的一五一十地和大人们说说?”

“带走！把这个女人给我带走!”

“还有……”一片混乱的熙攘。曹府，就这样败了。我带着一脸的颓丧回到院子里，伸长脖子的田家灶王急忙拉住我，“走侧门！那里的人还少一些!”

我和田家灶王随着乱哄哄的人群出来，径直朝着西南的方向——外面还是那样地熙攘，我们两个低着头，挤在人群当中，然后穿过里面的三层和外面的三层:“先去我家”。

不小心，我在进门的时候踩到了一脚漂着看不出颜色来的毛发的污水。“大兄弟，你来啊，你哥这里就是脏乱，可比不得你曹府……”牵牛嫂子迎上来，她将一块灰褐色的皮子扔到我的脚下，“擦擦，你用脚擦擦，这块皮子不要了，让虫子蛀了，擦鞋倒是挺合适。”

我闻到一股呛鼻的臭味儿，当然，这臭味儿和我在直峪那家的臭味儿不同，是另外的一种……“我就说么，你哥嫂这里，可不比你们曹府……”牵牛嫂子挥挥她的手帕，“都说臭皮匠臭皮匠，你想我们在一个做鞋子做皮帽的人家当灶王，自然是比不上兄弟的富贵人家——屋里去吧，灶台后面还好一些。我也给你点上香。”

“不用了不用了。你先把这个包去放好。我和兄弟有些话要说。你出去走走吧。”田家灶王对牵牛嫂子说，“那个鹿茸，我给你拿回来啦。”

"哎呀，守着兄弟……你哥也是，不让我和兄弟开口，我这气喘的毛病……"牵牛嫂子的脸红了一下，"嫂子记着你的好，记着你对你哥的好呢！"

屋子里只剩下我和田家灶王，他从壶里给我倒了杯白水，有些凉："这个人，就是不爱烧水，"田家灶王摇摇头，"兄弟，这里真是不比你们曹府，你将就一下。我和你说，我听来的那些——这里面有些也是我的猜测，未必对，也未必真，你自己判断。"

他说，听厨子们的只言片语所透露的，曹家大少爷的事儿本来没多大，可能是人太红了有点儿不那么检点，得罪了谁，而这个谁不是锦衣卫的，就是与锦衣卫关系密切的，于是，一位锦衣卫同知密奏皇上，说他有结党营私、暗害官员的嫌疑，并附上一些似真似假的证据，皇帝信了，曹家大少爷自然被抓了。厨子们又说，曹家大少爷曹铖明在吏部这么多年，从正统朝就站稳了脚跟，自然也不是轻易就能被扳倒的，何况，曹家老爷也有他的势力和关系……刚开始的时候没人敢沾惹这事儿，锦衣卫办的，而且是皇帝点过头的，所以大家也都绕着走，唯恐避之不及。也是曹家老爷坚韧，他打听到锦衣卫指挥使素与这位同知不合，两个人的钩心斗角在锦衣卫中几乎无人不知，于是就备下重金——中间的曲折厨子们当然并不知道，他们不知道我也就无法知道——反正，一来二去，联系上了。老爷去了京城。听厨子们的只言片语，这一趟京都之行曹家老爷毫无进展，是不是吃了闭门羹也不一定，反正是无功而返。再后来，一位素与曹家大少爷交好的太监托人带话，告诉曹家老爷这般这般……曹家老爷千恩万谢，然后按照他所说的方法再去找锦衣卫指挥使，这下就行啦，人家也就答应了下来，回老爷说也不是什么大不了的案子，已经几次在皇上耳边吹风，皇上也明白这案子办错了，但让他马上承认自己错了自然也不妥当，慢慢找个机会先放出来，放个外任，等机会再调回吏部或户部也就行啦。厨子们这段说得明白，应当是曹家老爷有意放风，那一段时间，曹府的门前又是车如流水马如龙，府里、州里的老爷们前前后后来过不少。前段时间曹家大少爷也被放出来了，暂时不许出京、不许出府——你不知道那时曹府上上下下，那个欢实，那个活跃哟！我都想写信给你说说这事儿，通知你一声，可我就是写了信也送不到天上去不是？就没写。也不知道二少爷的脑袋是不是搭错了筋，还是锦衣卫同知那里使了什么手段，二少爷瞒着老爷给大少爷写了封信——这下可坏大事喽！锦衣卫同知拿到这封信连夜送进了皇宫，皇上一看这还了得，这哪里仅仅是结党营私，这还想谋反啊！于是……就这样了。

“不可能，据我所知曹家这二少爷素来与这个大哥不和，大少爷也从未把这个弟弟放在眼里过……大少爷每次回来，二少爷都要找借口躲出去——他不太会给大少爷写信。”

“可他就是写了。你不知道，曹家老爷知道了这事之后，差一点儿没把这个儿子给打死！我在厨房那边的院子里都能听见二少爷的号叫！后来我不想听了，就早早回去的。”

“他是纨绔、浑蛋、无赖，但也不至于……他怎么会想谋反呢？天天好吃好喝的，衣来伸手饭来张口，你说他为什么要谋反？你觉得给他三个脑袋，就是三百个脑袋，他能想出谋反的事儿来？他能把脑筋动到那里去？不会！他的脑子里会全是吃喝嫖赌，今天吃什么喝什么找什么样的女人或者和什么样的人打一架把人家打服，他活得再腻歪，也不至于要谋反啊！这个绝不可能！”

“哎哟！我说曹府灶王我的兄弟哎，这话你可别跟我说，你最好是和成化皇帝[1]说去啊！你要是能说服咱那成化爷，曹府上上下下还不把你供到头顶上去？甭说进内宅，你就是睡到老爷夫人的床上也没人敢吱声！你我不是没机会去说吗，我们说人家皇上也未必听啊……”

一时间，我心乱如麻。

“曹府灶王啊，我的兄弟啊，我觉得吧，你就是……你给谭豆腐家当灶王，就真的把自己当成是一家之主，把那个小冠当成是儿子；到了曹府啊，你又……城隍老爷教训过我们，我们的记事守则中也反复地提醒，灶王的职责就是负责记事，把好的放进好罐，坏的放进坏罐，做完了这个也就万事大吉。你还真的把自己当成一家之主，以为他家的一枝一叶一花一木的枯荣都和你相关啊？告诉你吧，没关系，日子是他过，事儿是他办，你也别太把自己投入进去……”

1　明宪宗朱见深（1447年12月9日至1487年9月9日），后更名为朱见濡。明朝第八位皇帝，明英宗朱祁镇长子，在位二十三年（1465—1487），年号成化。

我说，也不瞒你说，我在从天庭回来的路上还想，我事实上从没有把曹府的这些厨子小厮当成是自己的亲人，也没有把曹家的老爷、少爷们当成是亲人，夫人嘛，有些好感，但也不是亲人，我总是和他们有距离……可是，刚才的事儿加上你说的这些，竟然让我觉得有些心酸、心疼、心乱，还有一丝丝的怅然若失。我不知道自己为什么这样难过。

“哈，我明白啦，怅然若失！你是怕如果曹家真的出了大祸端，你就没个去处，变成一个候补灶王……你放心你放心，城隍老爷、高经承都对你这么好，青眼有加，再加上你又是上过天庭、得玉皇大帝亲自召见的灶王，咱们这片儿唯一的获此殊荣的灶王，怎么会让你像我当年一个劲儿地候补下去，简直像是个孤魂野鬼？你就放心吧！”

——我倒不是担心这个，我还真没想到这一层……

“我知道我知道，你没想到这一层，但这一层就在那儿。我经历过，我当时，也觉得自己想的不是那一层——可一旦成了候补，我才明白，我的心乱、心痛原来并不完全是那个田家，还是在为自己。你回头就能想明白啦。对啦，现在时候也不早了，要不，我们再回去看看？”

于是，我和田家灶王又回到了曹府门前。

已经空空荡荡。里三层外三层的围观者没了，里三层外三层的灶王、土地和各路的散仙们也没了，挂在树枝上远远张望的野鬼也没了，只有斜阳和余晖，只有偶尔落下的不知何物的碎片，只有十字交叉贴在门上的"钦差北镇抚司封"的封条。"我们进不去了。"田家灶王随手敲了敲门,"就在外面看看吧。"他说。

"是灶王?"年轻的门神从门缝的上沿探出了半张脸,"这边是进不去啦。你们,从东边的小门那还可以。那里只上了锁,北镇抚司的封条大概是被风吹掉了。那里还行。"

我和田家灶王向门神道谢,然后转向东侧的小门。"你看,哪里有封条的痕迹?"田家灶王在门上抹了一把,"我估计,他们就没往这个门上贴封条。"

"为什么没贴?"

"我怎么知道。反正是没贴。"

我们从小门里进入到院内。内宅的、外宅的、魁星楼的门神都在院子里,他们也都看到我们俩,但就像没有看见一样。我和田家灶王绕过书院、花院和长工院,来到我们的厨院——厨房的门是敞开着的,里面的物品几乎已经搬得干干净净,只有几口实在难以移动的大缸,上面已贴上了封条。我和田家灶王走到灶台前,"咦,怎么,供桌……他们连这个都要搬走?这不简直是抢劫么!哪里是官兵啊!"田家灶王直摇头,"你说这对他们有什么用?真的要刮地皮不成!"

"算啦,不过是……"我说着,可心里也是极为愤愤:田家灶王说的是啊,一个灶台前的小供桌都不肯留下,至于么?难道一个小小的供桌也会是什么证据?他们家真的有那么大的罪吗,就二少爷那个德行,你们拉过去看看,他这样的软肚草包也能去阴谋,去谋反?我与田家灶王在厨房里来来回回，以前觉得曹家的厨房宽敞但没觉得会是这样的宽敞，几乎可以说是空旷了。

“走吧，我看还是走吧。要不，你就先住在我家？兄弟，不是太好意思，你也看了，我家有点儿小，味也不好。我睡觉的时候会打呼噜，你嫂子磨牙……你要是不嫌……”

我说算了算了，这里现在还能住，也能进得来，我还是先住在这里吧，住习惯了不想动，等我住得烦了或者没去处了再去你家，你告诉牵牛嫂子可不能给我脸子看，还得把我的屋子给我收拾好。我先去你家拿东西，对了，我也应当去城隍那里一趟，这么大的事儿，我也得报给他才对。

从田家灶王的鞋帽皮货店出来，我直奔城隍庙，赶到的时候还不到晚餐时间。敲敲高经承的门，他探出头，一把把我拉进房间：“你家的事儿，全蔚州都知道啦。你现在住在哪儿，准备上哪儿去吃晚饭？”我简要说了说我知道的、我看到的，然后从包里掏出藏在里面的虎骨和高丽参。高经承看着，他把虎骨掂了掂：“这个，我看你直接给城隍老爷送过去比较好。你就说，你进门的时候京城北镇抚司的锦衣卫正在领着抄家，本来你只想护住自己的好罐坏罐，可一想到大人正在经受腰疼之疾，一旦抄走就恐怕是再难在别家找到了，于是你就拿了。你看他怎么说。这个人参……先留在我这儿，要都给他看见肯定训斥你，说不定让你都拿回去——那就不好办啦。”

见到城隍老爷，我基本按照高经承说的说了一遍，只是在后面添加了一句：即使大人你要责罚，也就责罚，我灶王绝没任何怨言，但还请你把它收下。我不能看着你一直这样疼下去。

“好吧，我收下。但下次可不能这样。我也让咱们的户吏帮我算一下，折合多少银两，从我的月俸里扣除慢慢还给你。你以后，还得过日子啊。暂时，我也安排不了你的外放，也只得委屈你先候补一段时间了。你也知道，我对你很看重，而且你又作为全天下灶王的楷模参加了玉皇大帝的百叟酬老宴，府城隍那里、京都城隍那里我也会好好疏通，应当不会让你待太久。上边的人办事是拖拉，但对你，也许能恩开一面。我说曹家灶王啊，你可是玉皇大帝召见过的灶王，天下的灶王多少双眼睛都盯着你，这里面有羡慕有敬仰有苛刻有妒忌有怨恨——别以为有的灶王不会因此怨恨，虽然假若你无缘玉皇百叟酬老宴他也不会得到这个机会，就连城隍里面，也有这样眼红的呢。所以啊，你更要谨小慎微，防微杜渐，日日三省，千万别大意，别给别人留什么口实。在你需要候补和重新安排的这段日子里，你可要……怎么说？得，不能骄横；失，不能气馁。用平常心来对待，相信上边的安排终是合理的，是仔细考量的……你记住了没有？”“是是是，我记住了。”

告别了城隍，我再次回到曹府厨房。

天已经有些暗了。我点亮蜡烛，在黑暗和阴影中来来回回地走动。曹府的厨房第一次这样空旷，空气里弥漫着或浓或淡的悲凉，它不时地向我涌过来。这么多年了，我还真有些不适应这样的静寂，尤其是这个时刻的静寂，以往，曹府这个时刻的厨房，应当正是繁忙喧哗的时候，正是各种的香气在空中飘散的时候，即使我在灶王的房间里，也能闻到鱼的香、肉的香、鸡的香、鸭的香，蔬菜的香、蘑菇的香、水果的香，油的香、酱的香、醋的香、米酒的黄酒的白酒的香，水的香、粥的香、汤的香、米的香、糕点的香……而此刻，那些原本馥郁的香竟然消散得那么快，几乎是荡然无存。

我在空空旷旷的黑暗中来来回回。

空气里弥漫着或浓或淡的悲凉。

我竟然，把自己走得有些累了。回到灶王的房间我把自己的包裹打开，把好罐和坏罐拿出来，在桌上放好。然后拿出笔墨纸砚。

突然，我听到门外有人敲门，“谁?”

高经承和蔚州城南大车店的灶王站在门外。我认得他脑门上的膏药。“走吧，别一个人在这里闷着啦，出去喝酒！这次，我请客。对啦，你们应当认识吧，他是大车店的灶王……”我说认识，我认识。大车店灶王也说认识，早就认识，“但没打过多少交道。人家曹府当年，哪能看得上我们这种货色。”我说我认识你可比你说的早好多年，当时我在西南堡谭家豆腐房当灶王，咱们认识可不是在我到曹府的时候。

大车店灶王一下子笑起来，他重重地搂了我一下，“我以为你不记得了呢！我听高经承也经常提起你，你在咱们灶王爷当中可有名啦！我是怕，你觉得我有所图，想高攀你——我可真没有想高攀的意思，但你要是当我是哥们儿，我肯定就是哥们儿！”

“好啦，咱们去一起喝酒，五花马，千金裘，与尔共销这万古的愁！”高经承也重重地搂住我的肩膀，“兄弟，我也和你说个事儿，你也别觉得委屈，其实也没什么委屈你的。曹家现在这样，咱也不知道上边儿怎么安排他们的命运，但估计这次好不了。他家的案子没定你也不能走，要是真像外面传的——那你很可能要候补一段时间。我也想，你去哪家儿也不方便，我知道你和铁匠灶王、原来的饼店灶王、原来的田家灶王都是好朋友，你要是在候补时候住上十天半月没问题，但住半年一年，怕是你自己也难受，兄弟也难受，闹不好兄弟都没得做了。这样，我想这样安排——大车店灶王也是我的哥们儿，得得得，看你能的！跟脾气这么臭的人是哥们儿我也觉得丢人！行行行我不说了，我呢，把你托付给我的这个哥们儿，他们大车店伙食不怎么样，可每天的一日三餐都得做，也都有剩，反正灶王你们吃饭也不会真的把人家吃得看得出少来——你就去他那吃，饭钱由我在衙门里想办法解决，这事儿你不用操心。在大车店吃饭我好办，要我把你安排到云喜楼，城隍知道了还不跟我翻脸，扒了我的皮！——我跟咱城隍从侧面也露过，他也同意我这个安排。住呢……你还回你这里，他那大车店哪里是人住的地方！和你在直峪的时候差不多！”

“哎哎哎，不带这样埋汰我们的，我们大车店住的不是人？都是牲口？你去我那儿的时候我把你安排到牲口棚里啦？这话真不爱听！”

“谁上你那住过？我不就是去你那吃过一顿饭吗？”高经承笑着踢

了大车店灶王一脚，大车店灶王也回了他一脚，“我们平时都闹惯了。这样，明天你就去他那吃，咱不是吃他，你记住了，你就把自己当成是住店的客商。反正得候补，你要是愿意出去走走去别的灶王那里吃就去，只要记住，实在没处去吃了，就去他那个大车店。行不行？告诉你，别婆婆妈妈的，一会儿喝酒可别扫我的兴！我们就来它个一醉欸方休——”

十七　未能送别

七月初五。雨骤风急。雨骤对于我们灶王来说并没什么，但风急却是很有影响，灶王们的身体太轻了，走起路来总是不停地摇晃，一不小心就可能被风吹倒。我小心翼翼地走出蔚州城南大车店，刚出店门，就发现迎面一个极瘦极高的灶王摇摇晃晃地正朝着我的方向走来。他走得有些滑稽，鼓胀的衣袖使他看上去就像一个将要飞起的纸鸢。

我盯着他看。他专心于自己的脚，没有抬头。

“哎，”我突然认出了他——王府的灶王，小冠家的灶王！“你来啦！是来……”

“我是来找你的！”他大声喊。

“你怎么找到我的？”我也大声地喊，在风中，声音小了真的会听不清楚。

“我先去了你们曹府。没想到……我敲门，一个门神告诉我，你可能在鞋帽皮革店里。我去了那边，灶王告诉我说你在这儿。他说你可犟了，又太讲究，他本来是要你和他在一起吃住，可你不愿意住他家，嫌给他添麻烦……”

“是啊是啊，我不想去他那儿，他要只一个人还行，有嫂子，总有些不方便。我这样挺好，城隍老爷给安排的——走吧，跟我回曹府。”

路上，我跟王家灶王说，如果他来晚半天我就走了，他就见不到我了。我要去定海卫，不能走得再晚了。“我知道！”他大声喊着，“我看了你的信。我正是为了此事而来！”

“你准备陪我一起去？”我喊得嗓子都有些疼。如果他也一起……我倒是愿意的。

“到你房间咱再细说！”

我们抖抖衣服上的雨，用毛巾擦擦帽子和湿淋淋的头发，到院子的台阶上用力跺掉沾在鞋子上的泥，然后又回到我的房间里。我给王府的灶王沏上热茶。“不得不自己动手。你看看这外面，只有几口大缸了。”我有些歉然。

“我也知道了，你的信上也说了，不过，我没想到，还是没想到。”他朝屋外探探头，然后缩回来，“我来，是陪你。但不是陪你去定海卫，而是陪你留在这里。我不觉得你去定海卫是一个好主意，恰恰觉得是个傻想法、坏想法。你说，你去能做什么？”

我说我也想过，我什么也不能做也做不了。一个灶王能做什么？

要能做，我在他上辈子的时候就做了。

“是啊，你什么也不能做。你只能眼睁睁看着。你过去了，眼睁睁看着，是对他好还是对你自己好？”

都不好。我说我承认，都不好，他看着我也不好，我看着他死于非命自然更不好。我也害怕，之所以我没有早早地出发就是因为我害怕，我不愿意见到那一刻。可我还是得去。不去，我心里不安。

“曹府灶王，我倒觉得，你去了，反而会更不安。你做不了什么，拦也拦不住，拉也拉不回。无论他在初九那天是被大火烧死、被马踩死、被刀砍死，还是被绳索勒死，你看着他在那里疼，在那里痛，在那里挣扎就能安了？你安不了。你看着牛头或者马面在他的头上套上铁链，押着他走你就能安了？不能，你还是安不了。他看着你，他就不痛苦吗？又让你看到一次，还是无常[1]——”

我捂着自己的脸。

“我来你这儿，住几天。等过去了，王府的人收完了尸，我们俩再过去，那时候我不拦你，我自己也去。但现在，我不能让你去。不是时候。”

——可我，我还是……

“见上一面，看着他走？算是送别？你觉得他的心里就会很舒服？再说，这次回去，他就不能再保留过去的记忆了，那碗奈何桥边的孟婆汤，他是必须要喝的，必然要喝的。再轮回，投胎，就和你的

1　此指非正常死亡。

小冠、我的王鸠盈没半点儿关系啦！我们做灶王的，哪能连这点儿都看不开。等他走了，你就回来好好地做你的灶王，尽职尽责地记录下人世间的好与坏就得啦——要是灶王们都像你这样……也真不能总是这样，对吧？”

我点点头：“我们喝茶。这茶，是明前龙井，极为金贵，曹府的老爷叫人送至厨房的，说做龙井虾仁时可放三五叶在里面……你尝尝怎样？王家在通州也是豪门大户，自是见多识广，所以不敢拿一般的茶。”

“色泽光润，淡香飘盈，淡而远，香而清，确是不错。这么说，你是答应我了？你在信上说曹府经历此劫，我想你应当没有存下多少银两，我呢，积蓄还是有点，这些日子我去买菜做菜，就是三五老友天天聚饮也足够用的。这个，你就别和我争啦。”

我们正说着，就听见门外有谁在呼喊我，然后是，钉钉子的声音。“铁匠灶王，”我对王家的灶王说，“是我的一个好兄弟，应当是他。”

果然是。他背着一个包袱出现在我们面前，身上全湿透了，“你说你这什么破地方，下雨就下雨吧，还刮那穷风！我要不是包袱里头放了把锤子，整个儿都被它吹到西天去了！”

“你怎么来了？”我捶了一下他的肩，“我给你介绍一下，王家灶王，也就是现在小冠家的灶王，他是我刚和你提及的铁匠灶王，我的好兄弟。”

“见过见过，”铁匠灶王朝王家灶王拱拱手，转向我，“我怎么来了，还不是因为你！要不这么个风雨天我才不出来呢！我怕你去定海！”

“我说是吧？铁匠灶王和我的想法一样！你不能去，没必要去，而且是就不应该去……”

我答应他们，不去，我已经放弃了去定海的念头，过了七月初九之后我再找时间过去，但初九之前绝不会再想着离开蔚州——这样总行了吧？“不行！”他们两个竟然是异口同声，然后又异口同声地笑起来，“我们决定把你看住了。陪吃陪住。”铁匠灶王当着我们的面儿打开他的包袱：“看，我带了换洗的衣服，带了够吃六七天的小米——我当时不知道王家灶王在，带了十天的，就这些咱们五六天怎么也够！我还带了咸菜、高粱酒。我们铁匠铺不像你们王家曹家，将就着吃吧，吃好吃歹不都是吃，不都得变成屎。”

“看你说的，”我从铁匠灶王的包袱里抓出十几枚钉子，然后拎起他的铁锤，“怎么着，你带这么多的钉子来，是想给我修房子，还是想钉上门不让我出去啊？”

“我倒没那么想。”铁匠灶王把脸转向王家灶王，“这个人，别看着貌似憨直，其实一肚子坏心眼。我带了钉子，他就说我要给他封门！不过我看也行，给他封住了他就跑不出去，等过了初九我们再来给他启开！”

说着笑着，喝着茶，时间过得不知不觉。“咱们，今天就不在家里做了，我也没有准备，你看看现在这个家，缺这缺那，下午的时候可以去北城门的市集上买一些。我们中午先去云喜楼，我请二位——瘦死的骆驼也比马要大，我至少比铁匠灶王还富裕一点儿，请吃饭的钱还是有的。到大车店吃饭一是高经承的安排不好驳他的面子，二是我也的确不能太张扬，在曹府出了这么大一档事儿之后还奢靡不减，会落人口实，高经承也是这样想的。我们再喝完这杯茶……”

“走吧走吧，我们到酒馆里去喝！对了，要不把高经承也叫上，他要有空的话也和我们一起坐坐。”铁匠灶王说。

“我也有这个想法，不过，王家灶王——怕与高经承还不认识吧？你觉得是不是方便？”

“方便方便，我也想见见这位有情有义的高经承，说实话吧那些当差的人……我在王家当灶王见得也真是不少，像高经承这样的人也真不多。”

七月初九。细雨如丝。往年蔚州这个时节雨水并不多。我和王家灶王在书房里下棋，铁匠灶王则与大车店灶王蹲坐在门口，聊着天，看着外面的雨。

一声毫无征兆的惊雷骤然在院子里炸响，我的手一抖，欲落的棋子跌落在棋盘的中间，它旋转着，而两条腿垂在屋外的大车店灶王则尖叫着滚进了厨房，“哎哟，我的娘啊，可吓死我啦！”王家灶王比我们也强不了多少，他的脸色惨白，一只手扶在棋子罐里，棋子撒在了地上、棋盘边上——只有铁匠灶王显得还算沉稳，手里还举着自己的铁锤——“看人家铁匠灶王!”王家灶王指着趴在地上的大车店灶王笑起来,“还是人家有胆量。我们,都不行。”

“哎呀娘啊,可吓死我啦!”铁匠灶王转过了脸,“你们真以为我不害怕啊?我是,是没反应过来!等我反应过来,雷早就打完啦!”

灶王们又是一阵哄笑,前仰后合。曹府的门神们推开院门,一个个也都聚集在厨房的小院里,朝着银桂树的上面指指点点,这时我们才发现院子里的这棵树被刚才的巨雷给劈成了两半,树叶落得满地都是,散发着一股类似硫黄烧过的气味。“如果树的中心是空的,则可能里面住着一条大蛇、壁虎或者刺猬,是修仙过程中的度劫,结果被雷给劈到了。”大车店灶王对我们悄声说,“我在人世间的时候,见过这样的情景,那棵树要大得多,雷将它劈开,一条巨蟒被劈死在里面,火一直烧了三天三夜才熄灭。这些蛇虫畜类想挣脱轮回直接升天成仙,难着呢!你们过去看看,我觉得这棵树的树心也是空的。”

不是,树心不是空的。它应当只是一棵长势茂盛的桂花树,似乎还没有开过花。“那是怎么回事……莫不是,这棵桂花树——它要度劫?”大车店灶王在树的下面自言自语,门神们在一边静静地看着他,没有谁答话。

——是不是,小冠?

“净瞎猜!”王家灶王搂过我的肩膀把我拉回到厨房,“和你的小冠没关系,要是真有预兆,也是他们曹府的,他们都在那里我不好意思说!怕是,曹家凶多吉少喽。你还是早有个心理准备吧。”

“我是有心理准备。但我也知道，如果真是那样，他们家这案子也是冤案，曹府这边儿没有一个人有什么谋反之心，虽然我都没进过他们内宅但我也清楚，他们就没想过要谋逆造反，不只是有没有那个胆儿的问题……”

“曹府灶王啊，你这话我相信，像我们家的那个亲戚，吏部尚书王文，当年不也是以结党营私、祸乱朝纲、意图谋逆的罪名处死的？你觉得他就真有那心？还有于谦大人！现在大明的成化皇帝不是已经消除了他的罪名。有没有谋反，你这话得让皇上信了才行。皇上就是信了，知道你没这个心，他也未必会放过你……这事儿上，皇上宁可错，也不会轻易地改。当了灶王，尤其是来到王家曹家这样的名门大户当灶王，人世间的有些事儿就会看得更明白，也能更超脱——你说是吧？来，我们接着下棋。我记得是该你落子啦。”

我和王家灶王重新复盘，然后按照刚才想好的策略重新落子，“王家灶王，我成为灶王之后，人世间的事儿我是看得更清楚些，不过却觉得自己反而更不明白，更加糊涂。你说，我们灶王们只要恪守本职，与所在的人家保持距离，记录下他们行事的好与坏就行，可如果什么事儿都超脱放任，与我们想要的奖善美、罢恶因、济天下、救苍生的愿望是不是有相悖之处？做多善事的人在往生之后得富贵、得荣华，而生于富贵家的子弟又多纨绔、多桀骜、多骄横、多轻薄，事无恒心、不务正业，我们的所谓奖善就是要这样的结果吗？这又算是怎样的奖呢？而生于贫苦人家的那些人，可能又劫难多多、劳顿辛苦、了无乐趣，不得不钻营为恶、损人为己，我们的济和救又在哪里？面对邪恶、灾难不能制止，面对杀戮、强劫只能放手。那些只需要读读文书记录的上官们可以超脱，我们这些眼睁睁的灶王，不容易超脱啊……”

“该你走了。”王家灶王笑呵呵地看着我，“下棋。下棋。”

铁匠灶王和大车店灶王也围拢过来。

下午时分。城隍庙的驿丞过来找我，那时外面的细雨早已停歇，“高经承要你过去一趟。另外，各位灶王，高经承特别吩咐，今晚大家都去城隍庙的驿馆去住，他要和大家一醉方休！他还特别嘱咐我说，我们这是对王家灶王的答谢。大家可以不给他高经承面子，但不能不给客人面子，对吧？”

我来到高经承的房间，仓大使也在。他看了我两眼：“曹府灶王，谢谢你的邀请，我晚上一定推了别的事儿，一定到。今天，你可得多喝几杯啊！”我愣了一下，目光转向高经承：“好，好啊，特别感谢你能赏光。”“那我先告辞！”

仓大使一走，高经承向外探探头，然后关上房门，“我知道你们不对付。我也不喜欢这个人！但今晚，我叫上他了，还是以你的名义叫的，你不许不给我面子。在人世间的时候，我就不得不与人周旋，没想到当了这么个城隍庙经承，还是得周旋！我也就是这命！”

“我是真不想叫他。”我说，“你也知道，我今天的心情……我不保证我会一直能克制得住。”

“那不行。兄弟，今天，我还就得要你克制，求你克制。我也跟你说了我不喜欢这个人，是真的不喜欢，你和我说的那些事儿……别的灶王也和我说，一模一样！你觉得要是换了别人，咱城隍会忍得住?”高经承俯下身子，“在人世间有得罪不起的主儿，在咱们仙班，也有得罪不起的主儿！你自己知道就行啦。今天，你今天可不得给我惹事儿，你就把他当是城隍得啦！我也跟你说实话，在对待他的事儿上，我和城隍老爷有分歧，老爷不想听我的——下一步，很可能还会让他分我的权。我倒不在乎这个，怎么都是做事儿，要我多做我就多做，要我少做我就少做，要我不做那我更轻闲。你们，你们以后就要苦喽！我在你们中间调解，兄弟，也算是用心良苦啊！别以为我只是为我自己!”

“好，我听。我喝多了就躺在桌子底下，谁叫也不起来!”

“这么多灶王衙役都在呢！你当自己有多重!”

“今天，我有理由撒个酒疯!”

“别，兄弟，千万别，今天的这场酒可完全是为你备的，你可不能砸自己的场，让兄弟们寒心！哪天都行，就今天不行!”

初十。十一。我和王家灶王在七月十二出发，他得来的消息是，王家的人已经前往定海卫，而王鸠盈，已于七月初九命丧黄泉。“你，那天又做梦没有?”我点点头，“做了，但不是初九而是初十。我看见小冠只身一人在一大片白雪里走，根本没有路，也不知道能通向哪里。他缓缓地走着，穿着的还是那身白盔白甲，在梦里我似乎能听见他把雪踩碎的咯吱咯吱的声响。后来，他的衣服里渗出了血来——血滴得并不快。小冠好像没有感觉到一样，继续朝前面走……”

“那，你怎么不说？我以为你没有再梦到他。”

“说了又有什么用？你要是不问，我才不会说呢。再说，那时候铁匠灶王还没走，我不想让他有什么多心。”

七月十三。我们赶到定海卫。我拉着王家灶王直接奔向卫所后院的那个偏僻的房间，远远地，我又听到了屋子里面的喧哗。几个人，还在继续着他们的牌局，跷着腿的跷着腿，托着腮的托着腮，抓着痒的抓着痒，而占据了小冠位置的那个嘴有些歪的人，笑得露着缺掉的黄牙，似乎他一直就在那里，似乎他从来都是这个牌局中的一员。他的面前，堆着小小的一堆碎银，看得出他是赢了钱的那个，因此上他无法掩饰自己的得意。

走出门前，我告诉王家灶王，我上次来，小冠原来就在那个位置。他玩得专注，以致我不得不在外面一直等到天黑。

“事是人非，事是人非。我们去找一下定海卫灶王，问清楚王鸠盈死在哪里、是怎么死的，烧烧纸烧烧香，也就了啦。”我点点头，似乎也只能如此了。我们奔向定海卫的厨房——上一次来，我没曾到过厨房也未曾见到灶王，所以这次来也只得四处看看，我猜测，它应当在后院的一个角落里。“站住！干什么的？”就在我们转过一道拱形门准备踩着杂草向里面走的时候，一位巡更门神在后面叫住我们。我们告诉他，我们是谁，从哪里来，到这里来是干什么的，下一步我们要找的是谁——“王鸠盈?”他皱皱眉，“他不是没了吗？你们应当去地府要人啊，来不得这里啊。”王家灶王向他解释，我们知道他已去世，只是想找我们本地的灶王问些情况，凭吊一下就走。我们只想见见咱们定海卫的灶王。“你们知道这是卫所吧？你们能在这里随便出入吗？出去，这里既没你们找的人，也没你们要找的灶王！出去出去!”我拉开王家灶王：“这位门神大人，我们同在仙班，人世间的纷扰争斗我们是不管的，也是不能管的，这你也知道，所以我们进入卫所也不会怀有什么不可告人的目的……”“你告人也好不告人也好，我都不管，我能管的是不能放你们进来。最好，你们别让我难做。不然的话，大家都不好看。出去出去!”

回到前面的院子，王家灶王依然气愤不已，“什么东西！狗仗人势的家伙！要是在通州——要是在通州他也没这胆量。不就是在卫所当这么个破差吗，不就是个看家护院的狗嘛，就把自己当成是，当成是……”我劝慰王家灶王，消消气，不值得，在人世间的时候，成为灶王之后，这样的人、事，我们应当都见得多了，如果生气，我们一年能气死二百回。我们还是办正事要紧。正说着，恍惚间我看到一个人影，拄着根拐杖，从大门的一侧进入院子，背有些驼。“哎！土地公公!”我冲着那个人影喊叫，然而那个人影已消失在树影当中，似乎只是一个可笑的错觉。

“哪儿来的土地公公？哪儿有土地公公?”王家灶王摇摇头，“我们也许可以找外面路过的散仙们打听。要是打听不到，也就算了，反正我们也可在王家人的口中得到消息。我们点上香烧烧纸，有这番心意表表也就算了。”

“你们谁找土地公公？土地公公在这里啊，怎么会没有呢？这话我可是不爱听，没有土地公公怎么会有土地？你能站在哪儿？你能坐在哪儿？你能吃哪里长出来的大米小米高粱粟子？你若不是龙王不是龙王手下的话，你总不能睡在水里吧？我说的这话没错吧？”

“土地公公！”我转身，“你怎么又转到后面……我们见过的啊！你忘记了吗？”

“我转到后面怎么啦，我得从后面看看究竟是什么人，要搭理还是不要搭理，好搭理还是不好搭理，你不知道，我从后面来看看人才准呢，我就是习惯先从后面看。我怎么转到后面——我是土地公公我当然能从土里转到后面啦，我要是不能随时钻到土里去还能叫土地公公不干脆我就叫树得了。哦你说你见过我……说实话我想不起来我还仔细端详来着这个人是谁呢是有点儿面熟可就是想不起来，想不起来是想不起来但我知道你是谁，其实昨天我就在这里等你来着前天我也等你来着但前天只等了半天不是一天。你是谁，你是灶王啊，你是王鸠盈家里的灶王好像从上一辈子就和他有些渊源不是，他在初八的上午就找到我和我说要我在这里等你说你一定会来的不是早来就是晚来反正一定会来。这一位……这一位我就不熟悉了我想不起来在哪儿见过也是觉得有些面熟，你也是灶王吧我说你们灶王平时也不穿官服一下子还真不容易认得出来……”

我把王家灶王介绍给土地公公，告诉他这位是现在王鸠盈家的灶王而我是他前世的家中的灶王，我们来是想了解一下小冠也就是王鸠盈最后这段时间的故事，同时想去他死去的地方烧烧香烧烧纸。

“你们问我算是问着了，我这个当土地的才是对本地的一切了如指掌的那个你们灶王在这点儿上可真是不行，你们只待在一家只看一家的事儿哪里行，哪件事儿不是这里一条线那里一条线最后才连到一起的？你们只盯着一条线那就是盲人摸象——不是盲人摸象也差不多。所以你们灶王们还是要多听听我们土地公公的意见看法，写进好罐坏罐里的那些话才公允些。好吧好吧我说王鸠盈的事儿，你们知道不？他能看到我们神仙也能和我们说话对对对你们是他家灶王应当比我知道得更早。去年的时候他就告诉我了他的身世说他还记得上辈子的事儿他是怎么死的爹娘又是怎么死的，他怎么救下了龙王又是怎么去的地府……他也跟我说了他知道自己会在什么时候死，当时还要和我打赌来着后来又说我不和你赌怎么赌也是我输，你想啊我就是赢了你等我一死地府的黑皂吏一把我拿去，我也拿不到我赢来的是不是？好吧我说的是太多了他知道平时我的话不多我不太喜欢和人家多说尤其是不太熟悉的……王鸠盈王鸠盈。其实吧真的是说来话儿长我不能只说一条线而不管另外的线，不然这事儿还真是讲不清楚。今年啊开始的时候定海卫这边大旱，土地开裂那口子大得一个小孩子掉下去自己都爬不上来——我可不是瞎说！这是我亲眼看见的有个大约三岁的孩子本来他娘是用绳子把他的腿拴在树上的，不知道怎么回事儿绳子松了他就爬啊爬啊爬到田里去了……我怎么又拐到孩子上来了？不说孩子啦。天旱，到六月份的时候又来了台风，这台风来得又比往年早了三五天地里的庄稼根本来不及收……宁波知府大人在这片儿地上待的时间也够久了，据说是要升迁，升迁时也想自己的账面上好看些也好有个交代，于是就派人各地收税收租一分一厘都不能减。往年不减也就罢了人们咬咬牙自己省点儿还能凑得够，但今年不行啊，可不行知府大人也不干啊——一来二去，金乡啊松门啊加上定海卫这边的老百姓就不干了，聚起伙儿来把乡约给打了，又把前去帮忙的衙役们给打了。知府大人一听这哪里像话这不就是要造反吗于是就找到各卫所和当地的兵营要一起派兵镇压。本来这个王鸠盈是可以不去的可是卫指挥使非要他去，他也就去呗，结果到了那里把抓起来的囚犯们一审问，哪里是什么不讲理想谋反的暴民啊，分明就是些求口饭吃的饥民罢了……这个王鸠盈就找卫指挥使说这不行他们不是暴民不应当这样对待，卫指挥使说你懂个屁！他们不是暴民宁波知府会让咱们来抓他们吗？就是他们不是暴民也得送到衙门里审你也不用管啦只给我按照上边的命令抓人就是了。这王鸠盈也不是服管的人是不，他竟然二话没说就一个人悄悄地奔向了宁波。还别说，他还真的就见到了知府大人。他就和知府大人说这样不行他们是饥民不是暴民我们不能这样对待他们，知府大人也很是生气说这里是你当家还是我当家，是你更了解还是我更了解？你这样擅离职守罔顾军法信不信我现在就把你砍喽！王鸠盈就笑了他说知府大人今天你砍不了我要砍我也得是后天初九，我得死在初九那天。我也能见得到你家的灶王、魁星[1]和门神，这样刚才进来的时候我与门神聊了两句我知道在我进来之前走出去的人是谁我也知道昨天晚上的时候谁来过。知府大人也就听傻了。王鸠盈又说，我是通州王家的三公子，我爷爷是谁谁谁，如果你这样杀掉我，王家将会与你世代为敌——我也写了封信，只要我初九那天回不到定海，那封信就会送至通州……知府大人一听，我怎么会和王家为敌啊，我当年参加春闱，还得吏部王大人提携举荐，这件事儿我可一直都记得呢。你擅离职守的事儿我可以不追究，可暴民谋逆兹事体大，我也已经上报刑部兵部，改是改不得了……王鸠盈说大老爷我来的时候也想好了一个还算万全的策略，你听听我说的再决定不迟。他们究竟是怎么说的王鸠盈没告诉我，我也不知道，反正他说他说服了知府大人，知府大人就命他带着大人的密信给卫指挥使，让他一并通知其他的指挥使暂停行动，听候下一步的安排。卫指挥使看了密信，就通知定海卫、金乡卫、松门卫的兵士们都原地待命，然后和王鸠盈商量：你看吧那些饥民们的条件大人已经答应，但得一步步来，我们需要有人带着几个人过去和他们谈判，一是把消息告诉他们，二是要他们尽快地散去，至于抓走的人两三天一定会放出来——你说这件事儿谁去合适？王鸠盈就说我啊，我了解大人的意图，了解大人的底线，当然是我去啦。卫指挥使一想也对，就答应了他。离开了营区王

1　星宿名，通奎星，主文章、文运之神，在儒士学子心目中，魁星具有至高无上的地位。

鸠盈就来找我，他告诉我这一次去谈判一定是凶多吉少，阎王叫你三更死谁敢留人到五更啊，不过这样去死也算是死得其所，倒是件值得高兴的事儿。他说他之所以来找我是因为他知道他家的灶王是一定要来的，他要我啊告诉你他这一生过得值没什么遗憾的，闹也闹了玩也玩了吃也吃了喝也喝了，临走还做了这样一件大事儿，说不定到阎王那里还会得到奖赏呢！他让我告诉你啊你别牵挂他，下辈子是人是鬼做牛做马他都认啦，他也不想再找判官阎王要什么照顾，从头开始就好……”

“土地公公，听你说的，他不应当会死啊。”

“后面的事儿我也是听说，我不在场，我才不愿意看什么刀啊剑啊的，更不愿意听人的惨叫，见人的血肉模糊，我的心脏可受不了这个，再说也是大凶的事儿我当然能躲就躲……我听说他带着一队人马过去和那些聚在一起的饥民们谈，等他走到路口的时候叫别人等着他他是一个人过去的。刚开始的时候不顺利那些人都冲着他叫嚷后来慢慢地慢慢地就都平和了，后来又不知道因为什么事儿有些人就又叫嚷了起来有人就在他胸口扎了一刀……”

“他就那么死了？”

“当时好像还没死后来又有人拿棍子打他拿石头砸他我这都是听卫所回来的人们说的具体的情况并不清楚。我最不愿意看什么刀啊剑啊的棒啊枪啊的，从我在人世间的时候就不喜欢，更不愿意听人的惨叫见人的血肉模糊……所以我听说把他的尸体拉回卫所来的时候我躲开了。我想啊他托我的事儿是把事儿给你们讲清楚，我讲清楚了就算不负他的所托你说是不是。他刚来的时候吧我真的不喜欢这个孩子，一副松松垮垮、拎不起来的纨绔相，好吃好喝好嫖好赌，这两年，他似乎一下子长大好多，也改变好多。可惜啊，”土地公公揉揉他的眼，“最近这段时间啊，我的眼总是有些不太舒服，像里面进了沙子一样，可我家里那位又一直找不到沙子。我也不知道，这个王鸠盈要是还那么吃喝嫖赌，松松垮垮的，是不是就不会年纪轻轻的就死啊？还是，无论他做什么怎么做，都熬不过这个时间？听他的口气，好像就是定好了的熬不过。我这个当土地的，也实在想不明白地府里的秦广王、楚江王、宋帝王、平等王、阎罗王、判官、无常们都是怎么想的，都是怎么定生死的。不知道的就不知道吧，反正天下的事儿还是不知道的多知道的少……”

“那，那你知道，王鸠盈是在什么地方？”

“知道知道，那倒是知道的，不过我可不想带你们去，你们要是想去啊……”

十八　再次重新安排

曹家厨院的后面有一条长走廊，通向后花园、书院和魁星阁，在长走廊的拐角处有一株长得高大、枝杈多伸向院外的皂角树，树上挂满了新的和旧的皂角：去年的皂角还没有落下，今年的皂角又长了出来，等今年的皂角熟透、变老，变成干枯的褐色，去年的、前年的未曾落下的皂角却还挂在树上。因此上，这棵高大的皂角树总是一副有着无穷的拖累、老气横秋的样子，到秋天则更是这样。加上诸多攀缘而上的牵牛花蔓，从断掉的枝杈和树瘤间生出的苔藓，这棵老树远比看上去苍老，就像是一个人的暮年——然而，一到春天，新的树叶长出来，新的枝条探出来，它就又生机勃勃，仿佛在某个地方或者某些地方贮藏着不为人知的活力，这些看不见的活力可以源源不竭。

不过我要谈到的是秋天，蔚州的秋天要来得更早，而且风也来得更为硬朗猛烈。一夜带有呼啸感的秋天之后，我看到，皂角树的顶上不只是生长了皂角，而且还生长了无数的乌鸦——它们还在盘旋着降落，把破布一般寒碜的黑色身体挤在一起，似乎整个蔚州的乌鸦都要像新的和旧的皂角那样挂到这棵树上去，它们可能是着了魔，只有这棵皂角树才能让它们有立锥之地。

也就是那天早上，我在蔚州衙门的外面读到秋后问斩[1]的告示，曹家父子一十七口赫然在列。告示上，他们所犯的罪名或是结党营私，官爵私所亲，挟君误国；或是祸乱纲纪，蝇苟谋私，干扰刑讯；或是草菅人命，淫乱奢靡，为害乡里。并没有之前所传的试图谋反之类的罪名。我也注意到，在需要秋斩的人名中，既没有曹家厨师们的名字，也没有小厮们的名字。

我到城隍庙做好灶王候补的登记，但没有见高经承也没有见城隍，而是登记之后就赶到了田家灶王的鞋帽皮革店。我和他各自搬个蒲团，坐在院子外面的阳光里——大约两个时辰的样子。其间，只有田家灶王说过一句话，"我看到了告示"——我闭着眼睛，示意他不用再说下去。

晚饭，我没有到大车店去吃，而是自己随意地找了一家卖莜麦窝窝的小店。因为衙门口的告示，议论曹府的人自然又多起来，也没什么新鲜的，而我也尤其地不喜欢他们一个个义愤填膺、如丧考妣

1　在明律法中，死刑被分为立决（立即执行）和秋后决（秋后执行）两种，秋后决即秋后问斩，《礼记·月令》："凉风至，白露降，寒蝉鸣，鹰乃祭鸟，用始行戮。"汉儒董仲舒在《春秋繁露》中谈道"王者配天，谓其道。天有四时，王有四政，四政若四时，通类也。天人所同有也。庆为春，赏为夏，罚为秋，刑为冬"。——因此，有了在秋后处决重刑罪犯的律令。

的样子，他们那些俗套透顶的话语甚至冲淡了饭菜的滋味，我都想走过去敲敲他们的桌子：你们的这些话，我在司礼太监王振家被抄的时候听到过，在吏部尚书王文被杀的时候听到过，在兵部尚书于谦家被抄的时候听到过，咱们，还有没有点儿新词儿可用？——我当然知道，作为没有法力，他们也根本看不到的灶王，我就是冲过去也起不到作用，他们不可能听得见。不过，我要是铁匠灶王，我一定要在他们所坐的板凳上一一地揳下钉子，把他们的裤子和板凳恶作剧地钉在一起……

冬天的时候发生了许多的事儿，先是高经承调任，他去到左云城隍庙担任城隍县丞，用他的话说是“也没什么大不了的，调来调去都是苦寒地”。我和田家灶王、铁匠灶王、大车店灶王等灶王一起与他告别，高经承却是一副平淡如水、荣辱不惊的样子，“以后，这里就是仓大使的天下啦！你们可要维护好他！”

这事儿并没有被高经承说对。他一走，也就是前脚和后脚，突然间我们就听到了仓大使也要走的消息——而且是重堕轮回。田家灶王说仓大使得知这个消息之后，在城隍老爷的门外骂了整整一夜，城隍老爷一直没敢出门。“怎么会?”驿丞很不以为然，他对着我的另一只耳朵进行驳斥，“咱城隍老爷做事儿，无论这事儿对你好还是对你坏，他都能说得你哑口无言、心服口服！被人骂上一夜都不敢出门——除非是咱们也换了城隍老爷!”他也在城隍庙里，应当更清楚一点，可是我从另外的小吏那里得到的，是和田家灶王一模一样的说辞。

蔚州的冬天实在是有些漫长，而且僵硬、寒冷，街上吹过的白毛风能透过墙壁和留给灶王们的另一空间，直吹到你的骨头里去。没有了人来人往，没有了灶火和水炉，没有了鱼的呼吸、鸡的呼吸、鸭子和鹅的呼吸的曹府厨房自然是孤寂无比，无所事事——作为候补灶王，我当然更是无所事事，于是我充当起自己的灶王，开始给自己记录，并将它们填进好罐和坏罐里。

好罐：

早晨起床。打扫了屋子。

读《商君书》《中庸》《老子》。

写诗。策论。

至饼店灶王家。他们夫妇吵架，劝解。或有点效果。

坏罐：

见一老鼠，在井台边。朝它吐痰。

午睡一直睡到黄昏。

读“太上，不知有之；其次，亲而誉之；其次，畏之；其次，侮之”[1]，竟生腹诽，双重的不敬，应自省才是。

与田家灶王聊天，谈及饼店灶王、大明蔚州主簿以及龙口关火灾事，属于背后议人是非短长，应自省。

在大车店吃烩饼。与大车店灶王小有争执。吃饼吃到黑粗盐粒，故将饼一并倒掉，不珍惜食物，应自省。不能克制自己，应自省。

1 《老子》第十七章。

写策论时，有借质疑人世间吏法而质疑天条律法的嫌疑，应自省自戒。

晚上又见一老鼠，它攀到了空缸的上面脚下一滑掉进了缸中。听着它的叫声和挣扎竟有欣悦，当自省。

闲来无事的时候我就这样给自己记录下来，存上十日左右，然后拿出来销毁。我是一个认真的灶王，我不想给自己留下什么印迹，它不是我的职责也不是我想要的。现在，我只想要一份工作，随便什么人家，就是直峪田家那样的人家……也行。我没什么可以挑剔的，如果再进入到新家，我肯定还是恪尽职守，兢兢业业。我觉得，我也会比以前更为平淡平静，曾经沧海难为水，我不会再像当时在谭家豆腐房的时候那样了。我的心中目中都不会再有小冠。

蔚州的春天要比京都、济南、岱岳的春天来得晚很多，但它终还是来了，没人收拾的院子竟然长出了许多的野草，有些还那么迅速地开出了小小的花儿。这天下午，我突然听到院门被打开的声音，接着是人声喧杂——我走出厨房的小院，发现院子里出现不少的陌生人，他们在指指点点。有些仆役打扮的人则拿来了扫帚、铁锨等物。不一会儿，厨房小院也进来了几个人，同样地指指点点着，有人说这里的草要除一除，那棵枯掉的树要锯掉，看看水井，还有水可取不……

一个背着布袋、穿着灶王礼服、满身是汗的胖胖的灶王走进厨房。“您，您是这家府上的灶王？”他问我。

我告诉他，原来是，现在不是了。你应当是来接手这里的灶王吧。“是啊，是啊，我们家大人把这里买下来了，这不，他们正准备收拾，作为别院用。我们家大人姓胡，原是都指挥使司经历，这不，放了个外差，到山西都指挥使司大同府这边做从二品佥事。他不想在大同府的官宅里住，就咬咬牙自己买下了这栋房子。也不瞒您说，我们家胡大人惧内，而大夫人和如夫人又素来不和，总是钩心斗角指桑骂槐地生气，没办法，胡佥事就为如夫人[1]和她的两位公子购买了这栋官府抵押的旧宅，他说他来过这里不止一次，是个挺理想的住处……”

“祝贺胡经历高升。他实在是一个豪爽的人哪！”我笑了笑，朝着他家的灶王拱拱手，“你等我一下，我收拾一下自己的东西。我马上就能收拾好。就是，有些书，如果你有需要的话就留下，如果不需要的话回头我再拉走……”

“没关系没关系，这位年兄，您不用急，我也是初来宝地，人生地不熟的，有您在我就觉得有个着落放心许多，我还想多多向您请教呢！你能不能告诉我……”

我将自己衣物收拾好，将好罐和坏罐收拾好，还剩余的银两银票塞进包袱，然后给门外踱着步子的胖灶王画了一张蔚州简要舆图。我告诉他，城的北端不设城门，最高的地方是玉皇阁，我们这里所在的位置是蔚州城的东北，顺着门外的东西街向西，在这个位置上你

1 妾的代称。如夫人，原意是：待遇如同夫人是一样的。

就能走到常平仓，常平仓的北侧有一杂货市场，土地、灶王和城隍庙里的差役多数会在那里买东西。这里是宣武庙，它的外面就是东城墙和护城河，财神庙与灵岩寺分别在这条街的两头儿。顺马神庙街向东，鼓楼后街向南，这里是鼓楼，蔚州城的中心位置，继续向南，至郝家巷子向东，七百四十步，就是蔚州衙署，然后再向东，偏北，就是城隍庙……“哎，我问您一下，咱们城隍老爷……脾气，秉性，有什么爱好？我听说，咱们这里还有一个曾经到过天庭、参加过玉皇大帝的百叟酬老宴的灶王，您知不知道是哪一个，能不能介绍给我认识？”

……与胡家灶王告别，我径直奔向蔚南的大车店。我告诉大车店灶王，你要给我安排一个小间儿，我可不想和那些贩夫走卒们睡在一起，我受不了他们太响的呼噜和太响的屁，受不了他们的臭脚和不停地磨牙，也受不了他们的吵闹和动不动就亮出的刀子。我这里还有些钱，住上一年半载应当不会有问题。“算了吧，你。我马上给你安排去。你说，我天天都守在这里……你猜，我的坏罐里是不是塞满了皱巴巴的纸？”大车店灶王晃动着他的钥匙，“我才不像你那么用心。只要不是在我的店里杀了人放了火，我一律都不记！”

偶尔，我还会去曹家厨院的后边看看那棵皂角树上的乌鸦，它们竟然在那里扎下了根，成为院子的一部分，皂角树的一部分。这时候，我应当称它为胡家厨院——胡家的灶王早已成为我的朋友，但我清楚，我们算不上知己，永远不会是所谓的知己。

新来的城隍仓大使找到我，他说城隍老爷要见我，让我马上过去。路上，他用一种亲密的、低声的语调向我恭喜：恭喜灶王，东岳大帝的重新安置令已经下达，你已经不是候补灶王了，城隍老爷找你，说的应当就是这事儿。到了新家，我可是要去讨杯喜酒喝哟。

我说："没问题没问题。以后，城隍这边儿，还请你多多照应，需要我来做的事你也尽管吩咐。"

"好的。城隍等着你呢，你快过去吧！"

走进城隍的书房，我看到城隍老爷正坐在椅子上打盹儿，他应当是正在等我。小火炉上，正咕嘟咕嘟地冒着热气。我看到两盏茶——它让我多少有些暗喜，这其中让人联想。见我进来，城隍老爷从椅子上直直腰，晃动了一下脖子："你来啦。刚才忙得我啊，腰酸背疼的，好不容易能歇上一会儿啦。坐，坐，水开啦，你自己倒茶，那个小茶罐里还有一些，是高经承走的时候剩下的，说还是你给他的——我觉得吧，比他送我的要好喝些。"

我沏上茶，"老爷，我知您清廉正派，刚正不阿，这些东西，实在不敢给您送，我是怕您另眼看我……"

"可有的人啊，就敢打着我的名义，向人家要！算啦算啦。你这些日子，过得怎么样，也和我说说。"

我说回大人，我还行，就是天天闲得实在有些苦闷，写写诗，画画画，日子倒也可以打发。前段时间，我干脆做起了自己的灶王，把自己的一天记录下来，虽然同样无聊无趣，但至少能占住自己。

“每日三省吾身，灶王啊，你做得好啊。这个法子，倒是值得示范。你是不知道，有许多候补的灶王，无事可做，就天天来我城隍殿门口坐着，让人不堪其扰！什么意思？不就是想用这种方式来烦我黏我，让我早点儿把他头上的候补给去掉？你看你……我有时闷得慌了，想找你说说话，问差役门子你来过没有，他们说没有。我当然知道，你不是不愿意见我，是不愿意给我添乱，让我烦心。谁是什么心计，我也不是看不出来，就是说与不说罢了。”

我说是是是，大人说的是，我当然愿意常来城隍庙，但真是怕大人您和差役们多心。您已经很是照顾我了……

“我照顾过你什么！你说！我做的，哪一点儿不是分内的事儿？哪一点儿，是徇私啦是枉法啦？都没有。是你做得好，我看得见，上边儿也看得见。就说受邀上天庭这事儿，能是我这么个小城隍做到的？最多，我也就是顺水推舟，让上天能看到你的敬业和优秀罢了。灶王啊，我说过你像我，现在感觉越来越像，太像啦。好啦，这么跟你说吧，你的新的安排已经有啦。我也替你高兴啊。”城隍老爷捶捶自己的腰，“我还得重复一下，灶王啊，这话还是要说给你听。造主阴阳，虽善善恶恶，均在修为；然是是非非，必恭记录——当一个灶王可不容易，当一个好灶王更不容易，你，可不能有半点儿的懈怠。这里，你不能有私心私欲，不能因为与这家人朝夕相处就为他网开一面，有些坏事情坏行为就不记录了，这样是不行的！什么时候都不能忽略自己的职责，要对自己做的有恭有敬才行。人们叫你‘灶王’，你也不能真把自己当成人世间的王爷，以为可以端什么王爷的架子。这，不过是人们送出的高帽，试图让你替他们多多地美言几句——别说高帽，就是再多的供奉我们也不能敷衍塞责，不顾原则，你说，我说的对不对啊？好啦，你的任命锦囊就在这里，你拿过去看吧……”

2021.2.8 初稿

2021.5.5 再稿

图书在版编目 (CIP) 数据

灶王传奇 / 李浩著. — 北京 : 北京十月文艺出版社，2022.8

ISBN 978-7-5302-2225-6

Ⅰ. ①灶… Ⅱ. ①李… Ⅲ. ①长篇小说—中国—当代 Ⅳ. ① I247.5

中国版本图书馆 CIP 数据核字 (2022) 第 040515 号

灶王传奇
ZAOWANG CHUANQI
李浩 著

出　版 北京出版集团
　　　　北京十月文艺出版社
地　址 北京北三环中路 6 号
邮　编 100120
网　址 www.bph.com.cn
发　行 新经典发行有限公司
　　　　电话 010-68423599
经　销 新华书店
印　刷 北京盛通印刷股份有限公司
版　次 2022 年 8 月第 1 版
印　次 2022 年 8 月第 1 次印刷
开　本 850 毫米 ×1168 毫米 1/32
印　张 12
字　数 240 千字
书　号 ISBN 978-7-5302-2225-6
定　价 52.00 元
如有印装质量问题，由本社负责调换
质量监督电话 010-58572393